현자의 검

5

Sword of Philosopher

"네 진격은
여기서 끝이다."

루온이 선언했다.

Junki Hiyama

히야마 준키

일러스트

사라치 요미

"아라스틴 왕국의 정예여!
맞서라!"

카난이 보검을 뽑아 하늘로 치켜들었다.

"오랜만입니다, 에미아."

"루온 님께
감사해요."

열변을 토하는 **소피아**의 얼굴이
살짝 상기됐다.

"제크에스 형······."

빛의 검 『뒤랑달』을 왼손에 들고
오른손에도 마력을 모았다.
우선 오른손에 든 검을 먼저 찔렀다.
소피아의 화염과 맞물려 마족이 비명을 질렀다.

"——하아앗!"

기합과 함께 소피아가 휘두른 검 끝에 불꽃이 피어올랐다.
힘차게 마족의 몸을 공격하자—상대가 신음했다.
루온은 마족 옆쪽으로 돌아 들어갔다.

5

현자의 검

Sword of
Philosopher

INTRODUCTION

게임에 등장하지 않는 인물

어느 날, 신령인 불사조 페우스가 의뢰를
했다.
자기 권속이 보유했던 아티팩트를 인간에
게 빼앗겼으니 회수하거나 파괴해달라는
의뢰.
아티팩트를 빼앗은 인물은 나테리아 왕국
의 제2 왕자 제크에스 ― 그는 루온의 동
료인 소피아와 리제의 친구이자 지일다
인 왕국에 일어난 소동의 관계자이다.
왕자는 나라를 떠나 잠적. 행선지는 대륙
중앙에 있는 아라스틴 왕국. 국왕은 서거
했고 현재는 아들인 카난 왕자가 나라를
짊어졌다.
카난도 제크에스처럼 소피아와 리제의 친
구이며 그는 조만간 벌어질 마왕군과의
전투에서 아직 결성되지 않은 연합군 맹
주가 된다.
맹주가 된 계기는 수도 라하이트에서 벌
어진 마족과의 전쟁. 이 전투로 각성한 카
난은 왕국에 대대로 전해져 내려오는 보
검을 들고 대륙 각국과 손을 잡기 위해 동
분서주한다.
제크에스는 게임에 등장하지 않는 인물.
그의 개입으로 루온은 게임과 비슷하면서
도 다른 전투를 치르게 된다.

현자의 검

Sword of Philosopher

작가
히야마 준키

일러스트
사라치 요미

옮긴이
이은혜

현자의 검
Sword of Philosopher

CONTENTS

5

일러스트 : 사라치 요미

제23장 두 명의 왕자

마왕과의 전쟁은 반환점을 지나 절정…… 남부 침공이 다가오고 있었다. 그 전투의 주역은 아라스틴 왕국의 카난 왕자— 카난 이무시드 아라스틴. 남부에서 밀려드는 마물에 인간 연합군을 만들어 맞서는 맹주가 바로 그이다.

지금까지 전쟁은 거의 게임 시나리오대로 움직였다. 그러나 지난 번에 5대 마족 다크라이트와 싸우고 시나리오에 차이가 생긴 것을 알게 됐다. 게다가 그 차이의 폐해가 카난 왕자가 맹주가 되는 계기인 아라스틴 왕국 본토 전투에 나타나게 됐다. 어쩌면 카난 왕자가 맹주가 되지 않는 사태가 벌어질 수도 있었다.

만약 그렇게 되면 맹주는 누가 될까. 아무도 없으면 남부에서 몰려올 대군과 싸울 수 없다. 최악의 상황에는 내 힘으로…… 하지만 그러면 마왕이 어떻게 행동할지 전혀 예상할 수 없어져서 대륙이 붕괴할 위험성이 커진다. 어떻게 해야 하지?

머릿속에 온갖 생각이 맴돌았고 나는 아라스틴 왕국의 전투에 벌어질 비극을 막기 위해 이번 전투에 참가하기로 정했다. 왕자의 미래를 직접 확인하고 조만간 닥칠 결전에 대비하기로 했다. 그리고 마침내 아라스틴 왕국에 도착했다.

"핫!"

기합을 넣으며 마물을 베었다. 장소는 잡목림 속. 상대는 인간의 몸에 늑대의 머리를 가진 코볼트였다. 장비를 보니 중반쯤에 등장하는 적으로 동료들이 대처하기 그리 어렵지 않았다.

근처에서 챙, 하는 메마른 소리가 났다. 동료인 종자 소피아가 코볼트의 검을 쳐내고 단칼에 베었다. 은발을 휘날리며 검을 휘두르는 모습은 용감하고 춤추는 듯 화려했다.

"흡!"

내 귀에도 숨소리가 들렸다. 소피아의 실력이면 힘들이지 않아도 될 텐데…… 그녀는 어떤 상대라도 항상 온 힘을 다했다.

그런 소피아의 옆으로 다른 코볼트가 달려들었으나 동료인 리제가 엄호했다.

소피아와 상반되는 금발이 나무 사이로 쏟아지는 햇볕에 반짝였다. 무기는 할버드였는데 자기 키보다 커서 보는 사람을 압도하는 무기를 리제는 숲에서도 자유롭게 휘둘렀다.

"에잇!"

기합을 지르며 공격하자 코볼트가 나동그라지면서 허무하게 사라졌다. 리제의 전투방식은 외모와 달리 용맹한 인상을 줬다.

리제에게도 코볼트는 문제가 되지 않았다. 다른 쪽은……시선을 옮기니 조금 떨어진 곳에서 다른 동료들이 코볼트를 압도하고 있었다.

쌍검으로 마물을 격멸하는 오르디아가 제일 먼저 눈에 띄었다. 눈에 담을 수 없는 속도로 쏟아지는 그의 검에 코볼트는 꼼짝도 못하고 사라졌다.

그리고 그 근처에 검사 실비와 마법사 쿠자가 있었다. 그들은 게임 동료 중에서 『삼강』이라 불리는데 이번 전투에는 오르디아가 어쩌다 놓친 적을 배제하는 등 보조 역할에 매달렸다.

"음, 쉽게 이기겠는데."

주머니에서 목소리가 들렸다. 내가 전생한 당초부터 함께한 천사 유노의 목소리였다.

"이 정도면 앞으로 벌어질 큰 전투도 잘 풀리지 않을까?"

"게임 시나리오대로라면……."

그렇게 대답했을 때 마지막 코볼트가 사라졌다. 전투가 끝났구나 생각하며 숨을 돌리는데 동료들이 다가왔다.

"소피아, 리제, 안 다쳤어?"

"괜찮습니다, 루온 님."

"나도 멀쩡해. 마물이 꽤 늘었네."

"그러게 말이야. 자, 이제 돌아가자."

내 말에 동료들이 고개를 끄덕였고 우리는 함께 숲을 빠져나왔다.

근처에 마을이 있었다. 부서진 가옥도 보이는데…… 아까 싸운 마물의 짓인 모양이다.

마을 입구에서 촌장으로 보이는 노인이 말을 걸었다.

"감사합니다! 여러분이 없었다면……."

"천만에요. 소란이 벌어졌으니 곧 기사들이 올 겁니다. 그분들께 사정을 설명하고 지시를 따르세요."

촌장이 고개를 끄덕였다. 마을 안쪽으로 시선을 옮기니 한 여성이 자연스럽게 다가왔다. 자주색 머리를 휘날리는 모습이 여행하는 마법사로 보이지만 사실은─.

"마물의 기척이 사라졌어. 일단 이 주변은 안전해."

"다행입니다."

그녀의 말에 소피아가 대답했다.

"노른 씨, 부상자는……."

"내가 치료했어. 모두 경상이더군."

"사망자가 나오지 않은 게 불행 중 다행이네요."

소피아가 안도했다. 노른이라 불린 여자는 우리를 향해 웃음 지었다.

그녀의 정체는 신령인 불사조 페우스. 아라스틴 왕국으로 걸음을 옮긴 것은 그녀의 의뢰 때문이기도 했다.

"뒷일은 기사에게 맡기자."

페우스가 말했다.

"서둘러야 해……. 수도 라하이트까지 얼마 안 남았어."

5대 마족 다크라이드와 전투를 마친 우리는 운디네가 쓰는 『수령의 길』을 통해 아라스틴 왕국령에 왔다.

처음부터 이곳에서 벌어질 전투에 개입하고 싶어서 이벤트가 시작되면 서둘러 올 생각이었다. 거기에 이번에 페우스의 의뢰가 겹쳐 아라스틴 왕국의 수도인 라하이트로 향했다.

이곳으로 오는 데는 시간을 되돌리는 마법사 리엘에게 받은 자료도 큰 역할을 했다. 자료에는 이 나라가 습격당한다고 분명히 적혀 있었고 전투 자체는 며칠 만에 끝난다고 기록되어 있었다. 그러나 이번에는 그 자료대로 진행되지 않을 수도 있었다.

"이 나라는 마물이 마을을 습격하는 일이 늘어난 모양이야."

리제가 길을 걸으며 말했다. 지금은 전투를 마치고 수도를 향해 걷는 중이었다. 오르디아를 선두로 내 좌우에는 소피아와 리제. 뒤에 실비와 쿠자, 페우스가 따라왔다.

"마족이 무슨 짓을 하고 있는 게 분명해. 왕자 일도 그렇고, 이곳에 오길 잘했어."

지금 말한 왕자는 나테리아 왕국의 제2 왕자 제크에스를 가리킨다. 페우스의 의뢰는 「그가 아티팩트를 훔쳤으니 추적을 도와달라」는 것이었다. 동료들은 그녀가 페우스의 권속인 노른으로 알고 있으며 함께 여행하게 되었다.

아티팩트는 「외부 마력을 흡수하는 것」으로, 사용 절차가 있어서 전쟁에 쓰일 위험성은 적었다. 그래도 아티팩트를 훔친 것과 아라스틴 왕국으로 간 인과관계가 확실하지 않아서 찜찜했다.

페우스가 움직이는 계기가 된 제크에스 왕자와의 전투는 치열했던 모양이다. 악마를 이끌고 강습한 제크에스에게 페우스의 권속은 다수의 사역마로 맞섰다. 지리 때문에 초반에는 전투를 유리하게 이끌었으나 제크에스의 지휘를 받은 악마가 적확하게 움직이며 점차 형세가 역전됐다. 결국 권속은 패했고 제크에스는 아티팩트를 훔치는 데 성공해서 페우스는 그를 쫓기로 마음먹었다.

다만, 공식적으로 움직이면 마왕이 반응할 수 있기 때문에 가르크와 손을 잡은 나에게 의뢰했다. 이러한 경위로 페우스는 신분을 숨기고 우리와 여행을 시작했고 그 보답으로 페우스는 앞으로 마족과의 전쟁에 협력하기로 약속했다.

그리고 불의 정령 샐러맨더인 레자디를 데려왔다. 샐러맨더가 소피아와 계약하며 그녀는 모든 4대 정령과 계약하게 됐다. 참고로 동료에게 샐러맨더를 데려온 경위는 소피아와 계약한 정령 레핀이 미리 사정을 전한 덕분이라고 했다.

페우스의 권속을 가지고 놀았으니 제크에스는 전술 면에서 상당히 뛰어날 것이라 어떻게 행동할지 예측할 수 없다. 최대한 경계하며 전투에 임해야 한다.

"노른 씨."

갑자기 소피아가 말을 걸었다.

"다시 묻겠습니다만, 노른 씨가 원하는 것은 도둑맞은 아티팩트를 탈환하거나 파괴하는 것이죠?"

"응, 맞아. 희귀한 물건이라 페우스 님은 되도록 보관하고 싶어 하시지만, 어려우면 부숴도 돼."

"그러려면 우선 제크에스 왕자를 찾아야 해."

내 말에 소피아가 고개를 끄덕였다.

"네, 그러네요. 아직 행방은 모르지만요."

"이곳으로 온 건 분명해."

노른이 말했다.

"지금은 어디에 숨었는지 마력을 탐색할 단서가 없어졌지만."

"수도에 잠입했어?"

내 물음에 페우스가 고개를 가로저었다.

"마지막으로 관측했을 때는 수도와 꽤 멀었어. 손잡은 마족에게 갔다고 해석하는 게 맞을 거야."

"마물이 나타난 걸 보면 이 나라에는 분명히 마족이 있다."

선두에 선 오르디아가 말했다.

"백성을 위협하는 것만 봐도 침략할 뜻이 다분해."

마족이 침략하기 직전에는 마물이 많이 나타나기 시작한다. 일부러 그러기도 하지만 마물이 군대를 빠져나와 자기 멋대로 날뛰기도 했다. 이곳 아라스틴 왕국에서 벌어질 전투는 게임에도 표현되지 않았지만 전쟁 중이라는 관점에서 보면 십중팔구 고의였다.

"조만간 큰 전투가 벌어질 거야."

나는 단언했다. 실비와 쿠자에게 리엘의 자료 이야기를 하지 않았기 때문에 이렇게 표현했다.

"만약 노린다면 수도를 노리겠지. 그러니까 라하이트로 가야 해."

"마족이 마물을 이끌고 밀어닥치면 대규모 전투가 되겠군."

그때, 뒤에 있는 쿠자가 말했다.

"게다가 방어전……. 지금까지와는 차원이 달라."

"뭐야, 겁나?"

실비의 반응에 쿠자가 말했다.

"아니. 쓰던 전법을 바꿔야 할 수도 있다는 말이야."

"그렇구나. 뭐, 난 지난번처럼 달려드는 마물을 쓰러뜨릴 거야."

"간단하네."

쿠자가 쓴웃음을 지었다. 그의 걱정은 이해가 됐다.

방어전. 게임에서도 그랬다. 지금까지는 기본적으로 공격하는 쪽이었는데 이번에는 방어……. 나도 경험이 없어서 어떻게 움직일지 고민됐다.

과연 비극을 막을 수 있을까? 제크에스 왕자를 찾을 수 있을까? 문제가 산더미 같지만 해내야 했다. 마음속으로 중얼거리며 수도를 향해 걸었다.

그 뒤로 몇 번인가 마물을 격파하며 수도 라하이트에 도착했다. 제일 먼저 견고한 성벽이 눈에 들어왔다.

"뭔가…… 크지 않아?"

"수도니까 당연하지."

유노의 말에 대답했다.

"아니, 수도여도 여태까지 들른 다른 마을보다……."

"이곳 마을 크기에는 놀랄 만도 하지."

뒤에 있는 쿠자가 입을 열었다.

"여기에는 이유가 있어. 아라스틴 왕국의 영토는 작지만, 수도 라하이트는 대륙 중앙에 있어서 중요한 교역로가 겹쳐. 이 곳은 물류가 모이는 곳이기도 한 거야. 그래서 이렇게 도시가 발전한 거고."

"그래서 마족이 노리는 거라고 해석이 되는군."

리제가 입가에 손을 대고 말했다.

"물류의 흐름은 한순간도 끊겨선 안 돼. 그 중요 지점이 여기 라하이트야. 만약 이곳이 무너지면 인간은 큰 혼란에 빠질 거야."

"그러니까 무슨 일이 있어도 지켜야한다는 말이네?"

유노가 말했다. 수도 지형은 먼 산에서부터 흘러온 시냇물이 성벽 안을 지나갔다. 성은 수도 가운데에 있고 동서남북의 문이 성벽 안팎을 관리했다.

"리제, 여행 중에 어떡할지 협의하긴 했지만, 성벽을 지나면 네 계획대로 하는 거지?"

확인 차 물었다. 이곳에 오기 전에 라하이트에 도착하면 어떻게 할지 의논했다.

"응. 마지막으로 확인하겠는데 카난 왕자에게는 소피아에 관해 말하는 거다?"

"그게 무난합니다."

소피아가 대답했다. 내가 소피아와 그녀의 아버지 발크스 왕국 국왕을 구한 사실은 알려지지 않았다. 그러나 카난에게는 제크에스 왕자 일도 있으니 말해야 한다는 결론에 이르렀다.

"제가 살아있다는 건 아직 널리 알려지지 않으면 좋겠습니다. 그러니 정면으로 성에 가는 것은 위험합니다."

"맞아. 당초 계획대로 카난 왕자의 약혼자를 만나러 가자."

약혼자— 게임에는 그런 인물이 나오지 않았다.

"이름은 에미아 텔파. 성 주변에 행정기관 건물과 귀족 저택이 있지만, 담을 쳐놨으니 들킬 일 없어. 에미아에게 전투가 벌어질 때까지 그곳에서 준비할 수 있게 해달라고 교섭해보자."

"인원이 많은데 괜찮을까?"

내가 물었다. 현재 동료는 일곱 명이었다. 페우스도 헤아려야 할지 미묘하지만…….

"그건 내게 맡겨. 빨리 가자고."

리제가 우리를 이끌었고 우리는 리제를 따라 드디어 성문에 도착했다.

그곳에서 간단한 신체검사가 이루어졌다. 마력을 검사해서 수도 안에 마족이 들어가지 못하게 하는 모양이었다.

"어떡하지?"

오르디아가 물었다. 그는 검사받으면 무조건 들킬 터였다.

"마법을 쓰면 들킬까?"

"내외부의 마력을 검사하니까 아마도."

내 물음에 리제가 대답했다.

"몸의 마력과 외부 장비를 보네. 소피아가 낀 반지 아티팩트도 반응하지 않을까?"

"그럼 나한테 맡겨."

페우스가 갑자기 입을 열었다.

"내가 마법으로 속일게. 인간의 검사 정도는 빠져나갈 수 있어."

그래도 되는지 잠깐 생각했다. 뭐, 비상시니까 부탁해볼까. 내 옷도 겉으로 보기에는 평범하지만 성능이 매우 좋아서 걸릴 수도 있었다. 뭐…… 마력장벽만 구성하지 않으면 속일 수 있지 않을까?

우리는 페우스에게 부탁하고 검사를 받았다. 전생의 공항 금속 탐지기처럼 마법진 위를 통과해 판정했다.

먼저 나와 리제가 통과했다. 아무 문제없었다. 다음은 실비와 쿠자…… 이번에도 이상 없음.

자, 문제의 소피아와 오르디아는…… 먼저 소피아가 통과. 이어서 오르디아가 마법진 위를 걸었고 반응은…… 없었다.

마지막으로 페우스. 이쪽도 어렵지 않게 통과. 모두 문제없이 통과했다.

"어때? 이 정도는 해야 권속이라 할 수 있지."

페우스가 싱긋 웃으며 말했다. 사실은 신령이지만…….

"다시 에미아에게 가볼까?"

리제가 안내했다. 그 사이, 나는 수도를 구경했다.

대로 좌우로 노점과 음식점, 잡화점 등이 즐비했다. 물류가 모이는 곳이라서 그런지 활기찬데…… 지금은 뭔가 조금 달랐다.

마물에게 쫓긴 피난민으로 보이는 사람들이 수도를 돌아다녔고 병사가 그들을 어딘가로 안내했다.

"피난 온 사람이 많은가 봐."

유노가 내 어깨에 멈춰서 중얼거렸다.

"병사들이 사람들을 관리하느라 바빠 보여."

"그것도 적의 노림수겠지."

내 말에 유노가 「응?」 하며 되물었다.

"무슨 말이야?"

"수도 라하이트에는 모든 영역을 지킬 방어 전력이 있지만, 전투가 벌어지지 않은 지금은 피난민 처리에 쫓기고 있어. 그쪽으로 힘을 쓰게 해서 병사를 지치게 만들어 전투할 때 사기를 떨어뜨리는 그런 거 말이야."

"적이 의도한 바라고?"

"인간인 제크에스 왕자가 있으니까. 계획의 일환으로 봐도 될 거야."

대답한 직후, 말을 탄 기사가 눈에 들어왔다. 자세히 보니 혼잡한 대로에 그런 사람이 꽤 있었다.

"경계 수준이 높아졌어. 수도 치안을 유지하는 의미로라도 그들을 통솔하는 기사와 장군은 지켜야 해."

나는 게임에서 동료가 되는 기사와 사망이 확정된 장군을 구하기 위해 이곳에 왔다. 지금 그들은 어쩌고 있을까.

생각하는 사이, 성이 가까워졌다. 하천에 놓인 다리를 몇 개 넘자 인적이 줄었다. 상점이 늘어선 번화가가 사라지고 저택을 지은 거주구역에 발을 들였다.

우리는 모험가 차림새라 눈에 띄겠지······. 샛길로 새지 않고 곧장 목적지로 갔다.

"도착했어."

이윽고 리제가 멈췄다. 앞을 가로막은 철문 안쪽에 아름다운 하얀 목조 저택이 있었다.

저택은 화려한 주변 건물 사이에서 독특한 매력을 풍기며 존재했다. 넓은 부지에 정원과 검술 훈련을 할 수 있을 것 같은 넓은 풀밭도 있었다. 철문과 현관문 사이에 있는 돌길은 청소를 했는지 먼지 한 점 없었다.

"먼저 나와 루온이 이야기해볼게."

리제가 문에 손을 댔다. 잠그지 않았는지 쉽게 열렸다.

"저택에 신세지는 것이 확정되면 소피아 이야기를 꺼낼게. 루온, 가자."

"응."

동료들을 두고 안으로 들어갔다. 타박타박 발소리를 내며 현관에 도착하자 리제가 도어노커를 두드렸다.

"네."

잠시 뒤, 안에서 발소리가 들리고 초로의 집사가 나왔다. 그는 리제를 본 순간, 굳어버렸다.

"당신은……."

"미안한데 먼저 용건부터 전달해줘. 에미아를 만나고 싶어."

짧게 말하자 집사가 그녀를 응시했다.

"리제 님은…… 요양 중이시라고 알고 있습니다만."

"여러 사정이 있어서 그렇게 해놨어."

"이곳에 오신 것은 카난 왕자님을 만나시기 위해서입니까?"

깨달은 모양이었다. 리제가 바로 고개를 끄덕이고 나를 손으로 가리켰다.

"이쪽은 동행인."

"다른 분은?"

"밖에서 기다리고 있어. 그 일로 에미아와 이야기하고 싶어."

나는 철문을 확인했다. 소피아와 동료들이 우리 쪽을 살피지 않아서 현관에서는 철문에 아무도 없는 것처럼 보였다.

"알겠습니다. 잠시만 기다려주십시오."

문이 닫혔다. 나는 입을 열었다.

"집사님이 애칭으로 부르네?"

"이곳에서는 그렇게 불러달라고 부탁했거든. 루온, 동료들을 데려와."

"그래도 돼? 아직 허락하지 않았잖아."

"집사가 나왔으니 거절당할 일은 없어."

"알았어."

나는 고개를 끄덕이고 철문에서 대기하던 동료에게 돌아가 함께 현관으로 왔다. 리제는 소피아를 현관문의 사각에 세웠다.

"소피아, 내가 신호를 주면 나와."

"네."

대답 후, 다시 문이 열렸다.

"리제 님……!"

안에서 쪽빛 머리카락에 아름다운 흰 드레스를 입은 여성이 나왔다. 소피아와 리제처럼 용맹하지는 않지만 순진하고 가련한 행동거지가 인상에 남았다.

원래는 이런 사람을 『아가씨』라고 부르는 거겠지? 이제껏 만난 영애는 소피아와 리제, 무기를 들고 싸우는 사람뿐이었으니까.

"다치셨다는 소식을 들었는데…… 무사하셨군요!"

"응, 일단은. 그런데 사정이 좀 있어서…… 비밀로 해줘."

"네. 그래서 성이 아닌 제게 오신 거예요?"

"맞아. 아, 소개할게. 동행인인……."

리제가 정중하게 우리를 소개했다.

"우리 목적은 카난 왕자를 만나는 거야. 이곳에 빈발하는 마물 습격에 관한 정보가 있어."

"알겠습니다. 바로 연락할게요."

"응. 그리고…… 에미아."

"네."

"동료가 한 명 더 있는데…… 이 사람에 관해서도 성에 알리지 말아줘."

"무슨 말씀이세요?"

에미아가 되물었다.

"이리 와."

그때, 리제가 신호를 줬다. 소피아가 사각에서 에미아 앞으로 나왔다.

"오랜만입니다, 에미아."

그 말에 에미아와 곁에 있던 집사가 놀라서 침묵했다.

마족에게 붙잡혔다는 소문이 퍼진 소피아가 이곳에 있으니 지극히 당연한 반응이었다.

　에미아는 소피아를 뚫어져라 바라보며 못 믿겠다는 듯이 입가에 양손을 댔다.

　"소피아, 님……."

　"소문과 달리 여행 중입니다만……."

　에미아가 그녀에게 다가가 손을 잡았다.

　"아아, 소피아 님……! 무사하셔서, 무사하셔서 다행이에요……!"

　"사정은 나중에 설명하겠습니다. 카난 왕자 일을 부탁해도 되겠습니까?"

　"네, 물론이에요……! 할아범."

　"네."

　집사가 반응했다. 에미아가 지시했다.

　"리제 님이 은밀히 내게 오셨다고 연락해. 단, 소피아 님은 언급하지 말고. 소피아 님, 괜찮으시죠?"

　"네."

　소피아가 고개를 끄덕이자 집사가 곧바로 저택을 뛰쳐나갔다. 에미아는 생긋 웃었다.

　"여러분, 긴 여행으로 지치셨으리라 봅니다. 여러분을 환영하니 편히 머물러주세요."

　저택에는 시종도 제법 있었지만 소피아와 리제를 아는 사람은 에미아와 집사뿐인지 저택에서 지내는 데 특별한 문제는 없었다. 우리가 쉬는 방은 감사하게도 모두에게 독방을 줬다.

"왕족과 친분이 있어서 초대하는 일이 많다보니 그만큼 객실도 많아요."

에미아가 설명했다. 그녀의 부모님은 성에서 일하느라 다른 저택에 살고, 이곳은 그녀의 저택이었다.

"자, 이제 카난 왕자가 오기를 기다리기만 하면 되네."

리제가 중얼거린 후 차를 마셨다. 지금은 객실로 이동했다. 이곳에는 나와 소피아, 리제와 에미아 그리고 페우스만 있었다. 쿠자와 실비는 「왕족들의 대화이니 사양한다」고 했다. 나와 페우스는 왜 있느냐면…… 소피아가 이렇게 된 경위와 제크에스 왕자에 대해 설명하기 위해서였다.

방에 있는 3인용 소파 가운데에 내가, 왼쪽에 소피아, 오른쪽에 페우스가 앉았다. 리제와 에미아는 맞은편에 앉았다.

집사가 연락하고 성에서 「바로 가겠다」는 답이 왔다. 우리는 차를 마시며 객실에서 대기했다.

"성은 지금 마물 토벌로 바쁜 모양이에요."

에미아가 입을 열었다.

"장군도 몹시 속이 상했는지…… 당장에라도 성을 뛰쳐나갈 것 같다더군요."

"성격이 거치니까, 그 사람."

리제가 말했다. 그 장군은 앞으로 시작될 전투에 사망하는 인물로 그를 구하는 것이 내가 이곳에 온 이유 중 하나였다.

"뭐 하나 물어봐도 돼?"

그때, 유노가 소피아의 오른쪽 어깨 위에서 에미아에게 물었다.

"이 나라의 왕은 병으로 돌아가셨다고 알고 있는데, 지금은 왕이 없는 거야?"

"카난 왕자님이 실질적인 국왕이지만, 상황이 상황인지라 즉위식도 못 올리고 있어요."

게임에서도 그랬다. 이번 전투가 끝나면 나중에서야 카난 왕자가 정식으로 즉위해 아라스틴 왕국의 왕이 된다. 그리고 할 일은 즉위식만이 아니었다.

"즉위식만이 아니라 검 계승식도 마치지 않았고요."

"검?"

유노가 고개를 갸웃거렸다. 에미아가 죄송하다며 한마디 덧붙였다.

"설명이 부족했네요. 이곳 아라스틴 왕국에는 왕이 대대로 지닌 보검이 있습니다. 그것도 계승식이 있어요. 원래는 카난 왕자님의 아버님이 왕자님에게 건네는 형식인데……."

게임에서의 이름이 『황왕(煌王)의 세계』였던가. 카난 왕자는 동료가 되지 않아서 플레이어가 쓸 수 있는 무기는 아니지만 이번 전투에 중요한 역할을 맡는다. 그 검으로 카난 왕자가 마족을 격파하는, 바로 남부 침공의 맹주가 되기 위해 필요한 각성 이벤트였다.

"그게 끝나야 정식으로 왕이 된다는 거야?"

"그렇습니다."

"그 보검은 이 나라의 왕만 쓸 수 있어?"

"네. 아라스틴 왕국의 왕족은 옛 현자의 핏줄은 아니지만, 수도 어딘가에서 마법으로 보검 『황왕의 세계』를 만들었어요. 그리고 힘이 넘쳐흐르는 이곳을 지키기 위해 성을 세웠다는 전승이 있습니다."

"오, 검을 만들었구나."

"네, 여러 가지 설이 있는데……."

어디까지나 전승이었다. 다만 전승이 사실이라면 검을 만든 경위가 신경 쓰였다. 마왕을 격파하기 위해 신령과 손을 잡고 최강의 무기를 만들려고 하는데…… 단서를 얻을지도 모르겠다.

기회가 생기면 물어보자고 마음먹었을 때 똑똑 문 두드리는 소리가 났다.

"도착했군."

리제가 중얼거렸다. 그에 따라 에미아가 일어나 문을 열었다.

그곳에는 한 남자가 있었다.

"리젤레이트 왕녀, 오랜만……."

갑자기 말이 끊겼다. 그의 시선이 소피아에게로 쏟아졌다.

"오랜만입니다, 카난 왕자."

소피아가 말했다. 나는 나타난 인물을 관찰했다.

금색과 녹색으로 장식한 하얀 사관복을 입은 그는 평범한 인물과는 다른 복장에 다른 분위기가 감돌았다.

나이는 열다섯 정도일까. 금발, 녹안에 그림으로 그린 듯이 잘생겼으나 소피아나 리제에 비해 어린 티가 났다. 그런데 눈은 늠름해서 무의식중에 허리를 세웠다.

허리에는 아름다운 검집이 있었다. 아까 화제에 오른 보검이 분명했다.

그리고 그의 뒤로 또 한 사람…… 투박한 회색 갑옷을 입은 백발의 중기사가 있었다. 용맹한 외모와 몸을 지닌 그는 소피아를 보고 놀란 얼굴이었다.

말문이 막힌 두 사람은 잠시 방문 앞에 멈춰 서 있었다.

"소피아 누나!"

잠시 뒤, 카난이 갑자기 소피아에게 다가가 한쪽 무릎을 꿇었다.

"무사했구나! 정말, 다행이야……!"

"카난, 이성을 챙겨."

리제의 지적에 카난이 놀라서 나와 페우스를 봤다.

"시, 실례했습니다."

"아뇨, 저희는 괜찮습니다. 저기…… 사정을 설명해도 될까요?"

"네, 네."

카난이 마음을 가라앉히고 우리와 마주 보는 소파에 앉았다. 중갑을 입은 기사는 왕자 뒤에 섰다. 나는 우선 그에게 물었다.

"저, 확인 차 여쭙는데 함께 오신 분은……."

"보슬로 레이든이라고 합니다."

보슬로가 자신을 소개했다. 음, 이번 전투에서 전사하는 장군이 틀림없었다.

"호위가 필요해서 함께 왔습니다."

카난이 말했다. 그는 소피아와 리제를 한 번 보고 내게 물었다.

"당신은?"

"루온 마딘입니다. 이 자리에 있는 이유는 제가 설명하겠습니다."

나는 운을 떼고 왕자에게 설명했다. 우선 소피아를 구한 경위부터…….

이어서 페우스가 직접 라하이트에 온 이유를 전했다. 설명할수록 카난 왕자의 얼굴이 심각해졌다.

일련의 설명을 마치자 이윽고 그가 입을 열었다.

"먼저, 소피아 왕녀에 관하여…… 예를 표하겠습니다. 정말 감사합니다."

왕자에게 감사를 받으니 기분이 묘한데…… 됐지, 뭐.

"그리고 제크에스 왕자 일은…… 매우 중대한 일입니다."

"제크에스 왕자 일을 포함해 전투가 임박했습니다. 준비 상태는요?"

"마물이 다수 나타나기 시작할 때 군도 움직였습니다. 그 때문에 수도가 다소 혼란스러웠지만, 대규모 공격에도 문제없도록 준비를 마쳤습니다."

일단 대응은 한 듯했다. 아마도 마족이 어떤 방식으로 공격하는지 다른 나라에서 정보를 모아온 덕에 빠르게 대비한 모양이었다.

"그래서 왕자의 동향이 단서입니다. 그에 관해서는……."

"적어도 수도 안에는 없어."

페우스가 손을 들고 말했다.

"왕자를 직접 보지는 않았지만, 아티팩트를 강탈하려고 공격했을 때 그의 마력을 파악해서 추적할 수 있어. 마족과 합류했다고 보면 될 거야."

"마족이 있는 곳은?"

내 질문에 페우스가 무거운 표정으로 말했다.

"마족도 직접 보지는 못했지만, 거대한 마물 무리가 북쪽에서 수도로 다가오고 있어."

게임에서는 북문과 동문, 서문으로 공격했다. 남문 주변에는 적이 없었으나 게임 연출일 뿐, 실제로는 몇몇 있을지도 모르고 제크에스 왕자가 있으니 사방에서 공격할 가능성도 있다.

게임에서 적의 주력은 북쪽에 있었다. 페우스의 말도 그러하니 북쪽이 메인이라고 봐도 될 것 같은데…….

"현재 주변국에 조력을 청하고 착실하게 준비 중입니다."

이번에는 보슬로 장군이 말했다.

"농성전이 되겠지요. 마력 검사를 하고 있으니 성벽 안에 수상한 자가 들어왔을 리는 없습니다만……."

"제크에스 왕자와 함께 있는 배신자도 주의해야 해요."

내가 카난에게 조언했다.

"지일다인 왕국의 소동으로 제크에스 왕자와 손을 잡은 인간이 있다는 걸 알았습니다. 그들은 크든 작든 마족의 힘이나 그와 비슷한 힘이 있어요. 인간이기 때문에 성문 검사를 통과할 가능성도 부정할 수 없습니다."

"주의하도록 다시 지시하겠습니다."

"네. 그리고 우리도 돕겠습니다. 소피아 일도 있으니 진두에 서기는 어렵지만요."

"이곳 사람들이 소피아 씨와 리제 씨를 얼마나 알까?"

페우스가 물었다. 보슬로가 대답했다.

"얼굴을 아는 사람은 극히 일부 귀족과 대신뿐이니 성 주변으로 오시지 않으면 문제없을 겁니다."

"적 중에서 제크에스 왕자와 마족을 맡으면 될까?"

"그게 좋겠습니다."

"그러면 나는 제크에스 왕자를 탐색할게."

페우스가 말했다. 이번 전투의 불확정 요소는 바로 제크에스다. 나도 그를 주목하는 사람이 있는 편이 좋았다.

"상황에 따라서는 내가 왕자와 싸울게."

"신령의 권속이 도와주시다니 정말 감사합니다."

카난 왕자가 말했다. 사실은 신령 본인이지만…….

"성으로 바로 정보를 전달할 수 있도록 절차를 밟아둘 테니 잘 부탁드립니다."

"응, 나야말로."

카난 왕자와의 회의는 잘 진행됐다. 그리고 교전 시, 군을 어떻게 움직일지는 아직 어떻게 될지 모르기 때문에 우리 일은 나중에 상의하기로 했다.

"회의는 이걸로 끝이군요. 왕자님."

이야기가 일단락되자 보슬로가 왕자에게 말했다.

"다소나마 시간이 있습니다. 잠시 말씀 나누시지요. 저는 나가보겠습니다."

장군이 일방적으로 말하고 방을 나갔다. 페우스도 자리에서 일어났다.

"나는 제크에스 왕자의 동향을 살필게. 무슨 일이 있으면 보고하겠어."

그러고는 방을 나갔다. 흠, 이제부터는 왕자와 왕녀끼리 이야기할 수 있게 배려하는 건가. 그러면 나도…….

"루온은 여기 있어."

일어나려는데 리제가 불러 세웠다.

"카난, 할 말 있으면 들어줄게. 사실은…… 무슨 말일지 이미 알지만."

그녀의 지적에 카난의 어깨가 살짝 움찔했다.

"털어놓는 게 편할 때도 있어. 평소에는 약한 소리 같은 거안 할 테니…… 그리고 루온에게 이야기하면 뭔가 조언해줄지도 모르잖아."

"왜 나야?"

"지금까지 소피아를 도와왔으니까 여러모로 생각한 바가 있을 거 아니야?"

"루온, 꽤 신뢰받고 있나?"

유노가 의문을 던지자 리제가 어깨를 으쓱했다.

"신뢰하지 않으면 망설임 없이 여기서 걷어차 내쫓았지."

"너무하네."

"리제 누나는…… 속일 수가 없구나."

카난이 말했다. 왕자가 아니라 그 나이에 어울리는 말투였다.

"예상할 것도 없지. 아버님이 돌아가시고 마족과의 전투가 다가오고 있어. 얼마나 힘들지 쉽게 상상할 수 있어."

"그렇구나……."

깊은 한숨. 그곳에는 자신이 짊어진 무게에 고뇌하는 소년이 있었다.

"나도…… 당혹스러운 건 사실이야. 하지만 나만이 할 수 있어. 지금은 장군과 많은 사람이 도와줘서 어떻게든 해내고 있지만."

그 말에 소피아가 움찔하는 것을 나는 놓치지 않았다. 그녀도 무언가 생각난 것 같았다.

"어떻게 해야 하나 헤맬 정도지만, 해야만 해. 나라가 궁지에 빠졌어. 하물며 그곳에는 제크에스 형도 있고."

그는 소피아와 리제를 누나라고 부르고 제크에스 왕자를 형이라고 부르며 따른 모양이었다. 게임에서는 거의 묘사되지 않았지만 이런 고뇌는 현실과 마찬가지이지 않았을까.

카난은 잠시 침묵하다가 잠시 뒤 고개를 들었다.

"미안, 조금 진정됐어. 에미아, 누나들을 부탁해."

"맡겨주세요."

에미아가 고개를 끄덕였다. 나 외에는 모두 마왕이 습격하기 훨씬 전부터 친했던 것 같았다.

이들 사이에 내가 있어도 되나 의문이 드는데…… 그때, 카난이 내 쪽으로 고개를 돌렸다.

 "다시 인사할게요. 누나들을 구해줘서 정말 고마워요."

 "감사하실 것 없어요."

 "공적인 자리가 아니면…… 누나들을 대하는 것처럼 해줬으면 좋겠어요. 나한테만 정중하면 위화감이 들고, 그 편이 마음이 편하니까."

 "그렇다면 사양하지 않을게. 나한테도 격식 있는 말투를 안 써도 돼."

 "응."

 서로 눈을 보며 웃었다. 동생이 생긴 기분이었다.

 "카난, 이번 전투에 얼마나 공헌할 수 있을지 모르겠지만 전력을 다할게. 믿고 기대."

 "응. 덕분에 무척 든든해."

 재회로 긴장이 풀렸나? 역시 만나길 잘했다.

 그때, 갑자기 문 두드리는 소리가 났다. 에미아가 대답하자 보슬로 장군이 나타났다.

 "말씀 나누시는 중에 죄송합니다. 급한 용건이……."

 "무슨 일이지?"

 카난이 되물었다. 왕자의 얼굴로 돌아왔다.

 "성에 사자가 왔다고 합니다. 왕자님을 뵙고 싶다고 주장하며 눌러앉았답니다."

 "누군데?"

보슬로는 잠시 침묵했다.

"제크에스 왕자입니다."

설마하며 카난은 말을 잃었다. 소피아와 리제도 비슷한 반응을 보였다.

"십중팔구 분신이야."

내가 단정하자 모두가 주목했다.

"보슬로 장군, 노른이 근처에 있습니까?"

"여기 있어."

노른, 아니, 페우스가 얼굴을 쏙 내밀었다.

"제크에스 왕자는 외부에 있는 게 틀림없지?"

"응, 왕자가 나타났다는 말에 성을 마법으로 확인해봤어. 마력이 달라. 루온이 단언한 것처럼 분신이 분명해."

페우스가 말하고 카난 왕자에게로 몸을 돌렸다.

"카난 왕자, 지금부터 제크에스 왕자와 대면할 거지? 나도 동행시켜줘."

"당신을요?"

"전투가 벌어졌을 때, 이번처럼 분신이 나타나면 바로 알고 싶어. 그러려면 분신에 접근해서 마력을 파악하는 게 최고야."

"그렇군요. 그럼 노른 씨도 동행하도록 하죠."

"루온, 같이 갔다 와."

리제가 갑자기 제안했다. 나는 눈을 깜빡였다.

"나도?"

"여기서 유일하게 제크에스 왕자의 얼굴을 모르잖아? 루온의 실력을 생각하면 제크에스와 엮였을 가능성도 있고, 분신이라도 봐두는 게 낫지 않을까? 성까지 호위도 할 겸."

"찬성입니다."

소피아가 말했다. 두 사람의 말에 카난과 보슬로가 나를 보았다. 리제와 소피아의 말이 나를 실력 면으로도 신뢰한다고 카난과 보슬로에게 넌지시 가르쳐줬다.

"나도 찬성이야."

페우스도 동의했다. 카난과 보슬로는 저 말을 「신령의 권속까지……!」라고 해석한 게 분명했다.

나를 향한 전폭적인 신뢰를 넌지시 알리는 것으로 내 의견을 밀어붙이기 쉽게 해줬다. 리제에게 고마웠다.

"음, 그러면 동행을……."

보슬로가 말했다. 제크에스에게 바보 같이 얼굴을 밝히는 건 위험했다.

"나는 마법으로 기척을 숨기고 근처에서 왕자를 관찰할게. 자칫 눈에 띄어서 제크에스 왕자에게 주목받으면 안 좋잖아."

"그러면 나도 그렇게 할게. 경계하면 귀찮으니까."

페우스가 주장했다. 카난이 고개를 끄덕였다.

"그러면 그렇게 하시죠. 보슬로, 괜찮지?"

"왕자님이 동의하신다면…… 두 분, 가시죠."

보슬로의 말을 따라 나와 페우스는 저택을 떠났다.

"그쪽은 기척 숨기는 마법 쓸 수 있어?"

"당연하지."

페우스가 고개를 끄덕였다. 신령이고 하니 걱정할 필요 없나?

우리는 성 근처에서 마법을 쓰고 숨었다. 제크에스 왕자가 마족과 결탁했어도 나와 페우스를 발견하지 못 할 것이었다.

"그런데 유노, 되게 자연스럽게 따라온다?"

나는 방을 나갈 때, 주머니 속에 숨은 유노에게 말했다.

"당연한 소리를! 나도 제크에스 왕자를 보고 싶다고."

"뭐…… 상관은 없지만."

대화하며 걸었다. 카난과 보슬로는 말없이 성으로 향했고…… 머지않아 도착했다. 건물을 구경할 틈도 없이 안으로 들어가 옥좌가 있는 알현실로 갔다.

그곳에 한 사람. 검은 옷을 걸치고 서 있던 사람이 소리에 반응해 카난 쪽으로 몸을 돌렸다.

"오랜만이야, 카난."

나이는 스물 초반…… 리제 또래인가? 옷과 머리와 눈도 검은색, 흰 피부 외에는 검정 일색. 게다가 강한 전사의 기적이 감돌았다. 외모는 험악하지 않고 순수하게 멋진 인상이었다.

"보아하니 사정을 아는 모양이네."

제크에스 왕자가 중얼거렸다.

"제크에스 형……."

"나를 아직도 그렇게 부르는 거냐."

제크에스가 눈을 가늘게 뜨고 카난을 바라보았다.

"너는 여전히…… 착해빠졌구나."

"제크에스 왕자."

그러자 보슬로가 허리춤의 검에 손을 대며 카난 앞에 섰다.

"아니, 이제는 왕자라고 불러서는 안 되겠군요."

"맞아. 나는 조국을 등지고 마족과 손을 잡은 인류의 배신자다. 나라를 탈출한 시점에 카난과의 인연은 끊어졌어."

"그렇다면 역적 제크에스…… 이곳에 뭐 하러 왔나?"

"교섭."

보슬로의 물음에 제크에스가 명료하게 대답했다.

"카난, 나는 마족과 손을 잡고 라하이트와 전쟁을 할 거야. 수많은 사람이 죽겠지. 막고 싶지 않아?"

"무엇을…… 바라지?"

"내 요구를 받아들여."

침묵이 당도했다. 제크에스는 카난의 반응을 지켜보며 기다렸다.

"내용은……?"

"수도를 비워. 그 대신, 병사부터 여자아이에 이르기까지 백성의 안전을 보장하마. 나도 마족과 손을 잡았으니 공을 세워야 하거든. 그 일환으로 이곳을 빼앗는 게 좋겠다고 판단했어. 우리 쪽에서도 피해는 적은 편이 좋으니 교섭에 응해주면 고맙겠어."

받아들이기 어려운 요구. 카난이 그것을 받아들이지 않으리란 것은 알고도 남았다.

"그쪽한테는 말도 안 되는 내용인가? 하지만 백성을 희생시키지 않으려면 가장 현명한 방법이야."

"그것의 어디가 현명하다는 거냐?"

보슬로가 거칠게 물었다. 제크에스는 웃었다.

"그러면 교섭은 결렬…… 수도와 함께 멸망이군."

"그렇게 되지 않게 할 거야."

카난이 대답했다. 강인한 목소리로 제크에스와 싸울 각오를 보였다.

"제크에스 형을…… 막아 보이겠어."

"혹여나 마주치면 우리는 서로를 죽이기 위해 싸울 거다. 아직도 나를 형이라 부르는 네가 그럴 수 있을까?"

"할 거야. 이 나라를 구하기 위해서."

"나라를 짊어진 자의 각오인가. 좋아, 그러면 이번 전투로 자웅을 겨루자."

제크에스가 어깨를 으쓱했다.

"이곳을 공격할 마족은 강해. 내가 손 쓸 것도 없이 끝날지도 몰라."

"난 죽지 않아."

용맹한 눈빛으로 대답했다. 갑자기 제크에스가 환하게 웃었다.

"기대할게."

그 순간, 제크에스가 사라졌다.

잠시 침묵이 알현실을 지배했다. 카난의 큰 한숨이 정적을 깼다.

"알고는 있었지만…… 싸우는 수밖에 없겠어."

"왕자님."

"미안, 잠시 감상에 젖어버렸군. 보슬로 장군, 전투 준비를 서둘러. 아직 마물은 안 보이지만, 며칠 내로 태세를 정돈하고 적에 맞설 수 있게 해."

"분부대로 하겠습니다."

보슬로가 가볍게 인사했다. 카난이 이어서 나와 페우스에게 말했다.

"루온 씨, 누나들에게도 보고해줘. 그쪽에 자세한 정보가 갈 수 있게 태세를 정리할게."

"알았어. 우리도 무슨 일 생기면 일일이 연락할게."

"응."

그의 대답과 함께 나는 걸음을 뗐다. 옆에서 페우스의 발소리가 들렸다.

"적의 목적이 뭘까?"

페우스가 모습을 숨긴 채 물었다. 나는 생각했다.

"단순히 공적을 올리려고 수도를 넘기라고 요구한 것 같지는 않아."

제크에스의 목적과 동향. 이 두 가지가 자꾸만 마음에 걸렸다. 나는 다시 기합을 넣고 우리도 꼼꼼히 준비해야겠다는 생각을 하며 성을 떠났다.

제24장 전쟁 준비

　나와 페우스는 에미아의 저택으로 돌아와 동료와 합류하고 무슨 일이 있었는지 말한 뒤, 작전 회의에 들어갔다. 카난과 만난 방은 아니었다. 널찍하고 긴 테이블이 있는, 회의를 열기 위한 방이었다. 에미아와 집사는 참가하지 않았다.

　그 방에서 각자 편한 자세로 이야기를 듣다가 제일 먼저 내 앞에 앉은 리제가 입을 열었다.

　"제크에스가 무엇을 하려는지가 마음에 걸려."

　"맞아. 수도를 제압하려는 걸 보면 마을이나 성에 볼 일이 있는 걸 수도 있어. 반대로 말해서 수도로 못 들어오게 막으면 적어도 제크에스의 목적은 부술지도 몰라. 그리고 노른."

　나는 오른쪽 옆자리에 앉은 페우스에게로 고개를 돌렸다.

　"가짜가 나타났는데 진짜는 어때?"

　"아직 모르겠어. 수도와 주변을 탐색하고 있는데 수상쩍은 게 없어."

　신령이 하는 말이니 믿어도 될 것 같았다.

　"알았어. 우리는 미력하나마 전투에 참가하게 됐지만, 방어전인 데다가 대규모야. 지금까지처럼은 잘 풀리지 않을 거야."

　나는 생각하는 바가 있었다. 이번 전투에 일어날 비극. 장군과 병사를 이끌어 게임에서 동료가 되는 기사가 죽는 상황을 막을 계획이었다.

어떻게 동료들의 협조를 받을지 고민하며 입을 열었다.

"문제는 이번 전투가 얼마나 지속될지 모른다는 거야. 하루도 안 돼서 끝날 수도 있고 장기전이 될지도 몰라. 피난민을 떠안은 수도 라하이트가 오랜 기간 농성전을 할 수 있을지……. 식자재는 성에서도 고려하겠지만, 인적인 면이 불안해."

리엘의 자료에는 며칠 내라고 적혀있었으나 곧이곧대로 믿으면 위험하니 다양한 가능성을 고려하기로 했다.

"다른 나라에 구원 요청을 했지만, 올 거란 보장이 없어."

리제가 말했다. 그녀 왼쪽에 앉은 소피아가 동의하며 이어서 말했다.

"보슬로 장군도 방어뿐만이 아니라 공격도 해야 한다고 생각하지 않을까요?"

게임에서도 그랬다. 장군이 직접 창을 들고 마족이 있는 북쪽 본진을 쳤다. 나는 계속 말했다.

"그거야. 이번 전투에서 이기려면 장군처럼 무용이 뛰어난 사람들의 공격이 중요해. 적이 이 부분을 노리면 위험해. 장군과 협의해야 하지만, 병사를 통솔하는 지휘관급 인물과 손을 잡고 싸워야 하지 않을까?"

"그냥 마물을 쓰러뜨리는 것만으로는 안 돼?"

벽에 몸을 기대고 팔짱을 낀 실비가 말했다.

"루온은 장군이 죽을까봐 걱정 돼?"

"사기와 관련 있으니 최악의 상황에는 전선이 와해될 거야. 마을을 공격한 마물과 비슷한 실력이라면 라하이트를 공격하는 적은 우리 실력으로 쉽게 무찌를 수 있어. 하지만 전쟁 규모의 전투에는 중과부적이야. 단순히 싸우는 것보다는 목적을 가지고 싸워야 해."

"나는 동의해."

리제가 내 의견에 동의했다.

"이전처럼 적을 쓰러뜨리는 것만으로는 끝이 없을 테고 지휘관을 잃으면 타격이 크니까."

"다른 사람들은 어때?"

"나도 찬성."

창가에 선 쿠자가 손을 들었다.

"그런 사람과 손잡으면 적을 효율적으로 무찌를 수 있을 거야. 다른 사람들 실력을 고려하면 적진에 파고들어 지휘관을 격파하는 방법도 쓸 수 있을걸?"

"소피아는 마음만 먹으면 혼자서도 무찌를 것 같아."

실비의 지적에 소피아가 쓴웃음을 지었다.

"아무리 그래도 그건 힘들죠. 저도 루온 님의 생각에 찬성합니다."

오르디아만 남았다. 방문 근처에 선 그는 내 시선에 묵묵히 고개를 끄덕였다. 괜찮다는 거로군.

"좋아, 이 일은 장군과도 협의하자. 이번에는 전투가 벌어질 때까지 어떻게 할지 이야기해보자. 일단 나와 노른은 제크에스가 있는 곳과 마물의 움직임을 알아볼게."

사역마로 전황 파악을 하는 것은 중요했다. 어떻게 포진하느냐에 따라 게임과 차이가 있는지 판별할 수 있었다.

"다른 사람들은 전투에 대비해 조금이라도 강해졌으면 좋겠어. 문제는 훈련할 곳이 있느냐 인데……."

"걱정하실 것 없습니다."

소피아가 말했다.

"그 부분은 에미아에게 이야기해놓았습니다."

"응? 그런 데가 있어?"

"음…… 직접 보는 게 빠르겠군요. 자리를 옮기죠."

소피아가 자리에서 일어났다. 나와 다른 동료도 따라서 일어나 움직이기 시작했다. 복도를 지나 지하로 내려가는 계단이 있는 곳에 도착해 아래로 내려갔다.

그 앞에는 문이 하나 있었다. 문 너머에는—.

"와, 방 엄청 크다."

유노가 놀라서 말했다. 그 말대로 상당히 넓은 공간이 있었다.

"마법 위력을 검증할만한 방은 아닙니다만."

소피아가 말했다. 방을 구성한 소재가 목재라서 당연하다면 당연했다.

"소피아, 댄스홀처럼 보이는데."

"저택을 지으며 지하에 연구시설을 만들었다고 합니다. 그런데 거의 사용하지 않아서 다목적으로 쓸 수 있는 방으로 개조했다고 들었습니다."

"검술 실력이 녹슬지 않게 하기에는 좋겠어."

실비가 말했다. 조용한 밖에서 훈련하면 주목받을 가능성이 컸다. 괜히 눈에 띄는 것은 피하고 싶으니 이런 시설이 있으면 좋았다.

"여기서 훈련하죠. 그런데 구체적으로 어떡할까요? 이전과 다르게 싸워야 하니 할 일도 바꿔야 하지 않을까요?"

"강해지기 위한 방침은 바꾸지 않아도 돼."

내가 말했다.

"이번 전투의 뒷일도 고려해줘. 우리의 최종목표는 마왕을 무찌르는 거야. 이 점은 흔들리지 않았으면 좋겠어."

나는 소피아에게로 시선을 옮겼다.

"소피아는 어떡할래? 지일다인 왕국에서 쿠자에게 무영창 마법 지도를 받았잖아. 쿠자, 얼마나 진척됐어?"

"소피아 씨를 지도하는 건 일단락됐고 실전에 쓸 수 있는 수준은 됐으니까 걱정할 거 없어."

흠, 그렇다면…….

"레핀은 아무 말 없었어?"

"있었습니다. 4대 정령의 힘을 모은 기술을 고안해보라더군요. 저는 그쪽에 매진할까요?"

소피아는 검과 마법 둘 다 쓰기 때문에 검술과 마법을 조합하는 마도기를 잘 썼다. 자신과 계약한 4대 정령의 힘을 결집한 기술을 마도기의 극치라 할 수 있지 않을까?

게임에는 그런 기술이 없었으니 완전한 오리지널. 이번 전투에 체득하기는 어렵겠지만 소피아는 실전을 통해 급속히 성장하는 타입이었다. 혹시 모르는 일이고 마왕전에 대비해 훈련하면 좋을 것 같았다.

"다른 사람들은 어떡할 거야?"

"나는 그냥 검 훈련."

내 질문에 실비가 대답했다.

"여기서는 마력을 써서 전력을 다하진 못 하겠지만……. 리제, 도와줘."

"좋아. 나도 실력이 녹슬지 않게 무기나 휘두를래."

"나는 마력을 모아서 위력적인 마법을 쓸 수 있게 하는 정도?"

쿠자가 이어서 말했다. 그러면 오르디아만 남았다.

"오르디아는?"

"루온 씨에게 저번에 새 기술을 개발했다고 말했지?"

"지일다인 왕국에 있을 때 했었지. 진전은 있었어?"

"어쩌면 이번 전투에 도움이 될지도 모르겠어. 봐봐."

오르디아가 왼손을 뻗었다. 손끝에서 검은 그림자 같은 것이 뻗어 나왔다.

순간 긴장하게 하는 변화. 모두가 지켜보는 가운데, 그림자가 꿈틀거리다 이윽고 형태를 갖춰 늑대를 본뜬 존재가 되었다.

"이건…… 마물을 만든 거야?"

"맞아. 사역할 수 있는 거리와 수에 한계가 있지만."

예전에 함께 싸웠던 리엘의 능력과 똑같은 능력은 아니었다. 오르디아가 리엘의 기법에 흥미를 느끼고 습득한 모양이었다.

"아직 제약이 많은데…… 루온 씨, 어떡할까?"

"쓸 수 있겠어. 그런데 장군에게 미리 알려야 해. 적의 마물과 혼동하면 위험하니까."

만들 수 있는 마물 종류에 따라서는 유용성이 뛰어났다. 오르디아도 그 점을 염두에 둔 듯했다.

"실전에 쓰기까지 시간이 좀 필요해. 전투 전까지는 쓸 수 있게 하고 싶어."

"알았어. 오르디아는 그렇게 해."

그리고 나는…… 가르크와 아즈아에게 받은 신령의 기법이 있었다. 여행 중에 훈련하기는 했지만 역시 만만치 않았다. 이쯤에서 해내고 싶었다.

"일단 모두 할 일이 정해졌네. 성과 협의하는 건 나와 노른이 맡을 테니까 모두 훈련에 힘써줘."

"루온 님, 감사합니다."

"어휴, 괜찮아. 그럼 바로 시작하자."

내 말에 모두 고개를 끄덕였다. 곧 동료들이 지하에서 이것저것 시작하는 것을 보고 나는 지하를 벗어나 정원에 있던 에미아에게 가서 감사를 표했다.

"지하를 빌려줘서 고마워."

"아니에요, 저는 이 정도밖에 못 하니까요. 달리 필요하신 게 있으면 사양 말고 말씀하세요."

"응. 그리고 하나 걱정되는 게 있는데……"

에미아가 고개를 갸웃거렸다. 나는 말을 이었다.

"전투가 벌어지면 이 저택의 방어는 어떻게 할 거야?"

"저택이요?"

"제크에스 왕자가 적이니만큼 마족도 카난 왕자의 인간관계를 알고 있을 거야. 에미아 씨를 노리지 않을 거란 보장은 없어."

에미아는 입을 굳게 다물었다. 사실은 성에라도 숨어있었으면 하지만 제크에스가 성을 노리고 있으니 오히려 위험할 수 있었다.

제크에스가 만약 저택을 습격한다면 왕자의 약혼자인 에미아를 사로잡기 위해 상당한 전력을 투입할 수도 있었다. 카난도 그 정도는 짐작하고 있을 텐데……. 전투가 시작되면 다른 곳으로 피난시켜야 하나? 아니면…….

"섣불리 움직이면 역효과가 날 거야."

누군가의 목소리가 들렸다. 돌아보니 페우스가 다가오고 있었다.

"수도 전체가 혼란스러워서 아무리 약혼자라고 해도 그녀만 특별 대우하면 다른 사람과 갈등이 생길지도 모르잖아? 카난 왕자는 왕자라고."

"그래…… 맞아."

"이곳은 나한테 맡겨. 왕자가 어디 있는지 알아내느라 전투에 참가할 수 없으니 여기서 마력장벽이라도 펼치고 방어할게."

아하. 페우스가 방어한다면 안심이었다.

"난 방어만 할 수 있으니까 적이 진지하게 나오면 구하러 와."

"노력할게."

"결정됐네요. 노른 님, 잘 부탁드립니다. 그러면 저는 이만……"

에미아가 인사하고 자리를 떠나자 페우스가 말을 걸었다.

"역시 제크에스는 수도 안에 없어. 그리고 이번 전투를 벌이는 마족도 확인되지 않아. 아직 거리가 먼가 봐."

"수도에 수상한 움직임도 없어?"

"응. 마물이 잠입하지도 않았어."

적어도 마물은 없나. 페우스는 수상한 마력원이 있으면 바로 알 테고, 만약 수도에 소동이 벌어져도 도울 수 있겠지?

"아, 그리고 밤에 아까 모인 지하로 올래?"

"뭐하려고?"

"가르크가 했던 말의 검증. 마왕을 무찌를 검을 만들기 전에 마족과 싸워서 얻은 아티팩트로 사역마를 만들 거야."

아, 그건가. 시간이 있으니 해봐도 손해는 없겠지.

"어떤 사역마를 만들 거야?"

유노가 날아다니며 물었다.

"이왕이면 멋지게 만들자."

"으음…… 페우스, 생김새는 내 마음대로 할 수 있어?"

"상상한 그대로 될 거야."

바로 생각나지는 않았다. 마왕과 맞서니까 천사로 해야 하나?

"생각해둘게. 일단 지금은 상황부터 확인하자."

"응, 잘 부탁해."

페우스의 말에 나는 「응」이라고 대답했다.

그 후, 나는 조사를 시작했다. 사역마를 이용한 색적 활동은 몇 시간 만에 끝났다.

일단 남쪽에는 마물이 거의 없었다. 그리고 동쪽과 서쪽…… 수도와 조금 떨어진 곳에 있는 숲 주변에 마물이 있었다. 마물 대부분은 이번 전투를 일으키는 마족이 만든 것이었다. 마족 중에 마물 생성 능력에 특화된 마족이 있는데 이번 전투를 지휘하는 마족이 그러했다.

그리고 북쪽…… 수도와 멀지 않은 곳에 있는 산맥에도 마물이 여럿 있는데 현 단계에는 어디까지나 무리 수준으로 군대를 이루지는 못했다.

곧 이 무리들이 합류해 대군세를 이루어 라하이트로 오는 건가……. 현재는 일부러 무리를 분산시켜 어디가 본군인지 모르게 했다.

"게임이랑 똑같아?"

유노가 물었다. 우리는 내가 배정받은 방에 있었다. 침대에 앉아 생각하고 유노에게 대답했다.

"북부에 마물이 무리 지은 걸 보면 마족은 북쪽에 있을 가능성이 커."

"그렇구나. 저기, 근본적인 의문인데 마족이 자유롭게 마물을 만들 수 있다면 어디서 만들든 상관없지 않아? 수도 근처까지 와서 잔뜩 만든다든가. 적 편에서 생각하면 기습도 되고 제크에스 왕자가 조언했을지도 모르니 그럴 가능성도 있잖아?"

"마족도 한 번에 만들 수 있는 수와 제어할 수 있는 수에 한도가 있을 테니까 다소나마 시간이 필요해. 그러니까 이곳에 오기 전까지 준비를 마쳐놔야 싸울 수 있어."

"하루아침에 대군을 만들 수는 없구나."

"응. 땅에 잠든 마력을 활용하면 이야기가 다르지만, 그건 힘들 거야."

"힘들어?"

"자세히 설명하면…… 으음, 5대 마족이 거점을 세운 건 땅속에 마력을 펼쳐서 마왕의 대륙붕괴 마법 『라스트 어비스』를 쓰기 위해서야. 그런데 그거 말고도 대지의 마력에 간섭해서 마물을 대량으로 만든다는 의미도 있어."

"보통은 그렇게 못 한다는 거야?"

"맞아. 마족이 토지의 마력으로 마물을 만들려면 마력을 마물용으로 변환해야 해. 마력을 변환하는 게 바로 거점의 성이야."

이번에…… 거점을 배치하지 않은 것은 적합한 땅이 없었기 때문일까, 다른 이유일까.

"이번에는 마족이 자기 마력으로 마물을 만들어야 해. 수천 규모의 마물을 만드는 엄청난 능력이긴 하지만, 아무리 그래도 하루아침에는 힘들다는 거야."

"마물 자체는 강하지 않지만."

"그만큼 많이 만드니까 강력한 마물은 수가 한정될 거야. 가령 짧은 시간에 마물을 만든다 치자. 그러면 유노의 말처럼 수도 근처에 마물을 만들어 기습하는 게 가장 좋아. 그런데 현실은 마물을 만들어서 마을을 습격하고 다니지. 수도를 노린다면 오히려 경계가 강화될 텐데 미묘한 계획이야."

"세력권을 늘리려는 건가?"

"반은 맞았어. 마물을 대량으로 만들면 당연히 질이 떨어지게 돼. 그런데 질이 떨어지는 마물도 장기(瘴氣)가 있으면 다소나마 보강돼."

유노가 「아하」라고 중얼거렸다.

"마을을 습격해 사람들을 쫓아내는 건 장기를 퍼뜨리기 위해서구나?"

"맞아. 게다가 단순하게 성을 기습하더라도 돌파할 수 있을지 확실하지 않고 암살에 성공해도 나라 자체는 마족을 증오하며 필사적으로 저항할 거야. 그러면 귀찮겠지? 발크스 왕국의 마을이 지배는 당해도 학살은 거의 일어나지 않는 걸 고려하면 마왕의 방침은 국가 제압이지 민중 학살이 아니야. 그 포석으로 나라 전체에 장기를 퍼뜨려서 마물의 영역을 넓히는 거고."

언젠가 대륙붕괴 마법을 쓴다고는 하나, 마왕은 인간을 지배하는 방식을 취했다. 모순되는 행동인데 의미가 있을까?

"루온, 하나만 더 물어볼게. 이번 전투를 빠르게 끝내려면 마물을 만드는 마족을 쓰러뜨리면 되지?"

"응. 전쟁이 시작되기 전에 내가 마족을 쓰러뜨리는 방법도 있지만, 두 가지 문제가 생겨."

"문제?"

"마족이 이곳을 노린 이유가 명확하지 않아서 적이 다시 습격할 가능성을 부정할 수 없어. 게다가 그때는 더 교묘한 수법을 쓰겠지. 제크에스의 소재도 모르고. 그럴 거면 아예 이번 전투로 결판을 내고 싶어."

"또 하나는?"

"카난은 이번 전투를 통해 각성해서 보검을 자기 뜻대로 다루게 되고 남부 침공 때 인간 쪽 맹주가 돼. 이번 전투가 없어지면 카난이 각성하지 않아 남부 침공의 맹주가 사라져서 위험해."

"으음, 꼭 왕자가 맹주가 될 필요는 없잖아?"

"그렇긴 한데…… 달리 할 수 있는 사람이 없어. 카난 왕자가 맹주로 인정받은 건 그가 마족을 몰아낸 게 널리 알려졌기 때문이야. 이번 전투는 피할 수 없어."

"소피아는? 자격 있잖아?"

소피아는 지금도 자격이 있었다. 5대 마족을 무찌른 실적과 현자의 핏줄. 나라에서 쫓겨나 분투하는 비극적이고 영웅적인 면도 있었다. 사람들이 쌍수를 들고 인정할 터였다.

그러나—.

"소피아가 맹주가 되면 군대를 통솔해야 해서 여행을 못해. 그러면 성장하기가 어려워져."

"아, 그렇구나. 그러면 이번 전투는 일어나야만 한다는 거네?"

"썩 듣기 좋지는 않지만."

발크스 왕국이 떠올랐다. 나는 소피아와 왕을 구했지만 수도가 농락당하는 것은 시나리오 상 어쩔 수 없다며 내버려두었다. 이번에도 그때와 비슷했다.

전투가 일어나지 않으면 게임에 벌어진 장군과 기사의 비극도 사라지지만 불확정 요소가 너무 많았다. 제크에스 왕자 일도 있으니 여기서 맞서 싸워 지일다인 왕국에서 시작된 일련의 소동도 해결해야 했다. 하지만—.

"모르겠어. 어느 쪽이 옳은지 판단할 수 없지만…… 나는, 아슬아슬하게나마 시나리오를 따라 움직이고 싶어."

"그러면 그렇게 하자."

"반대할 줄 알았어……."

"부정할 생각 없어. 그리고 루온이 고민하는 거 뻔히 아는걸."

유노가 팔짱을 꼈다.

"그거잖아? 머지않아 동료들에게 사실을 고백할 건데 모든 걸 알고도 내버려뒀다는 게 알려지면 원망할 거라 생각하지?"

"속마음을 읽지 마."

유노의 지적은 정확했다.

"호수 마을에서 리제한테 소피아가 어떻게 생각하는지 들었는데…… 그렇게 자기 자신을 탓하지 않아도 되지 않을까?"

"내가 날 탓해?"

"응."

유노가 고개를 크게 끄덕였다.

"그리고 내가 말하고 싶은 건……."

"뭔데?"

"이런 이야기는 나 말고 소피아와 해. 분명히…… 소피아도 그렇게 해주길 바랄 테니까."

참지 못하고 쓴웃음을 지었다. 유노가 무슨 말을 하려는지 알겠다.

"루온은 불안할지 몰라도 소피아와 리제는 너를 원망할 사람이 아니야. 루온은 동료를 더 믿어야 해."

"설마 유노가 그런 말을 할 줄은……."

"뭐야?"

"아니, 미안. 알았어. 조언, 가슴에 새길게. 고마워."

"그래, 그래. 사람은 솔직해야 해."

유노가 연신 고개를 끄덕이고 방문을 가리켰다.

"그럼 난 소피아네 방을 보러 갈게."

"응."

유노가 문을 열고 복도로 나갔다. 그 후, 문이 닫히자 나는 작게 한숨을 내쉬었다.

"언젠가 말해야 하긴 하지만……."

『어쩌면 이번 전투 뒤에 할지도 모르겠군.』

갑자기 머릿속에 목소리가 들렸다. 가르크였다. 정신 차리고 보니 내 오른쪽 어깨에 나타났다.

『곧 남부 침공이 시작된다. 그때까지 사정을 설명하고 카난 왕자가 속히 준비하도록 해야 한다.』

"그렇지……. 뭐가 어쨌든 이번 전투가 끝난 다음이야. 어떻게 할지는 그때 정하자. 가르크, 제크에스 관련해서 보고할 거 있어?"

『아니, 없다. 페우스가 움직이니 내가 나설 자리는 없을 거다.』

"그래. 일단 난 마물의 상황을 살필게."

사역마에 의식을 집중했다. 수상한 움직임은 없는지…… 나는 계속 관찰했다.

작업을 진행하다가 저녁시간이 되었다. 오늘은 아무 일 없이 마무리됐지만 내가 할 일은 끝나지 않았다.

심야. 적절한 타이밍에 방을 나갔다. 동료들은 푹 잠들었는지 아무 소리도 들리지 않았다.

곧장 지하실로 향했더니 페우스가 기다리고 있었다.

"난 준비를 마쳤어. 정령들의 협조도 끝났고."

페우스의 손에는 5대 마족 다크라이드와 싸우고 얻은 아티팩트가 있었다. 정령들의 마력도 주입한 모양이었다.

"내 마력도 미리 넣었어."

"그런 것치고 눈에 띄는 변화는 없네?"

"마력장벽으로 마력이 새어나가지 않게 했으니까."

자세히 보니 페우스 주위에 얇은 마력장벽이 있었다.

"네가 무엇을 하는지 들키지 않게 장벽을 강화할게."

말이 끝나기 무섭게 갑자기 장벽이 넓어져 나를 에워쌌다. 그러자 전신에 페우스가 내뿜는 농밀한 마력이 맴돌았다.

"자, 시작해볼까? 우선 이 아티팩트부터 마력화하자."

"마력화?"

처음 듣는 말이었다. 페우스가 「그러면 일단」 하고 설명을 시작했다.

"말 그대로 물질을 마력으로 변환하는 방법이야. 이번에 너는 사역마를 창조할 건데 마력을 몸에 고정하지 않으면 자유롭게 들이고 보낼 수 없어서 불편해."

"즉, 아티팩트를 마력으로 변환해 몸에 넣는다는 말이군."

물질을 몸에 심을 수는 없으니 그런 처치를 하나보다.

"마력이 방대한데 내 몸에 들어가도 문제없을까?"

"마력은 압축할 수 있어."

압축? 그런 게 되는구나.

"그리고 정령의 힘과 인간의 힘은 융합할 수 없으니까 완전히 분리할 거야. 이번에 만들 사역마의 힘을 네가 직접 이용하지는 못 해. 의식은 연결할 수 있으니, 예를 들어 마력분석 결과는 사역마를 통해 파악할 수 있어."

"따로 움직이는 게 편하니까 괜찮아."

"그러면 문제없네. 이제 마력화를 시작하자."

그리고 작업이 시작됐는데 나는 아티팩트를 건네받고 페우스의 작업을 지켜보기만 했다.

이윽고 아티팩트에 변화가 생겨났다. 구체가 어렴풋이 빛나더니 손에 실린 무게가 사라졌다.

"좋아, 이제 됐어. 몸에 넣어."

페우스가 지시했다. 정말 괜찮은지 반신반의하며 나는 천천히 손을 움직여 가슴에 밀어 넣었다. 그러자 빛이 몸으로 들어가 사라졌다.

"끝이야?"

"1단계는…… 몸에서 마력이 느껴지지?"

살짝 의식해보니…… 음, 분명히 내 마력과 다른 힘이 느껴졌다.

"지금부터 사역마를 만들 거야. 제일 먼저 어떤 모양으로 만들지 상상해."

새 사역마를 만든다는 말이 나왔을 때부터 어떤 모양이 좋을지 생각했다. 결론은 흔한 모양인 천사님.

평범한 천사가 아니라 머리부터 발끝까지 갑옷을 입고 날개를 단…… 천사라기보다는 천사를 따르는 천계의 전사라는 느낌?

그 모습을 상상했다. 날개가 달렸고, 갑옷은 은백색이 좋을까? 적당히 치장도 하고…… 얼마나 반영될지는 모르겠지만.

"내가 사역마 만드는 걸 도와줄게."

페우스가 오른손을 내 가슴으로 뻗었다.

갑자기 몸이 조금 뜨거워졌다. 흡수한 마력이 형태를 갖추려고 몸을 맴돌았다.

그것은 마치 온몸의 피가 뜨거워지는 것만 같았다. 나는 계속 상상에 집중했고 조금 지나자 가라앉았다.

"좋아, 2단계 종료."

페우스가 말했다.

"이제 어떤 능력을 부여할지 가르쳐줘. 마력이 상당해서 제법 자유롭게 붙일 수 있는데 무엇이든 할 수 있는 건 아니니까 주의해."

"음, 그렇구나. 일단…… 페우스가 하는 것처럼 마력이 새어나가지 않게 격리결계를 펼치는 능력이 필요해. 그밖에는 마력 분석능력과…… 전투능력도. 용량이 될까?"

"다른 능력을 부여할 여유는 남겨두자. 다만, 네 힘과 분리됐으니 사역마의 능력은 나나 가르크만 변경할 수 있어."

"상관없어. 일단 지금 말한 대로 부탁해."

"알았어."

그로부터 시간이 흐르길 약 20분. 이런 일은 페우스도 처음이라 신중하게 진행했다.

"일단 지정한 건 끝났어. 형태를 갖추는데 며칠 걸릴 거야. 마력이 많아서 완성까지 시간이 걸려."

"이번 전투까지 완성될까?"

"글쎄……. 운도 따라야 해서."

음, 어쩔 수 없겠군.

"일단 할 일은 끝난 거지?"

"아, 하나만 더. 시간 있을 때 해두자."

"뭘?"

내가 고개를 갸웃거리자 페우스가 웃으며 말했다.

"가르크와 아즈아가 네게 기법을 가르쳐줬지? 나도 하나 가르쳐주려고."

모든 신령에게 기법을 배운 인간은…… 내가 처음이겠지?

"손 줘봐."

그 말을 듣고 손을 앞으로 내밀었다. 내 손에 페우스의 손이 닿은 순간, 머릿속에 정보가 흘러들어왔다.

가르크는 마법, 아즈아는 기술. 그리고 페우스는―.

"재미있는데."

"수련이 필요해서 이번 전투에는 못 쓸 거야. 마력 구축방법만 확립하면 사역마도 쓸 수 있어. 그게 더 나을 수도 있겠네."

"그럴 수도 있겠어. 참고할게. 원점으로 돌아가서 페우스는 제크에스 수색에 힘쓸 거지?"

"응, 그럴 거야."

페우스가 말하고 눈을 가늘게 떴다.

"하나 물어볼 게 있는데…… 네가 알던 이 세계의 이야기에서도 이곳 수도가 공격당했지?"

"응, 틀림없어."

"그러면 마족과, 이야기의 이레귤러인 제크에스의 목적이 일치하지 않다고 해석해도 될까?"

"글쎄…… 마족의 목적은 수도 라하이트 지배야. 제크에스도 카난에게 수도를 넘기라고 했으니 목적이 같다고 해석할 수도 있는데……. 개인적으로는 목표가 같아서 손을 잡았다고 하는 게 어울려."

"흠…… 제크에스는 제법 기대 받는 모양이야."

"그럴지도 모르지."

아즈아가 5대 마족 다크라이드에게 접근해 알아낸 정보에 의하면 제크에스가 마왕 쪽에 자주 조언했고 실제로 마왕이 의견을 받아들이기도 했다. 마왕은 제크에스를 이용할 가치가 있다고 봤다.

"마족과 제크에스가 얼마나 내밀하게 연계할지는 모르지만…… 전투 경과와 다르게 행동할 가능성은 차고 넘쳐."

"그러니까 내가 주의할게. 무슨 일 있으면, 그래…… 마법으로 연락하자."

페우스가 「참」이라고 중얼거리고 손뼉을 쳤다.

"루온에게도 가르쳐줄까? 네 사역마는 관찰이 기본이고 연락은 못하지?"

"대륙에 퍼뜨린 수 때문에 연락 기능은 무리야."

"방법을 조금 바꾸면 서로 연락을 주고받을 수 있는 사역마를 만들 수 있어. 나중에 예를 들어…… 동료와 따로 움직일 때 쓸 수 있지. 그런데 이것도 수련해야 해서 이번 전투에는 못 써."

"편리해보이니까 배워볼래."

그리하여 페우스의 지도하에 사역마를 만드는 새로운 방법을 배웠다.

다음 날.

일련의 작업을 마친 나는 오늘 무엇을 할지 고민하면 아침 식사를 하러 식당에 들어갔다. 동료들은 이미 앉아 있었고 모두 모이자 먹기 시작했다.

저택 사람은 아무도 없었다. 이곳에는 함께 여행하는 동료들뿐이었다.

"전투 직전까지 훈련하면 되지?"

문득 리제가 내게 물었다. 내가 고개를 끄덕이자 리제가 실비와 담소를 나누기 시작했다. 훈련 파트너라서 어떻게 할지 협의하는 모양이었다.

소피아와 오르디아는 새 기술과 기법을 개발 중이고, 쿠자는—

"루온 씨, 같이 수도를 둘러볼래? 구조를 알아두면 좋잖아."

그가 내게 말을 걸었다.

"나라에서도 시가전은 피하고 싶겠지만, 준비는 해둬야겠지."

"응, 그래."

라하이트는 내가 전생하기 전의 루온도 들른 적이 없어서 수도를 조금이라도 파악해야 했다. 전투 전까지 카난에게 지도도 받고…… 일단은 직접 현장을 확인하러 가자.

나와 쿠자는 아침식사 후에 저택 밖으로 나갔다. 유노도 따라왔다.

"솔직히 나는 얼마나 도움이 될지 모르겠어."

걸음을 떼자마자 쿠자가 입을 열었다.

"소피아 씨와 오르디아 씨는 말할 것도 없고, 리제 씨와 실비 씨도 상당히 성장했어. 나는 발목 잡지 않는 게 최선이야."

"쿠자도 실력이 상당하잖아? 무영창 마법이라든가."

"상황에 따라 마물을 잡아둘 수는 있지만, 결정타는 못되잖아."

게임에서도 능력은 평균이었으니까. 그리고 무영창 마법은 현실이 되자 여러 부분에서 약해졌다.

일단 주문을 외우지 않으면 마법 위력이 줄었다. 현실에서는 이 점이 현저해졌고 능력이 뛰어난 마물은 잡아두기도 어려웠다. 그리고 게임에는 매직 포인트라는 MP치가 있는데 바닥나려고 하면 아이템으로 바로 회복했지만, 현실은 그렇지 않았고 마력 말고도 체력도 소비했다.

실비와 고향에서 함께 싸웠던 바르자드와 다르게 그의 능력이 강력하기는 하나 『삼강』으로서는 약해졌다. 그래도 충분한 힘이지만…….

나는 문득 나란히 걷는 쿠자의 옆모습을 관찰했다. 입을 굳게 다물고 아까와 다른 일로 고민하는 모습이었다. 그것은 아마—.

"쿠자 씨, 고민이라도 있어?"

유노도 같은 생각을 했는지 말을 꺼냈다.

"천사님은 모르는 게 없네."

"이번 전투 때문이야?"

"응. 마족에 붙은 제크에스 왕자 때문에. 나는 나테리아 왕국 아카데미아에서 공부했으니까. 설마 그 왕자가……라는 심정이야."

아, 그랬다. 쿠자는 제크에스의 조국인 나테리아 왕국 출신이었다.

"소피아 씨와 카난 왕자는 결심한 모양이지만…… 왕족으로 존경했던 사람의 배신은 생각보다 충격이었나 봐. 궁정마술사도 아닌데 이상하지?"

어깨를 으쓱했지만…… 이해가 안 되는 것은 아니었다. 만약 고향인 피스일리아 왕국의 왕족이 마족에 붙으면 루온의 기억이 있는 나도 크든 작든 충격을 받으리라.

쿠자에게 그런 일이 일어났다. 제크에스의 친구라 할 수 있는 소피아와 카난은 「막아야 한다」는 사명감이 강하지만, 쿠자는 그렇게 냉정하지 못 했다.

"그러고 보니 나테리아 왕국은 제크에스 때문에 움직이고 있을까?"

의문이 들었다. 쿠자가 하늘을 올려다봤다.

"글쎄……. 이곳에 왕자가 있다는 정보를 들으면 사람을 파견할 거야."

그때 라하이트 상공을 나는 사역마로부터 보고가 들어왔다. 여행객이나 피난민과는 다른 존재를 발견했다. 게다가 그것은―.

"호랑이도 제 말하면 온다더니……."

"응? 루온 씨, 왜 그래?"

"쿠자, 주변을 정찰하던 사역마 하나가 나테리아 왕국 관계자를 발견했어."

내 말에 쿠자가 눈을 크게 떴다.

"뭐? 이 나라에 왔어?!"

"타이밍을 보면 아라스틴 왕국이 연락한 건 아니야. 독자적으로 정보를 모아 도달했나본데……."

숫자는 백 명 정도. 나테리아 국기를 들고 행진하는 모습을 보고 여행자들이 길을 터줬다.

"성으로 바로 가겠지? 쿠자, 어떡할래? 보러갈까?"

"아…… 그래."

쿠자의 표정이 심각해졌다.

"왕자를 잡으러 왔나? 아니, 마족에 붙었어. 국가의 수치를 죽이라는 지시를 받았을지도 몰라. 루온 씨, 누가 이끄는지 확인해도 될까?"

"물론이야."

나와 쿠자는 그들이 지나갈 대로로 갔다. 그곳에서 잠시 기다리니 육안으로 그들을 볼 수 있었다.

백 명 규모의 부대는 수도에서도 눈에 띄었다. 대로에 있던 사람들이 그들을 보고 길을 텄고 관찰하며 무슨 일인가 이야기를 나눴다. 그 모습을 힐끗 보고 나는 입을 열었다.

"제크에스 일은 아직 퍼지지 않았으니 명목상으로는 도우러 온 게 되나?"

"그렇겠지?"

쿠자가 대답하고 머지않아…… 선두에 선 인물이 또렷하게 보였다. 여성이고 아름다운 은색 로브와 회색 망토를 걸쳤다. 손에는 철제 지팡이를 들었고 짧은 흑발에 멀리서 봐도 미인이었는데 입을 굳게 다물어 긴박함이 감돌았다.

뒤를 따르는 사람들도 같은 장비…… 그때, 쿠자가 반응했다.

"저 사람은…… 알레테인가?"

"아는 사람이야?"

"응. 알레테 웬티. 아카데미아 동기였어. 모의전 실기 수석을 차지한 능력자야. 직접 만든 마법과 무기 조합이 강력해서 아카데미아에서도 적수가 없었어."

"부대를 통솔하는 것 같은데……."

"아카데미아 졸업 후에 어떻게 살았는지는 모르지만, 궁정 마술사단 대장을 하는 모양이야."

마술사는 국가 소속 마법사를 가리킨다. 국가에 충성을 맹세하고 검을 든 사람을 기사라고 부르듯이 국가를 따르는 마법사를 마술사라고 불렀다.

그들은 규칙적인 발소리를 내며 대로를 전진했다. 격식 있는 발걸음에서 높은 사기가 느껴졌다. 실력도 상당할 것 같았다.

"제크에스 왕자 일로 온 건 분명한데 경위가 궁금하네."

"쿠자, 말을 걸어 볼까?"

"아니, 됐어. 무슨 얼굴로 말을 걸어야할지도 모르겠고……
나중에 카난 왕자에게 물어보자."

"알았어."

나와 쿠자는 알레테와 사절단이 사라질 때까지 지켜보다가 당초 예정대로 수도를 둘러봤다. 그렇다 해도 드넓은 수도를 하루 만에 둘러보기는 불가능했다. 우리는 대로와 이어진 길 구조를 파악했다. 얼추 머리에 들어왔으니 충분한 수확이었다.

점심도 밖에서 먹고 오후가 되어서 저택으로 돌아갔다. 집사에게 사절단 이야기를 하자 흔쾌히 성에 연락하겠다고 했다.

일단 할 일은 끝났다. 정원에서 메이드와 의논하는 에미아를 봤지만 나는 별생각 없이 쿠자와 헤어져 방으로 돌아갔다.

"나테리아 왕국 사람들과 손을 잡을까?"

"글쎄."

주위를 날아다니는 유노의 질문에 나는 어깨를 으쓱했다.

"그런데 사절단의 장비를 보고 의문이 들었어. 대부분 선두에서 걷던 알레테라는 사람과 똑같았지? 마술사 중심으로 이루어진 부대야."

"기사나 병사는 별로 없었지."

"꽤 치우친 편성이야. 왕자 확보 외에 다른 목적이 있는 것 같아."

그건 정보가 들어오길 기다리기로 하고 그 외에 할 일은……

그때, 갑자기 문을 두드리는 소리가 났다.

"네?"

대답하자 문이 열리고 리제가 나타났다.

"안녕, 루온. 잘 있었어?"

"무슨 일이야?"

"다들 전투가 임박해서 어깨에 힘이 들어갔잖아? 그래서 조금이나마 풀어주려고 잠깐 편하게 있는 시간을 만들어보려해. 친목을 다지기에도 좋을 것 같고."

"좋을 것 같은데?"

계속 긴장한 채로 있으면 몸이 못 버티니까.

"그래서 에미아에게 부탁해서 차 모임이라도 열려고 하는데…… 루온도 참가할래?"

아, 에미아가 메이드와 상의하던 게 이거였구나. 다만―.

"왜 나야?"

"모두에게 권하고 있어. 아까 쿠자한테도 이야기했어. 노른 씨는 거절했지만."

차 모임이라……. 귀족들의 교류회라는 이미지가 있는데 이번에는 개인적인 자리니까 아마 의자에 앉아 과자라도 먹으며 차를 마시는 식이겠지?

오르디아는 참가할 것 같지 않고 쿠자도 아마…… 그러면 남자는…….

"아니, 나는……."

"유노는?"

"당연히 참가할게."

"그래……. 루온도 참가할 거지?"

거절은 거부한다는 말투.

「넌 참가해」라는 강력한 뜻이 담겨서 거절할 수 있을 것 같지 않았다.

"리제, 저기……."

"이번 차 모임은 소피아를 위해 여는 것이기도 해."

리제가 말했다. 소피아를 위해?

"호수에서 마족과 싸우면서 저지른 게 있지?"

"소피아가? 아니면 내가?"

"둘 다."

음, 반성해야 하긴 했다.

"게다가 카난과 이야기하고…… 고민하고 있을 거야. 함께 지내다보니 알겠어."

"나와 관련됐는데 내가 차 모임에 있으면 이야기하기 불편하지 않아?"

"루온 일 말고도 있어. 카난과 만나고 상태가 이상해졌거든."

"나와 이야기할 때는 달라진 게 없던데."

"루온에게는 감추고 있는 거지. 어때, 신경 쓰이지?"

고민이 있다면 불식시키고 싶었다. 그것은 마왕전에 지장을 준다는 것도 있지만, 솔직히 걱정됐다.

"알았어. 갈게."

"좋아. 준비되면 부를게."

리제가 방을 나갔다. 남은 나와 유노는 잠시 침묵했다.

"리제는 정말 소피아를 소중하게 여기는구나."

"언니 같다고…… 말하고 싶지만, 그 이상의 무언가가 있는지도."

나는 침대 끝에 앉았다. 리제도 나도 소피아가 고민하면 도와주고 싶었다. 그 점은 우리 둘이 똑같았다.

리제가 방에 들른 지 한 시간 뒤에 차 모임이 열렸다. 말만 차 모임이지 개인적인 모임이라 내 예상대로 과자를 먹으며 차를 마시고 담소를 나누었다.

그리고 또 예상대로—.

"오르디아는 안 올 줄 알았지만, 쿠자도 안 오다니."

그렇다. 남자는 나 하나였다. 하얀 둥근 테이블에는 소피아와 리제, 에미아와 실비가 있었다. 거기에 유노에 더해 정령 레핀과 아마리아까지. 노른 외의 여자는 다 모였다.

"소피아, 로쿠토와 레자디는?"

"좀 그렇다며 제 방에서 명상 중입니다."

"또 명상…… 게다가 레자디까지?"

"차분해진다면서."

아마리아가 진지하게 말했다. 정령 사이에 명상이 유행인가? 명상으로 힘이 발휘된다면 상관없지만.

그러나 완전무결하게 남자가 나 하나…… 지난 번, 고향에서의 저녁식사 기억이 되살아났다. 여자에게 둘러싸여 이러저러해 괜히 주눅이 들었다.

"쿠자는 성에서 온 사람과 이야기하는 모양이던데."

리제가 덧붙였다. 알레테 말이군.

"대로에서 나테리아 왕국 사절단이 오는 걸 목격했어. 아는 사람이 있었던 모양인데 그 일 때문이겠지."

"제크에스 일은 아나 보네. 독자적으로 정보를 입수해서 여기까지 온 걸까?"

"그렇겠지?"

이런, 전쟁 이야기를 하고 있잖아. 그러나 내가 화제를 돌리기는 힘들어보였다.

"실비, 차는 어때?"

리제가 먼저 말문을 열었다. 이 화제에서 어떻게 소피아 이야기로 화제를 바꿀까?

"맛있어. 그런데 싼 것만 마셔봐서 어떤 식으로 맛있냐고 물으면 대답하기 곤란해."

"그렇지 뭐. 나도 잘 몰라서 맛있다는 말밖에 못해."

나는 쿠키를 입에 넣으며 두 사람의 대화를 들었다. 쿠키도 맛이 좋았다.

"애초에 온실 속 화초처럼 자라지도 않았고."

"이런 자리가 생겨서 하는 말인데 리제와 소피아는 왜 기사가 된 거야?"

"소피아는 나라에 헌신하려면 힘이 필요하다고 생각하지?"

리제의 말에 소피아가 「네」라고 대답했다.

"그리고 나는…… 그래, 계기는 소피아가 검을 들어서야."

"네? 리제 언니, 그건 처음 듣는데요."

"말하지 않았나?"

리제가 뺨을 긁적이며 대답했다.

"만날 때마다 기사 이야기를 꺼내서 나도 해봐야지 했어."

"거참 가볍네."

내 태클에 리제가 손을 내저었다.

"어릴 때는 다 그러잖아? 누가 말렸으면 기사가 되지 않았겠지만, 결국 훈련을 시작했어. 놀이처럼 시작해서 조만간 질리겠거니 주위에서 내버려둬서 훌륭하게 최전선에서 싸우는 왕녀가 된 거지."

"진지한 이유는 없어?"

"오히려 묻고 싶은데 진지한 이유가 꼭 있어야 돼? 중요한 건 손에 넣은 힘으로 무엇을 이루느냐가 아닐까?"

"그것도 그러네."

"저도 카난 왕자님의 도움이 되고 싶어서 마법을 배웠으니 신분을 떠나 사소한 계기도 많지 않을까요?"

에미아가 이어서 말했다. 그녀의 말이 맞았다.

루온은 다시 귀족이 되기 위해, 소피아는 나라에 헌신하기 위해…… 오히려 이런 큰 이유가 있는 쪽이 소수파일지도 모르겠다.

"경위가 어쨌든 지금은 무기를 들기 잘했다고 단언할 수 있어."

리제가 말했다. 확신하는 목소리였다.

"내가 전장에 서서 활약할 때마다 백성이 기뻐해. 나라에 공헌한다는 실감이 들어."

리제가 홍차를 따른 잔을 놓고 옆에 있는 소피아의 머리에 손을 올렸다.

"소피아와 함께 싸울 수 있고."

"리제 언니……."

"그러니까 후회는 요만큼도 안 해."

"알았으니까 어린애처럼 다루지 마세요……."

소피아가 머리를 부드럽게 쓰다듬는 리제에게 태클을 걸었다. 에미아와 실비가 두 사람을 흐뭇하게 바라보았다.

"그러는 실비는?"

그때, 리제가 이야기의 화살을 실비에게 돌렸다. 잠깐만 이건 차 모임 분위기에 어울리지 않아.

"내 이야기는 무거워서 이 자리에 안 어울려."

실비가 차를 마시고 대답하자 리제가 미간을 찌푸렸다.

"음, 피비린내 나는 이야기야?"

"맞아."

"저번에 루온이 제크에스 이야기할 때, 실비에게 다른 사람을 언급했었지. 검을 익힌 목적은…… 아, 복수인가?"

왜 추궁해……라고 생각하며 속으로 조마조마해했다.

"말해도 상관없는데 듣기 좋은 내용은 아니야."

"나와 소피아는 괜찮고 에미아도 마술사로서 나름 실적이 있으니까 문제없어. 친목을 다지는 자리를 만든 의미도 있고. 힘이 될지는 모르겠지만, 목적을 위해 협조할게. 함께 싸우는 동료니까."

"동감입니다."

소피아가 실비에게 눈길을 보내며 말했다. 동료니까 사양할 것 없다는 뜻인가. 거기에 유노와 아마리아가 「그래, 그래」하며 떠들기 시작하자 실비가 쓴웃음을 지었다.

"참견하기 좋아하는 왕녀님들이네……. 알았어. 내 목적은 리제가 말한 대로 복수야. 고향을 방문한 한 검사 때문에 모든 것을 잃었어."

"그 사람이 제크에스와 관련 있어?"

"협력자 중 하나인 것 같아."

"그렇다면……."

리제가 의미심장한 미소를 지었다.

"혹시 그 녀석을 만나면 일대 일로 싸울 수 있게 해줄까? 수세에 몰리면 지원하고?"

"그렇게까지 할 필요는 없어."

실비가 입가에 손을 대고 웃기 시작했다.

"하지만 마음은 감사히 받을게. 신경 쓰게 해서 미안."

"농담 아닌데?"

"아닌 거 알아."

실비가 쓴웃음을 짓고 대답했다. 만약 전투 중에 그를 발견한다면…… 이건 상황에 따라 다르니까 뭐라 할 수 없겠군.

"내 일은 이번 전투의 덤으로 생각해줘. 둘이야 말로 괜찮아? 상대는 제크에스…… 아는 사람이잖아?"

"지일다인 왕국에서 소식을 듣고 이미 각오했습니다."

소피아가 힘차게 말했다. 내가 제크에스 왕자 이야기를 했을 때 소피아와 리제는 조용히 사실을 받아들이며 충격 받은 모습은 보이지 않았다. 그러나 친분이 있었다. 마음이 편치 않을 것이 분명했다.

"카난은…… 그를 형이라고 불렀어."

이번에는 내가 입을 열었다.

"그만큼 친했던 거지? 저번에 소피아에게 들었지만."

"네. 저도 카난처럼 제크에스 오빠라고 불렀습니다."

"나이는 나랑 동갑이야."

리제가 이어서 말했다.

"솔직히 왜 이런 짓을 벌였는지…… 옛날부터 알고 지낸 나로서는 의문이야."

"야심?"

유노가 쿠키를 베어 물며 물었다.

"왜, 힘을 손에 넣어 왕위찬탈을 노리는 거 아닐까? 제2 왕자니까 왕이 되려고 이래저래 획책했을 수도 있잖아?"

"으음, 그런 야심이 없다고 단정할 수는 없어. 나라 발전이라는 명목으로 힘을 얻을 연구를 한 모양이고 마족과 손을 잡은 것도 그 연장선상……. 하지만 왕위를 손에 넣는 것과는 엮기 어려워."

리제가 팔짱을 끼고 고심하며 이야기했다. 소피아도 동의하고 고개를 끄덕였다.

"리제 언니, 제크에스 오빠가 귀찮은 일을 형이 다 맡아서 다행이라고 했었죠?"

"아, 그랬지. 거짓말이었나?"

"왕족이어도 저마다 왕위를 다르게 생각하는구나."

내 말에 리제가 「물론이지」라고 대답했다.

"왕위계승자와 그렇지 않은 사람은 의식과 사고방식에 차이가 있어. 친척이어도 마찬가지야. 나와 소피아 그리고 카난과 제크에스는 나이가 비슷해서 자주 만났는데 나이가 어린 두 사람이 왕위계승자인 별난 상황이었어. 언젠가 왕이 될 소피아 앞에서 이런 말하기는 뭣하지만, 나는 늘 계승자가 아니라서 다행이라고 생각해."

리제가 소피아에게로 시선을 옮겼다. 본론으로 들어가나?

"나는 아무리 함께 지내도…… 소피아와 그것만은 의견이 갈려."

"그렇죠."

"소피아, 카난을 만나고 그런 쪽으로 고민 생겼지?"

잔을 든 소피아의 오른손이 크게 흔들렸다. 반응을 보니 정곡을 찔렀다.

"고민 있으면 말해봐."

"아뇨, 저는……."

"얼마나 기대에 부응할지는 모르겠지만."

실비가 소피아를 가로막듯이 입을 열었다.

"나도 들어줄게. 내 사정을 받아줬으니까. 이런 자리니까 말해도 되지 않아?"

"그래, 소문 안 낼게."

유노가 밝게 말했다. 정신 차리고 보니 모두의 시선이 소피아에게 쏠렸다. 유일하게 나만 차를 마시며 쿠키를 집어먹었다.

과연 어떻게 될까? 잠시 침묵이 흘렀다.

"리제 언니에게는 정말 아무것도 숨길 수가 없네요."

"카난과 만났을 때, 상태가 이상했거든."

"역시……. 아직 먼 이야기지만, 마왕을 타도한 뒤의 일입니다."

소피아가 잔을 내려놓고 말했다.

"카난을…… 동생처럼 여겼던 카난이 왕이 되기 위해 노력하고 있습니다. 자신을 다스리고 나라를 짊어지고 싸우고 있어요. 한편 저는…… 마족과 싸울 때 제대로 판단하지 못해 민폐를 끼치고 루온 님이 없어져서 이성을 잃고…… 감정이 자꾸만 앞서고 말아요. 그런 제가 미래에 왕위를 잇고 백성들을 이끌 수 있을까. 그런 생각이 들었습니다."

위정자의 고민인가.

"그리고 하나 더."

표정이 심각했다. 소피아는 지금부터 할 말이 더 무거운 모양이었다.

"현재 저는 마왕을 무찌르고자 싸우고 있습니다만…… 나라를 떠나 방치하고 있습니다. 백성이라면 버려졌다고 생각하겠죠. 그런 제게 과연 나라를 다스릴 자격이 있을지……."

"지나친 생각이야."

유노가 끼어들었다.

"소피아가 강해지려는 이유는 언젠가 발크스 왕국을 구하기 위해서야. 그건 많은 사람이 알고 있어."

유노의 말대로 지금의 소피아를 비난할 사람은 없었다. 여러 나라를 방랑하며 마족을 무찌르는 것은 언젠가 발크스 왕국을 해방하기 위한 포석이라 해석할 수 있어서 나중에 소피아의 생존을 공식적으로 알릴 때 설명할 수 있었다.

"그렇죠……."

그러나 소피아는 석연치 않은 모양이었다. 5대 마족 레드라스와 싸웠을 때, 마왕을 무찌를 자격을 얻고 당황하던 소피아는 결과적으로 순수하게 강해지길 바라며 망설임을 끊어냈다.

그러나 지금 카난을 만나고 새로운 망설임이 생겨났다.

그때 시선이 느껴졌다. 쳐다보니 레핀과 눈이 마주쳤다.

레핀의 눈빛으로 무슨 말을 하려는지 깨달았다. 내 고향에서 레핀과 상의했을 때 레핀은 「루온의 사정을 말할 타이밍을 일임해달라」고 요구했다. 아직 소피아의 마음에 문제가 있다고 판단했기 때문인데 바로 소피아가 지금 토로한 것이었다.

소피아의 마음속에는 강해지고 싶다는 바람 외에 또 하나…… 왕녀라는 자각이 있었다. 그것이 카난을 만나고 강하게 일어났다.

"스스로 받아들이고 아니고의 문제일 수도 있습니다."

소피아가 말했다.

"강해지려면 여러분과 여행해야 합니다. 하지만 동시에 생각하게 돼요. 왕족인 한, 저는 자신을 다스리고 조국을 위해 싸워야 합니다. 조금이라도 희생을 줄이려면 그것을 무엇보다 우선시해야……."

레핀이 나에게 기다려달라고 부탁한 이유를 알았다.

유노가 지적한 것과 똑같았다. 내가 지금 사정을 말하면…… 소피아는 어쩌면 이렇게 말할지도 모른다. 「왜 당신의 힘으로 나라를 구해주지 않았느냐」고. 소피아의 행동원리 중 발크스 왕국은 상위에 있으니까 그런 말을 할까 걱정한 것이다.

신뢰하는 나에게 그런 말을 할 것 같지는 않았다. 하지만 소피아는 조국과 백성을 항상 염려했다. 그래서 레핀은 그 가능성을 버리지 못했다.

만약 그런 사태가 벌어지면 균열이 생길 게 분명했다. 복구도 불가능할 것이다. 그래서 레핀은 경계했다.

"으음……."

유노가 끙끙댔다. 어떻게 말해야 하나…… 하는 심경인가?

"나는 더 단순해도 된다고 생각해."

리제가 입을 열었다.

"소피아가 나라를 걱정하는 건 어쩔 수 없어. 억울한 것도 있겠지. 하지만, 소피아. 우리는 왕녀이기 전에 한 명의 인간이야. 왕위를 가진 사람은 자신을 다스려야 하지만, 감정 없는 인형이 되어도 위험해."

"그건 알지만……."

"소피아는 지금 나라를 위해 자신을 희생하려고 해. 어쩌면 카난도 그럴지도 몰라. 하지만 그러면 안 돼. 자기 자신이 어떻게 하고 싶은지가 더 중요해."

"개인적인 의견이지만, 조용히 일하는 것보다 인간미 있는 왕이 친근감 있어서 좋아."

실비가 덧붙였다.

"그렇다고 정치를 엉망진창으로 하면 안 되지만…… 균형 문제 아니겠어?"

"균형……."

소피아가 중얼거리고 살짝 고개를 숙였다. 어떻게 하고 싶은지…… 자문자답했다.

"루온은 어떻게 생각해?"

리제가 내게 물었다.

"솔직히 명확한 답이 없는 문제야. 한 가지 말할 수 있는 건…… 소피아, 너는 혼자가 아니야. 무슨 일 있으면 우리가 받쳐줄게."

동료니까. 소피아가 고개를 들었다. 가만히 나를 바라보며 시선을 거두지 않았다.

이윽고—.

"그렇군요. 감사합니다."

마음의 응어리는 사라지지 않았겠지만 일단 고민을 해결했으니 큰 진보인가?

그 뒤로는 화기애애하게 잡담을 즐겼다. 소피아의 얼굴에도 미소가 돌아왔고 나는 담소를 나누는 모습을 바라보며 차를 마셨다.

나는 생각했다. 저번 호수 마을에서 소피아 일로 리제와 대화를 나눴다. 그녀의 마음을 포함해 어떻게 해야 하는가. 모든 것을 알린 뒤 무엇을 고백해야 하는가.

그때가 새삼 떠오른 나는 소피아에게 해야 할 말을 이번 차 모임에서 결정했다.

저녁 전에 차 모임이 끝났다. 나는 방으로 돌아가던 중 복도에서 쿠자를 발견했다.

"쿠자, 무슨 일이야?"

"어? 루온 씨."

어딘지 모르게 건성이었다.

"차 모임은 끝났어?"

"덕분에. 그쪽은 어때? 연락은 왔어?"

"실은 알레테와 만났어. 결론부터 말하면 일이 너무 귀찮아졌어."

"적 중에 아는 사람이라도 있었어?"

내 물음에 쿠자가 쓴웃음을 지었다.

"응. 맞아."

"왕자가 엮였잖아. 그를 따르는 사람이 있을 테니……. 그게 아는 사람인 거지?"

"응. 이름은 마리옹 파쟈. 나도 아는 알레테의 동료야. 알레테와 실력이 비슷해."

"게다가 마족에게 힘을 받았을 수도 있고."

내 지적에 쿠자가 「맞아」라고 대답했다.

"알레테한테 협조할까 물어봤는데 그쪽은 그쪽대로 할 일이 있다고 하더라. 동향이어도 외부인이니까 어쩔 수 없지. 그러니까 난 루온 씨와 같이 움직일 거야."

"그래. 그런데 나중에 협조를 요청하면 어떡하려고?"

"그때는 루온 씨의 판단에 따를게."

"나?"

"동료를 지휘하는 게 루온 씨 역할인 모양이니까."

리더를 정하지는 않았지만 수도로 오기까지 모든 동료가 내 지시대로 움직였으니까. 그런 역할이 되나.

짐이 무거운 것은 전부터 느꼈지만 동료와 함께 움직인 결과인지 점점 익숙해졌다.

"마리옹이라는 사람을 만나면 어떡해?"

내 물음에 쿠자가 어깨를 으쓱했다.

"상황에 따라 다르다는 말밖에는 못 하겠어. 만약 그쪽이 공격하면 상응하는 태도를 취하면 돼."

쿠자는 복잡한 심경을 억누르고 있는 것 같았다. 이번에는 왕자와 쿠자의 지인, 실비도 그렇고 성가신 사항이 많네.

이런 상황에서 움직여야 했다. 게다가 여태까지 해본 적 없는 방어전. 긴장을 풀 수가 없었다.

"알았어. 참고할게."

내 말에 쿠자가 「부탁해」라고 한 마디 덧붙였고 나는 다시 방으로 걸어갔다.

"동료들이 큰일이네."

유노가 말했다. 나는 고개를 살짝 끄덕였다.

"적이 인간이니 이런 사태는 불가피해."

"루온은 어떻게 싸우려고?"

"우선 전투가 시나리오대로 흘러갈지 확인부터 해야겠지."

제크에스가 어떤 식으로 엮일까. 이건 그의 위치로 얼마든지 변했다. 단순한 협력자일까, 마족과 끈끈하게 결합했을까.

그때, 페우스가 보여서 불렀다.

"루온, 아직 제크에스가 어디 있는지 몰라."

내 마음을 읽기라도 한 것 같았다.

"적어도 수도와 성에는 없는 거지?"

"응, 그건 분명해. 수상한 마력이 있으면 현지까지 가서 조사하고 있는데 이상 없어."

정말 믿음직한데……. 페우스가 있어서 큰 도움이 됐다. 그나저나 신령을 이렇게나 고생시키다니 웬만한 일이 아닌가보다.

"자세히 물어보진 않았는데 아티팩트 강탈이 그렇게 큰일이야?"

"빼앗긴 아티팩트가 성가신 물건이고 제크에스가 마족과 손잡고 습격해서 걱정하는 거야. 어떡할지 고민할 때 가르크가 말을 꺼냈으니 여간 고마운 게 아니야."

신령의 권속을 적으로 돌리다니…… 제크에스도 필사적인가 보다. 즉 그렇게까지 해서라도 목적을 이루려는 집념이 있다는 것이었다. 무슨 수를 써도 이상하지 않았다.

"페우스, 만약 제크에스가 수도에 숨어있다면 어떻게 기척을 숨길까?"

"이 성 아래 어딘가에 마력을 차단하는 물건을 써서 숨어있다든가?"

"자기 자신을 숨기는구나. 하지만 그건……."

"집을 통째로 숨기는 게 아니면 무리지."

아무리 그래도 그렇게까지는…… 말이 안 되나.

"물론 그런 부분까지 조사했어. 그런 가옥이 있으면 내가 알아."

"그렇구나. 페우스가 맡아주니 안심이야. 무슨 일 있으면 연락해줘."

"응."

페우스는 떠났다. 모두 전투 대비해 분발했다. 나는 일단 방으로…… 가려는데 또 인영이 보였다.

"소피아……."

"루온 님."

이름을 부르자 그녀, 소피아가 다가왔다.

"그런 이야기를 꺼내서 죄송합니다."

"아니, 나는 소피아가 심정을 말해줘서 좋았어."

"그러십니까."

소피아가 가만히 눈을 맞춰왔다. 가련하지만 눈은 어딘가 공허했다.

내가 소피아에게 숨기는 게 있으니 속마음을 털어놓기 어려울 터였다. 어떻게 반응해야 하나 망설여졌다.

"전투에 지장이 없도록 하겠습니다."

"응……."

"무슨 말인지 대충 알겠어."

갑자기 유노가 끼어들었다. 이런 상황에 유노가 할 말은—.

"루온도 모든 걸 말하지 않아서 상의하기 망설여지는 거지?"

오랜만이네, 이 가식 없는 화법.

덕분에 소피아가 경직됐다. 지금 상황에는 오히려 좋을지도 모르겠다. 이야기를 이어갈 계기가 됐다.

"조금만 더, 기다려줘."

그렇게 말하는 나에게 소피아는 가만히 시선을 겹쳤다.

"소피아를 못 믿는 게 아니야. 그리고 반쯤 내 문제이기도 해."

"저를 인정해주셨을 때, 제가 한 말이니까요. 저기, 딱 하나만……"

한시도 눈을 떼지 않고 소피아가 말했다.

"설령 어떤 사정이든…… 루온 님이 제게 해주신 일에 감사하고, 믿습니다."

내가 무슨 말을 해도 그것은 흔들리지 않는다고.

"알았어……"

나는 고개를 끄덕였다. 조금 불편할 수도 있지만…… 전투가 다가오니 이러는 수밖에 없었다.

소피아는 인사하고 방으로 돌아갔다. 그 와중에 유노가 한마디 했다.

"왠지 불안하네."

"심정적인 문제야. 언젠가 해결될 테니 걱정할 필요 없어."

그리고 소피아라면…… 자신의 의지로 극복할 것이다.

"자, 나도 방으로 돌아가야지. 유노는 어떡할래?"

"나는 잠깐 저택을 둘러보려고."

그렇게 오후가 흘러갔다. 전투는 다가오고 지금은 그야말로 폭풍 전의 정적과 같았다.

제25장 첫 전투

다음 날부터 우리는 훈련에 매달렸는데 그러길 기다린 것처럼 성에서 연락이 왔다.

"정보가 들어왔습니다. 마침내 적이 왔다는군요."

저택 안, 넓은 공간에 원탁만 있는 방. 회의실이라는 말이 어울리는 곳에서 에미아가 말했다.

이곳에 에미아의 집사와 나, 저택에 머무는 동료가 모였다. 의자에 앉지 않고 서서 이야기했다. 테이블에는 수도와 주변을 망라한 지도가 있었다.

"마물은 북쪽이 본군이고 동쪽과 서쪽에서도 밀려오고 있어요. 보슬로 장군의 말에 의하면 성문을 걸어 잠그고 성 밖에 병사를 포진해 맞선다고 합니다."

게임과 같은 상황. 남쪽은 적이 등장하지 않았지만 현실에서는 피난민이 도망가지 못하게 견제는 할 것이었다.

"마물의 주력은 늑대 머리를 단 종족. 무장했지만, 능력은 일반병사도 충분히 맞설 수 있다고 해요. 하지만 장기로 세력권을 넓혀서 흉포해졌으니 주의해야 합니다."

"식량은 문제없나?"

오르디아가 물었다. 농성전인 데다 피난민으로 인구까지 늘었다. 걱정하는 것이 당연했다.

"식량이 부족하지는 않을 거예요. 피난민이 늘어도 보름은 더 버틸 수 있다고 보슬로 장군이 말했습니다."

보름…… 게임에서는 고작 하루 만에 승패가 정해지지만, 그 사실을 모르는 사람은 보름이라는 숫자가 부담스러울 것 같았다.

리엘의 정보를 아는 소피아와 리제, 오르디아는 이번 전투가 며칠 내로 끝나는 것을 알았다. 그러나 리엘의 정보에 제크에스는 적혀 있지 않았으니 오래 끌 수도 있다고 경고했다. 그래서 모두 리엘의 자료는 일단 잊고 대응하기로 했다.

"카난 님이 중신과 협의한 결과, 방어하면서 공격한다는 의견으로 일치했다고 합니다. 하늘을 날아다니는 악마도 있어서 지키기만 해서는 위험하다고 판단한 모양이에요."

"우리는 어떻게 움직여야 할까?"

실비가 팔짱을 끼고 말했다.

동료의 실력이라면 이번의 주된 전력인 코볼트 격파는 간단했다. 마력장벽을 이용하면 포위돼도 대미지를 받지 않을 테고, 전생의 액션게임에 있었던 적을 휩쓰는 『무쌍』도 가능했다.

"가장 큰 문제는 저와 리제 언니입니다."

소피아의 말에 리제도 동의하는지 깊게 고개를 끄덕였다.

"제크에스 오빠에게 들키면 마족도 제가 발크스 왕국을 탈출해 여행하는 걸 알겠죠."

"차 모임에서 소피아의 고민 이야기를 꺼낸 건 이 일과도 연관이 있어서야."

갑자기 리제가 말했다. 무슨 말이지?

"소피아, 현재 네 아버지…… 클로디우스 왕은 숨어계셔서 발각될 가능성이 적어. 그러니까 만약 발크스 왕국 왕족을 공격한다면 소재가 알려진 소피아를 제일 먼저 노릴 거야."

"그렇습니다."

"그런데 그건 걱정 안 해도 돼. 지금은 강한 아군도 있으니까."

나…… 아니, 동료 말인가.

"적에게 들키면 그걸 기회로 삼아 소피아를 널리 알려서 인간 쪽 사기를 끌어올리는 데 이용하자고 제안하고 싶어."

"소피아가 살아있는 게 알려지면 마왕을 토벌하려는 기운이 일어날 거야."

실비가 말했다.

"나머지는 제가 각오하느냐에 달렸군요. 리제 언니는 각오도 없이 그런 상황에 처하면 정신적으로 위험할까 우려해서, 고민을 해소하려고 차 모임에 부른 거죠?"

"맞아. 무슨 고민을 하는지 알고는 있었어. 그런데 각오할 때가 가까워지고 있는 건 사실이야. 그리고 인간 쪽에 소피아가 살아있다는 건 이번 라하이트 전투가 끝나고 알릴 거야. 이번 전투의 주역인 카난을 제대로 치켜세워야 하니까. 그러니까 전투 종료 후에 카난에게 부탁해 정보라도 조작해서 소피아를 되도록 거창하게 소문낼 거야."

나는 리제의 의도를 이해하고 입을 열었다.

"그렇게 해서 발크스 왕국 해방의 길을 열겠다는 거군."

"맞아. 소피아라는 계기가 있으면 당장 발크스 왕국을 탈환할 준비를 갖출 수 있어. 마왕과의 전쟁에 있어서도 전황을 우리 쪽으로 유리하게 만들 재료가 될 거야."

남부 침공도 고려하면 침공이 시작되기 전에 발크스 왕국을 탈환해야 하는 것은 사실이었다. 리제는 제크에스를 감안하고 이런 제안을 했다. 음, 리제의 주장이 최선의 선택인가.

"알겠습니다. 저도 생각이 있지만, 나라의 해방으로 이어지는 길이 된다면……. 이번 전투로 제가 노출되어도 멈추지 않겠습니다."

소피아가 찬성하면서 큰 의제가 결정됐다.

"그럼 다음은…… 우리가 구체적으로 어떻게 움직이느냐? 저번 작전회의 때는 지휘관과 손을 잡기로 했지."

"우선 세 방향에서 공격당할 상황을 타개하는 것부터 이야기해보자."

내 말에 갑자기 시선이 쏠렸다.

제크에스 왕자라는 불확정 요소가 있지만 현재 적은 게임과 동일하게 움직였다. 이것을 이용해 전투를 승리로 이끈다.

"에미아 씨, 물어볼 게 있는데 마물 수가 정확하게 얼마인지 알 수 있을까? 그리고 우리 병력은 어느 정도야?"

"마물 수는 모릅니다. 다만 수도로 오는 본군의 수가 1만은 안 되지만, 그에 가까운 숫자라고 해요. 그리고 우리 숫자는 약 1만…… 입니다만, 총 인원수일 뿐, 내부를 방어할 인원을 나눠야 하니 적보다 아군이 적어요."

"알았어. 하나만 더 물어볼게. 북쪽에서 오는 본대에 맞서기 위해 보슬로 장군이 직접 공격할 가능성이 커. 그러면 좌우 문의 지휘관은 누가 맡는지 알아?"

"그것도 파악했습니다. 서쪽은 아틸레 로당. 동쪽은 셰르크 포로. 저도 아는 뛰어난 기사들이에요."

게임에 등장하는 동료의 이름이었다. 즉, 인간 쪽은 게임과 동일한 진형으로 맞섰다.

게임 전개는 먼저 동쪽과 서쪽이 공격당한다. 주인공은 동쪽과 서쪽 중 한곳을 골라 지키게 되고 주인공의 활약으로 적 지휘관을 쓰러뜨리지만, 주인공이 방어하지 않은 쪽의 기사는 전사한다.

비극은 이어진다. 동쪽과 서쪽의 적 지휘관을 무찌른 후 주인공은 자신이 구한 기사와 함께 북쪽으로 간다. 그 사이 마물과 교전한 보슬로는 사망한다. 주인공이 분노해 마물을 밀어내지만 이번에는 적의 총대장인 마족이 공격한다. 카난은 이때 각성해 보검으로 마족을 격파한다. 이 전투로 카난은 「인간이 결집하지 않으면 이길 수 없다」고 결단하고 남부 침공 때까지 각국과 연계를 도모한다.

내가 막고 싶은 것은 동쪽과 서쪽 지휘관인 두 기사의 전사와 보슬로의 죽음. 이 비극을 막아도 게임처럼 카난의 각성 이벤트가 발생할지 의문이지만 세 사람 모두 남부 침공 때, 맹활약할 인재였다. 비극을 막는 것이 올바른 길이었다.

장군을 구하기로 정한 시점부터 카난은 어떻게 되느냐는 의문이 따라다녔다. 지금까지 생각해도 결론은 나오지 않았다. 아니…… 예상하지 못한 일이 발생하긴 했으나 게임 시나리오대로 진행됐다. 이번에도 그렇게 되겠지. 명확하지 않지만 어떤 결과를 낳든 모든 것을 짊어질 각오로 싸우자.

장군과 기사를 어떻게 지킬지……. 소피아에게 시련이라는 이름으로 마물 토벌에 보냈을 때 긴급회피용 도구를 준 적이 있었다. 처음에는 그 도구를 쓸 생각도 했는데 장비 때문에 어려웠다.

마력을 내뿜는 도구라서 기사의 장비에 영향을 줬다. 동료보다 마력장벽이 튼튼해야 한다는 생각에 쫓긴 탓인지 아예 이런 도구는 못 쓰게 됐다. 그래서 위험하지 않게 지원하는 것이 최선이었다.

"루온, 동료들을 어떻게 할지 생각은 있어?"

리제가 물었다. 시선이 왠지 나를 시험하는 것 같았다.

"에미아 씨, 장군과 기사들이 어떻게 공격할지 알아?"

"병력이 열세하고 세 방향에서 적이 몰려오는 상황을 벗어나는데 적절한 방법은 적 지휘관을 무찌르는 것이죠."

에미아의 말에 모두 고개를 끄덕였다. 나도 같은 의견이었다.

그러나 이번 전투는 지휘관을 무찔러도 마물이 사라지지 않았다. 5대 마족이 만든 마물은 마족을 무찌르면 전부 사라지지만 이번에는 달랐다.

"거점을 세운 마족처럼 사라지지 않을 가능성이 크지만, 적어도 지휘가 마비될 테니 마물을 쓰러뜨리기 쉬워질 거야."

"단번에 쳐들어가 지휘관을 쓰러뜨리는 거군요."

소피아가 입을 열었다.

"그러면 우리 역할은……."

"공격하는 기사를 지원하겠지? 받아줄 지가 문제지만."

장군과 안면이 있어도 얼마나 의견을 들어줄지 모르겠다.

"보슬로 장군이 그건 문제없다고 말씀하셨어요."

에미아가 우리에게 말했다.

"루온 님의 무용은 아라스틴 왕국에도 유명해요. 마족을 처치한 검사이시니 동료…… 병사에게 잘 통할 거라고 했습니다."

얼굴 팔린 게 도움이 되기도 하네.

"알았어. 그러면 어느 정도는 마음대로 할 수 있다는 거네."

"네."

"그러면…… 적 지휘관에게 돌격할 때, 우리 쪽 지휘관이 지는 상황을 특히 주의해야 해."

그 말을 모두가 무거운 표정으로 받아들였다.

"이게 더 중요하다고 해도 될 정도야. 이번에는 제크에스를 포함해 적군에 인간이 있어. 우리처럼 지휘관을 노리고 공격할 가능성은 충분해."

"그러면 세 방향의 지휘관 호위를 중시해야겠군요."

소피아의 지적에 나는 재차 고개를 끄덕였다.

"여기 있는 사람은 에미아 씨 쪽 사람을 제외하면 여섯 명. 노른은……."

"왕자를 찾을게. 무슨 일 있으면 보고하고."

"알았어. 그러면 여섯 명으로 나누자. 어떻게 편성할까? 둘씩?"

"문제는 북부야."

리제가 양손으로 테이블을 짚고 말했다.

"본군이 있는 모양이니 주요 전장은 북부일 거야. 루온은 어쩌고 싶어?"

"적이 어떻게 나오느냐에 따라 다르지만, 동쪽과 서쪽에서 먼저 공격하면 그쪽 지휘관을 빠르게 처리하고 북부로 가서 본군에 맞서야겠지. 그렇게 술술 풀릴지는 모르겠지만."

"희생을 줄이려면 그 방법이 최선이겠어."

침묵을 지키던 쿠자가 입을 열었다.

"루온 씨, 알레테는 장군의 지시로 동쪽을 방어한다더군. 나도 그쪽에 붙을 생각인데, 어때?"

"괜찮을 것 같은데? 나테리아 왕국 궁정마술사단이 같이 싸우다니 든든하네."

그런데 마법사만 있는 건……. 나는 잠시 생각했다.

"만약 쿠자와 누군가가 동쪽으로 간다면…… 전위를 맡을 사람이 좋겠는데 어떻게 생각해?"

모두 고개를 끄덕였다. 그렇다면—.

"오르디아, 괜찮겠어?"

"난 상관없어."

결정. 서쪽과 북쪽만 남았다.

"그러면 나는 서쪽을 방어할게."

"루온은 북쪽으로 갈 줄 알았는데?"

리제의 말에 나는 고개를 가로저었다.

"보슬로 장군이 있으니 전력은 충분할 거야. 격전지가 될 테니까 적이 돌파하려고 해도 시간이 걸릴 테고."

"그보다 먼저 동쪽과 서쪽에 있는 적을 친다는 거군."

실비가 끼어들었다. 나는 그렇다며 수긍했다.

"그러면 루온, 다른 사람은 전부 서쪽으로 가?"

"장군도 호위해야 하니까 처음 말한 대로 둘씩 나누는 게 좋겠어."

"그래. 장군이 뒤쪽에 있어도 노릴 가능성이 있으니까. 그러면 나와 소피아가 맡을까?"

리제가 제안했다. 무슨 의도인지 이해했는지 소피아가 목소리를 냈다.

"보슬로 장군이 개전 첫날부터 육탄 공격을 할 것 같지는 않지만…… 가능성이 없지는 않습니다. 제크에스 오빠도 있으니 우리가 붙어서 지원하며 자중하게 할까요?"

"그런 거지. 전투가 얼마나 이어질지 불투명하니 첫날은 적의 동향을 살피자. 우리가 있으면 장군도 무리하지 않을 거야."

음, 그게 좋겠다. 제크에스 때문에 전쟁이 어떻게 바뀌는지 확인하며 싸우자.

"알았어, 리제. 서쪽은 나와 실비가 맡을게."

편성은 이루어졌다. 이제 에미아를 통해 성에 타진하면 끝이었다.

"엄청난 전투가 되겠죠."

에미아가 말했다. 모두 에미아를 보며 이어질 말을 기다렸다.

"여러분의 활약을 기대하며 무운을 빌겠습니다."

그녀의 말을 마지막으로 회의는 끝이 났다.

적이 서서히 다가오는 동안 우리는 준비에 매달렸다. 페우스는 제크에스 왕자를 계속 수색했으나 결국 찾지 못했다.

마물의 침공은 수도를 조금씩 뒤덮으면서 민중의 불안을 돋웠다. 이에 피난민이 더 늘며 성벽 안은 혼란에 박차를 가했다.

그런 상황 속에서 결전의 날을 맞이했다. 무척 평온한 아침이었다.

"피난민으로 혼란시킨다. 이거 적의 노림수지?"

유노가 중얼거렸다. 준비를 마친 나는 「맞아」라고 동의했다.

"사람이 많으면 그만큼 치안 유지에 병사를 써야하니까. 전력을 분산하고 외부 지배영역을 넓히기에도 효과적이야."

"게임에서도 이랬어?"

"피난민은 생략됐는데…… 혼란스러워졌다는 내용은 있었어."

다만, 이번에는 제크에스가 있다. 이러한 큰 차이가 있으니 이번 전투는 게임과 비슷하나 다를 것이었다.

"제크에스는 페우스에게 맡기고 우리는 우리 역할을 다하자."

"그래."

유노와 함께 방을 나갔다. 현관으로 가자 준비를 마친 동료들이 기다리고 있었다.

"다들 각오했지?"

내 물음에 모두 고개를 끄덕였고 배웅 나온 에미아가 말했다.

"조심하세요."

그 말에 나는 「응」이라고 대답하고 동료들과 함께 밖으로 나갔다.

드디어······ 아라스틴 왕국의 전투가 시작된다. 우리는 저택을 벗어나자마자 갈라졌다.

"여러분, 무운을 빕니다."

"소피아도."

소피아를 부르자 그녀가 「네」라고 대답했다.

오르디아와 쿠자는 동쪽으로 걸어갔고 소피아와 리제는 북쪽으로 향했다. 나와 실비는 서쪽으로 발을 뗐다.

"전장을 살펴볼까?"

나는 사역마를 만들어 북쪽과 동쪽 상황을 관찰하라는 지시를 내리고 날려 보냈다.

"살피느라 타이밍 놓칠 수도 있어."

실비가 말했다. 나는 「그럴지도 모르지」라고 대답했다.

"전황이 어떻게 움직이는지 확인하는 건 괜찮을 거야."

"혹여나 위험하면 마법이라도 써서 가려고?"

"그럴지도?"

실비가 내 대답에 어깨를 으쓱했다.

"루온은 소피아를 종자로 데리고 있을 정도야. 전력을 발휘하는 모습은 못 봤지만, 꽤 강하겠지?"

"과대평가야."

"글쎄?"

나는 쓴웃음 짓는 실비를 곁눈질하며 걸었다. 불확정 요소가 많은 전투. 그러나 남부 침공처럼 언젠가는 대규모 전투가 일어난다. 그에 대비해 경험을 쌓는 것은 중요했다.

금방 서문에 도착했다. 근처에 있던 병사에게 말을 거니 이야기를 들었는지 아틸레에게로 안내했다.

"아틸레 대장님, 모셔왔습니다."

병사가 고하고 빠르게 사라졌다. 눈앞에는 긴 흑발에 창을 든 기사가 있었다. 미려하다는 말이 떠오르는 그 사람은 우리에게 부드럽게 미소 지었다.

"이야기는 들었습니다. 그 무용을 우리나라를 위해 써주셔서 감사합니다."

예의 바르게 인사했다. 몸가짐이 완벽했다.

"우리는 어떻게 움직일까요?"

"장군이 통달했습니다. 저와 함께 움직이시며 장군의 계획을 수행하실 겁니다."

즉, 적 지휘관을 노려 적진에 돌입한다는 말이었다. 그런데 아틸레의 말은 끝난 게 아니었다.

"그런데……."

아틸레가 옆을 봤다. 이끌리듯이 그 시선을 따라가니 말이 보였다.

"기마대가 적에게 돌격하기로 했습니다."

"아, 그건 문제없어."

실비가 말했다. 탈 수 있다는 말이군.

"저도 탈 수 있으니 걱정하지 마세요."

기사를 꿈꿨던 루온은 승마 경험이 있었다. 말을 타고 창을 쓰면 되겠지.

"그러면 그렇게 하는 것으로……. 두 분, 잘 부탁드립니다."

아틸레는 인사한 후 말을 타고 어딘가로 사라졌다. 나와 실비는 잠깐 주위를 살폈다.

"실비, 사기는 높아 보여."

"응, 피난민이 많아서 이곳을 지켜내지 못하면 위험해. 존망의 위기를 느끼고 분발하는 모양이야."

실비가 대답했을 때, 사역마가 움직임을 포착했다. 적은 아니었다. 보슬로 장군이었다.

그리고 그와 함께 말을 탄 카난이 보였다. 진로는 북쪽. 병사를 고무하기 위해서였다.

카난은 준비하는 병사에게 다가가 외쳤다.

"병사들이여! 이번 전투는 우리에게 큰 위기임이 분명하다!"

하늘에 울리는 아름다운 목소리. 갑자기 병사와 기사가 왕자를 보며 멈췄다.

"백성을 지키기 위해, 이 나라를 지키기 위해 힘을 빌려다오! 이 전투를 승리로 끝내 마왕이 알게 하라! 아라스틴 왕국이 가장 큰 위협이라는 것을!"

그에 호응해 주변에서 소리를 질렀다. 왕자의 등장으로 사기가 올랐고, 있는 힘을 다해 싸우려는 기개 또한 높아졌다.

카난은 말 위에서 병사와 기사를 바라보았다. 사역마로 접근해 표정을 살피니 왕자의 책무를 다하려고 하는지 늠름했다.

그러나 나는 그의 얼굴이 왠지 굳은 것처럼 보였다. 카난이 약한 소리를 하는 모습을 봤기 때문일까? 아직 당혹스러운 것이 분명했다. 그러나 그는 감정을 억누르고 이 자리에 있었다.

부정적인 감정을 끊어내려면 어떻게 해야 하나 생각하던 중 변화가 생겼다. 이번에는 적측. 동쪽과 서쪽에서 다가오는 마물들의 움직임이 활발해졌다.

『루온 공, 머지않아 시작된다.』

가르크가 말했다. 나는 다시 목전에 닥친 전투에 집중했다.

그 직후, 성벽 위에 있는 파수꾼이 적의 습격을 알렸다. 병사의 움직임이 분주해졌고 동쪽을 관찰하던 사역마도 같은 움직임을 포착했다.

아틸레도 주위에 명령하며 준비했다. 나는 실비에게 말했다.

"이제 시작이야, 실비."

"응."

대답과 함께 나와 실비는 말에 올랐다. 나는 마법을 써서 쇠창을 만들었다.

아틸레가 주위 병사에게 지시를 내렸다. 이윽고 문 밖에 대열을 갖추고 준비를 마쳤다. 동쪽도 마찬가지였다. 북쪽도 움직이기 시작했다.

개전까지 시간이 얼마 남지 않았고 날씨는 맑았다. 구름이 드문드문 보이지만 비가 올 날씨는 아니었다.

앞으로 시선을 향하니 드디어 적이 육안으로 보였다. 그와 함께 아틸레의 호령으로 병사가 포진했다.

마물은 옆으로 길게 줄을 지어…… 상당히 두터운 대열을 이루며 우리를 짓누를 기세로 다가왔다. 왕국 쪽 병사도 자리를 잡았다. 대열 두께는…… 비슷한가. 포진한 병사가 전체는 아니지만, 적도 후속 부대가 있을 터였다. 전체적인 수는 적이 더 많은가.

그때, 나는 다가오는 마물의 정체를 알아냈다. 코볼트. 게임에서는 『코볼트 워리어』라고 부른 마물이었다. 능력이 평이해서 동료라면 쓰러뜨리기 어렵지 않을 것이다. 장비를 보니 대부분 검을 들었다. 게임에서는 활과 창 등 무기가 다양했는데 어느 정도 통일된 것은 군대를 이루려고 마물을 대량으로 만들었기 때문일까?

동료는 마물에게 공격당해도 문제없어 보였다. 그러면 가장 큰 장해물은 적 지휘관인가.

게임과 같다면 동쪽과 서쪽을 공격하는 지휘관은 코볼트 워리어보다 몇 랭크 위인 정도였다. 동료라면 단기결전으로 이기겠지만…… 제크에스가 마음에 걸렸다. 지휘관을 공격할 때는 최대한 주의해야 했다.

"루온 공."

아틸레의 목소리였다. 시선을 돌리니 그가 심각한 표정을 짓고 있었다. 그 뒤에는 기병 여럿이 있었다.

"제가 타이밍을 봐서…… 지휘관에게 돌격해 처리하겠습니다. 그때까지는 마물과 정면으로 싸워주십시오."

"알겠습니다."

대답과 동시에 동쪽에도 변화가 생겼다. 오르디아와 쿠자. 그리고 나테리아 왕국의 궁정마술사단이 횡대로 포진한 왕국군에 이어 진군했다. 동쪽도 작전은 똑같으나 마술사단이 있어서 그런지 지휘관인 셰르크는 아직 문 근처에 있었다. 무슨 생각이라도…… 아니, 어쩌면 오르디아와 쿠자가 무슨 말을 했을지도 모르겠다.

그동안에도 정면에서 적이 다가왔다. 발맞춰 다가오는 마물의 모습은 군대 그 자체였다.

"천천히 다가오니까 제법 무섭네."

유노가 말했다.

"넘어가지 않게 조심해야겠어. 실비, 괜찮아?"

"응. 적은 저게 전부인가?"

"보고보다 적군요. 후속 부대가 있나 봅니다."

아틸레가 그렇게 말했다. 게임에서는 마물도 지원군은 없었다. 지휘관 부대의 초기 배치는 주요 전장의 조금 뒤에 있었다. 지금 우리와 대치하는 마물은 전위였다.

서서히 접근하는 마물에게 병사가 창을 겨누었다. 마물은 그래도 멈추지 않았으나…… 이윽고 일정한 거리를 두고 멈췄다.

"활 범위는…… 아슬아슬하군."

아틸레가 중얼거리는 게 들렸다. 창병과 함께 궁병도 활을 들고 언제든지 화살을 쏠 태세였으나 아직 닿을 거리가 아닌 모양이었다.

침묵이 잠시 주위를 지배하고 코볼트도, 아군도 움직이지 않았다. 그러나 균형은 곧 무너질 터였다. 삐이이이, 갑자기 새 울음소리 같은 소리가 들렸다.

그것이 신호임을 깨달은 순간, 코볼트가 일제히 돌격했다. 땅이 울리는 소리와 함께 마물이 덤벼들었고 포효가 대기를 뒤흔들었다.

"쏴라!"

아틸레가 마물을 향해 외치자 화살이 일제히 마물을 향해 날아갔다.

화살비가 마물의 머리 위로 쏟아졌다. 최전선에 있던 마물이 공격당하자 멈춰 서거나 주변 마물과 함께 넘어졌다. 그러나 군세는 멈추지 않았다. 뒤에 있는 마물이 쓰러진 동료를 짓밟고 진격했다.

인간이라면 화살을 피하려고 했을지도 모른다. 그러나 마물은 눈앞에 있는 인간을 도살하기 위해 화살은 쳐다보지 않고…… 죽음을 신경 쓰지 않고 접근했다.

"두려워하지 마라, 병사들이여!"

그때, 아틸레가 창을 들고 외쳤다.

"이 전투에 아라스틴의 존망이 걸렸음을 명심해라! 나라와 백성을 지키기 위해 분발하여 마물을 한 마리라도 더 무찔러라!"

병사를 이끄는 기사들이 포효했다. 병사들도 소리를 질렀고…… 마물과 병사가 격돌했다.

제일 먼저 넘어온 마물은 병사의 창에 찔려 간단하게 소멸했지만 뒤를 이은 마물이 사정없이 밀어닥쳤다. 병사의 창은 마물이 지나가지 못하게 버텼으나 마물은 결국 창을 피해 공격을 퍼부었다.

병사도 응전해 마물에게 창과 검을 내질렀다. 아틸레도 마물에게 창을 휘둘러 코볼트를 섬멸하기 시작했다.

나도 말 위에서 창을 휘둘러 다가오는 코볼트가 검을 휘두르기 전에 격파했으나 곧바로 다른 코볼트가 공격했다. 그것을 처리하면 또 다른 적이…… 적과 아군이 뒤섞인 난전이 펼쳐졌다. 상공에 있는 사역마로 이 아수라장을 내려다볼 수 있었다.

동쪽 전장도 비슷한 상황임을 안 직후, 선풍이 불어 닥쳤다.

시선을 옮기니 코볼트 여러 마리를 바람의 힘을 실은 창으로 날려버리는 아틸레가 보였다. 그가 쓰는 속성은 바람. 그러나 보조 역할일 뿐, 그의 진가는 단련하고 단련한 창술이었다. 말 위에서 창을 휘두르는 모습은 용맹한 기사 그 자체였다.

아틸레의 활약을 봤는지 코볼트가 아틸레를 노렸다. 거기에 나와 실비가 끼어들었다.

나는 창을 좌우로 휘둘러 코볼트를 쳐냈고 실비는 고유기 『선람검(旋嵐劍)』으로 아틸레에게 맞서듯 바람을 일으켰다. 실비의 회오리바람이 코볼트 여러 마리를 휩쓸어 갈가리 찢자 마물이 소멸했다.

이런 공격으로 주위에 있던 코볼트 수가 단번에 줄어들었다. 좋아, 할 수 있겠어!

아틸레는 우리에게 인사하고 주위에 있는 기사를 북돋았다. 기사가 더 기세등등해졌다. 상공의 사역마에 의하면 아군이 서서히 밀어내기 시작했다. 하지만 적의 후속부대가 오면……

"다가오고 있어……."

짧게 중얼거렸다. 사역마가 적 본대의 움직임을 포착했다.

"지금부터가 진짜인가."

유노도 알아차렸다. 말 위에서는 바로 보였다. 저 멀리 다른 적의 그림자가…….

그러나 아군은 점차 혼란에서 벗어났고 병사가 진형을 유지하며 마물을 무찔렀다. 후속부대와 충돌해도 대응할 수 있었다.

그리고 적 지휘관은…… 사역마로 후속부대 적을 관찰하려던 순간, 기사가 아틸레에게 달려갔다.

"파수꾼의 보고입니다! 적 지휘관을 발견했다고 합니다!"

"알겠다."

그가 대답한 후 나도 사역마를 통해 그 모습을 포착했다.

한층 체구가 큰 그 코볼트는 장검이 아닌 대검을 들었다. 나는 그것을 보고 『코볼트 제너럴』이라고 확신했다.

시나리오 중반부터 후반에 등장하는 마물이었다. 소피아와 오르디아라면 충분히 쓰러뜨릴 수 있지만, 말을 타고 돌격하며 싸우기는 불편할 터였다. 아틸레와 기사에게도 부담이 컸다. 우리가 잘 지원하지 않으면 위험할 것 같았다.

동쪽은…… 이곳과 달리 지휘관인 셰르크는 아직 움직이지 않았다. 대신 오르디아와 궁정마술사단이 분투했다. 오르디아는 코볼트 제너럴을 상대해도 괜찮을까? 의문이 스쳤지만 라하이트로 오는 동안 오르디아도 강해졌다. 새로운 기술도 익히지 않았는가. 믿어보자.

북부는 아직 옥신각신하는 양상이었다. 전국이 크게 움직인 것은 서쪽뿐이었다.

"후방에 대기 중인 부대 절반을 전진시켜라."

아틸레가 보고를 받고 곧바로 기사에게 명령했다.

"후속부대를 막아라. 우리가 돌격해 지휘관을 친다."

"네!"

기사는 인사하고 돌아갔다. 한편, 아틸레가 창을 고쳐들고 입을 열었다.

"루온 공. 일단 퇴각하고 기병과 함께 돌격하겠습니다."

"알겠습니다. 실비, 일단 물러나자."

"응."

후퇴를 시작했다. 교대하듯이 병사와 기사가 뒤에서 몰려나와 마물을 무찔렀다. 사기가 높아서 마물이 눈에 띄게 줄었다. 이대로라면 아틸레가 죽지 않는 한, 형세가 불리해지진 않을 것 같았다.

이쯤에서 잠시 전장을 이탈했다. 아틸레는 적 지휘관의 위치를 파악했다. 그곳을 노려 측면에서 돌격할 생각으로 보였다.

나는 그의 지시를 기다렸다. 지원만 잘 하면 아틸레는 죽지 않겠지만…… 제크에스가 마음에 걸렸다.

나테리아 왕국의 마술사가 그의 편이었다. 그 마술사와 제크에스를 따르는 인간이 전장에 더 있을 가능성이 컸다. 적 지휘관 주변에 있을 수도 있었다.

지휘관도 그렇지만 예상하지 못한 적도 경계해야했다. 난제였다.

속으로 결론을 정리했을 때 아틸레가 창을 들고 소리쳤다.

"가자. 승리를 위해!"

아틸레가 말을 달렸다. 그를 따라 기사와 우리도 달렸다.

나와 실비는 아틸레 뒤에 자리 잡았다. 난전이 벌어진 곳을 오른쪽으로 우회해 측면에서 지휘관이 있는 지점으로 향했다.

마물은 발이 묶여 움직이지 못했다. 그곳으로…… 아틸레가 앞장섰다.

창이 휘날리고 마물이 날아갔다.

"목표는 지휘관이다! 마물은 최소한으로, 돌파를 우선해라!"

아틸레가 창으로 마물을 쓰러뜨리며 외쳤다. 나는 적진으로 돌격해 창을 휘둘렀다. 그 공격에 코볼트들이 속절없이 쓰러졌다.

실비는 아까처럼 『선람검』으로 작은 회오리바람을 일으켜 코볼트를 날려버렸다.

마족과 접근해서 싸울 때 아군도 휘말릴 수 있는 기술이지만 이런 전장에서는 효과적이었다. 실비의 기술은 적에게 위협적이었다.

아틸레와 함께 싸우는 기사들도 충분히 마물을 흩뜨려놓았다. 사기 높은 정예기사는 코볼트에 눈 하나 까딱하지 않았다.

기사들의 진격은 멈추지 않았다. 놀라운 속도로 적진 깊이 파고들어 지휘관이 있는 지점에 도착했다.

"단번에 처리한다!"

아틸레가 외쳤다. 나는 창을 휘두르며 주위를 살폈다.

코볼트만 있는 것처럼 보이지만 제크에스와 동행한 배신자가 숨어있을 수 있었다.

지휘관을 호위하려고 숨었을지도 모른다. 마물이 적군을 이끌고 있으니 마족이 이 전투를 지휘하는 게 분명했다. 하지만 제크에스의 개입을 생각하면…… 하늘에 있는 사역마로도 안 보이긴 하지만…….

"루온, 수상한 사람 찾아?"

유노가 의미심장한 말투로 물었다.

"찾았어?"

"마물 속에 사람 그림자가 얼핏 보였어."

우리가 볼 수 없게 숨어있나.

"고마워, 유노. 그 녀석을 찾고 있었어."

"제크에스와 손잡은 사람이지?"

"사람 그림자라면 틀림없이……."

그렇게 말하며 창을 휘둘렀다. 그때, 코볼트 제너럴이 대검을 들고 이쪽으로 사납게 돌진했다.

아틸레도 반응했다. 기사들도 함성을 지르면서 그를 방해하는 마물을 밀어냈다.

우리는 적진 한가운데에 있어서 오래 버틸 수 없었다. 지휘관과 단판에 승부를 내야 했다. 아틸레도 아는지 포효하며 고쳐잡은 창에 지금까지 숨겨온 예리하게 갈고 닦은 실력을 담아 내질렀다. 이 공격으로 끝내겠다는 기개가 창에 가득 실렸다.

주위에 있는 병졸은 아무것도 못 하고 한 방에 나가떨어질 공격이었다. 그러나 코볼트 제너럴은 달랐다. 검을 늪혀 아틸레의 혼신의 일격을 막고 받아넘겼다.

그 순간, 나는 지휘관이 평범한 코볼트 제너럴과 다르다고 깨달았다. 같은 마물 중에서도 특히 검술이 뛰어났다.

단번에 승부가 나지 않는다고 판단한 직후, 주위에 있던 마물들이 우르르 달려들었다.

"방해된다!"

실비가 검을 휘둘렀다. 『선람검』이 달려드는 코볼트를 막았고 나는 접근하는 코볼트를 창으로 처리했다.

한편, 아틸레는 혼신의 찌르기가 막히자 공격을 중단하고 망설이는 모습을 보였다. 나는 직감했다. 만약 그를 노린다면……지금이었다.

예감은 적중했다. 틈이 생긴 아틸레를 향해 검이 날아갔다. 코볼트 사이를 지나 날아간 그것은 곧장 그의 목으로 날아들었다.

그 순간, 유일하게 내가 반응했다. 창을 뻗어 아틸레를 공격하는 검을 쳐냈다.

쇳소리가 들리고 상황을 파악한 다른 기사가 아틸레를 도왔다. 나는 추격에 들어갔다. 왼손을 뻗어 빛 속성 마법 『홀리 랜스』를 썼다. 홀리 랜스에 맞은 코볼트가 날아가자 그 뒤에 있던 검의 주인이 눈에 들어왔다.

파란 외투로 몸을 숨겼으나 내 마법의 여파로 후드가 벗겨져 얼굴이 보였다.

흑발, 흑안의 남자는 가느다란 눈과 옷을 입어도 눈에 띄는 처진 어깨가 특징이었다. 선이 가늘지는 않지만, 키보다는 체중이 적게 나가는지 꽤 말라 보였다.

언뜻 보면 마족과 손을 잡은 용병인데…… 가까이 있는 실비가 숨을 집어삼키는 것이 보였다.

"용케 알아차렸군."

감탄하는 목소리. 대답할 여유는 없었다. 이대로 포위당하면 적진을 벗어날 수 없었다.

"아틸레 씨."

"알겠습니다."

기사가 대답했다. 그도 이해하고 내 편을 들었다. 정확하게 말하면 내 명성의 편을 든 건가?

"아틸레 씨는 퇴로 확보. 지휘관과 저 사람은 제가 맡겠습니다."

"여유가 넘치네."

남자가 말했다. 나는 그를 노려봤다.

지일다인 왕국에서 얻은 자료를 보고 제크에스와 있지 않을까 우려했었다. 안타깝게도 우려는 적중했다.

제르거 폴가이트. 실비의 복수상대이며 제크에스와 손을 잡은 용병.

말을 달렸다. 실비가 따라왔지만 설득할 시간이 없었다.

나는 우선 지휘관을 노렸다. 제르거가 방해했지만 왼손을 뻗어 대응했다.

"나의 마력을 따라 방패가 되어라, 얼음이여!"

그 순간, 제르거 앞에 빙벽이 생겼다.

"같잖은 짓을!"

그가 소리쳤다. 얼음 속성 중급 마법 『아이스 월』. 제르거는 자기 앞을 가로막은 빙벽을 검으로 부수려고 했다.

그의 손에는 실비의 고향을 덮친 마검이 들려있었다. 그의 주요 기술은 둘. 호랑이를 본뜬 충격파를 전방으로 쏘는 체술 중급기 『호연포(虎連砲)』와 고유기인……

제르거가 검으로 얼음을 부수고 왼쪽 주먹으로 얼음을 때리자 무언가 터지는 소리가 났다. 『호연포』가 분명했다. 위력은 평범하지만 다단히트 특성 때문에 얼음이 점점 부서졌다.

그때 벽에 변화가 생겼다. 안에 얼음기둥이 생기더니 제르거를 향해 발사됐다.

"쳇!"

그는 피하려고 굴렀으나 거의 코앞에서 벌어진 일에 얼음기

둥 여러 개를 정통으로 맞고 말았다.

다만 대미지는 없어보였다. 『아이스 월』은 공격력이 대단하지 않아서 상처를 입히지는 못했다.

어차피 시간벌기였다. 나는 코볼트 제너럴에게 덤벼들었다.

창 중급기 『오라 재블린』. 극채색의 빛을 띤 창이 지휘관을 향해 날아갔다.

목표는 가슴. 마물이 대검을 들어 방어했으나…… 창은 너무나 쉽게 검을 뚫고 가슴을 관통했다.

마력과 빛이 화륵 피어올랐다. 가슴에 구멍이 뚫린 코볼트 제너럴은 아무것도 못하고 쓰러졌다.

주변이 변했다. 우리를 노리던 병졸의 움직임이 순간적으로 멈췄다. 기사는 그때를 놓치지 않고 공격해 적을 분쇄했다.

지휘관이 사라지자 통제를 잃었다. 퇴각할 절호의 기회. 아틸레가 깨닫고 즉각 명령했다.

"퇴각한다!"

창을 뻗어 몸이 둔해진 코볼트를 후려쳤다.

"실비!"

나는 실비를 불렀다. 그녀는 얼음을 부수고 우리를 노려보는 제르거와 대치했다. 이유는 명백했다. 복수할 상대가 눈앞에 있었다.

"뭐해?!"

"눈빛이 적의로 가득하군."

제르거가 입을 열었다. 그동안에도 기사들은 탈출을 꾀했다.

"내가 손댄 마을이나 인간의 생존자냐? 한두 번이 아니라서 말이야. 너 같은 녀석은 수도 없이 만났다. 모두 나에게 당했지만."

나는 다시 실비를 부르려고 했으나 제르거가 먼저 말했다.

"너도 마찬가지인가. 싸움과 무관한 세상에서 살면 될 것을, 멍청한 짓을 했군."

실비에게 도발하는 거라고 외치려고 했으나 이미 늦었다. 그녀는 빠르게 말에서 내려 맹렬한 기세로 제르거에게 달려갔다.

"아틸레 씨! 먼저 가요!"

나는 일방적으로 지시하고 실비를 쫓았다. 실비는 무서울 정도로 날카롭게 달려들었다. 소피아와 함께한 훈련으로 그녀가 얼마나 강해졌는지 여실히 드러났다.

분노와 함께 솟구친 그녀의 마력은 훈련 때와 달랐다. 그녀의 오의라고도 불리는 기술 『일찰나』를 쓰려는 건가? 그러나 제르거가 가만히 당해줄 리는 없었다.

정통으로 맞으면 제르거라도 죽을 수 있었다. 전투 상황을 지켜봐야겠지만 전장은 허락하지 않았다.

코볼트가 실비에게 접근했다. 나는 급히 창을 휘둘러 격파하고 왼손을 뻗어 마법을 준비했다.

"끝이다."

제르거가 자신 있게 말하고 검을 휘둘렀다. 그의 고유기가 분명했다. 『피에 젖은 허물』.

극히 간단한 2연격이지만, 『호연포』처럼 위력 높은 충격파가 생겼다. 자칫하면 연격인 『일찰나』도 막힐 수 있었다.

그래서 나는 마법을 발동했다.

"마를 꿰뚫어라, 천공의 성창!"

『홀리 랜스』. 제르거가 내 쪽을 슬쩍 봤지만 실비의 무모하기까지 한 돌격이 그에게 방어할 틈을 주지 않았다.

빛의 창이 제르거의 검에 꽂혔다. 마검에 모인 힘이 빛에 상쇄되어 마력 공격과 방어를 못 하게 됐다.

"윽?!"

제르거는 경악했다. 이제 실비의 앞을 막는 것은 없어졌다.

"하아아앗!"

우렁찬 포효와 함께 쏟아진 공격은 호쾌한 음성과 달리 섬세하고 유려했다.

저번에 본 연격과는 달랐다. 진화…… 아니, 심화된 공격이 제르거에게 퍼부어졌다.

첫 공격이 먹히자 실비의 난무가 빨려 들어가듯이 쏟아졌다. 제르거는 모든 공격을 정통으로 맞았고 실비는 분노에 떨며 15연격을 쏟아냈다.

게임과 동일한 위력이라면 제르거의 몸이 사라져도 이상하지 않았다. 그러나 그는 버텼다. 기술 위력이 아직 낮은가…… 아니, 이건 아마…….

"크악!!"

비명과 함께 제르거의 몸이 크게 기울었다. 실비는 이어서 공격하고 싶었지만 코볼트들이 달려들었다. 그런 마물은 내가 말을 달려 쓰러뜨렸다.

그때였다. 제르거는 나와 실비를 분노에 찬 눈빛으로 힐끗 본 후 쓰러질 뻔한 것을 버티고 크게 물러났다.

퇴각하려는 몸짓이었다. 그래도 실비는 쫓아가려고 했다.

"실비!"

나는 실비를 불렀다. 그녀는 한 바퀴 돌아 멈췄다.

"루온……."

"제르거가 어떤 인간인지 알았어. 하지만 지금은……!"

"알았어. 무모하게 행동해서 미안해."

빠르게 말에 올랐다. 물러나려고 해도 포위됐을 텐데…….

"이리로."

기사들이 기다려줬다. 기사들이 분전하며 통제되지 않아 숫자로 밀어붙이려 하는 코볼트를 상대했다.

"죄송합니다. 저기……."

"두 분의 조력이 없었다면 여기까지 오지도 못 했어요."

사과하려는 나를 아틸레가 막았다.

"사정이 있었겠죠. 저는 아무 말 않겠습니다. 그리고 이 전투에는 당신의 힘이 필요합니다. 저야말로 죄송하지만……."

"아뇨, 괜찮습니다. 가죠."

아틸레가 꾸벅 고개를 끄덕이고 기사에게 다시 퇴각 지시를 날렸다.

부대가 단번에 달렸다. 그동안에도 근처에 있는 코볼트와 계속 싸웠다. 돌입할 때에 비해 적이 기운이 없어 쉽게 말을 움직일 수 있었고 얼마 지나지 않아 퇴각에 성공했다.

"루온 공, 정말 감사합니다."

아틸레가 다가와 내게 말했다.

"제가 계속 싸웠더라면 아마……."

그 이상은 말하지 않았다. 아틸레는 일단 입을 다물었다.

"아까 만난 사람이 신경 쓰이지만, 다쳤으니 바로 공격하지는 않을 겁니다. 마물이 둔해졌으니까 이제 정공법으로 밀어붙이죠."

일단 서쪽 전투로 아틸레가 죽을 가능성은 낮아졌다. 지휘관을 무찌르고 제르거에게도 대미지를 줬다. 훌륭한 전과였다.

우리는 전장을 우회해 성문까지 돌아갔다. 나와 실비는 일단 대기하라는 명령을 받고 아틸레가 병사에게 지시하는 광경을 지켜봤다.

"고마워, 루온."

실비가 갑자기 입을 열었다.

"네가 도와주지 않으면 난 분명히 죽었을 거야."

"실비, 혹시……."

유노의 말에 실비가 쓴웃음을 지었다.

"맞아. 차 모임에서 말했던 복수 상대야. 맞닥뜨리니까 머리에 피가 쏠렸어."

"사실은 도움 없이 싸우고 싶었지?"

내 말에 실비가 어깨를 으쓱했다.

"상대한 순간에 알았어. 지금의 나는 안 돼. 순수한 검술로는 맞섰을지도 몰라. 하지만."

"마물화?"

"응. 혼신을 다한 공격에도 쓰러지지 않았어. 마력장벽을 쳤겠지만, 그래도 움직인 걸 보면 생김새는 평범해도 속은 인간이 아닐 거야."

실비가 냉정하게 말했다.

"미안해. 다시 만났을 때는 자제할게. 루온, 이제부터 어떡할 거야?"

"어떡하냐니?"

"상황을 보면 서쪽 전투는 이겼다고 봐도 되겠지. 지휘관을 무찌르고 제르거도 다쳤어. 전장을 벗어났을 거야."

실비의 추측은 정답이었다. 만난 직후부터 사역마로 관찰한 바, 제르거는 이미 전장을 벗어나 모습을 감췄다.

"마물은 지휘관을 잃고 둔해졌으니까 여기는 기사와 병사에게 맡겨도 될 거야."

나는 잠시 생각했다. 북쪽은 아직 옥신각신 중이고 동쪽은……

"루온, 동쪽은 어떡해?"

유노가 물었다. 나는 「잠깐만」이라고 말하고 사역마에 의식을 집중했다.

전장에 변화가 생기기 시작했다. 무언가를 조준하는 오르디아에게 주목한 순간―.

전장에 포효가 메아리쳤다.

서쪽과 달리 동쪽 전투는 조금 느리게 진행됐다.

지휘를 맡은 기사 셰르크는 용병을 포진해 코볼트와 맞붙었다. 나테리아 왕국 궁정마술사단의 지원으로 전투는 우위에 있었다. 오르디아와 쿠자는 전선에 서서 마물과 맹렬히 싸웠다. 오르디아가 마음껏 적을 베는 모습에 주위에 있는 기사와 병사가 경악했다. 오르디아 주위는 다른 곳에 비해 코볼트가 눈에 띄게 적었다.

쿠자는 오르디아와 기사를 지원하며 무영창 마법의 특성을 발휘해 사방팔방으로 마법을 썼다. 그 모습에 기사와 궁정마술사단이 혀를 내둘렀다.

그러던 중, 적군 후방에 움직임이 포착됐다. 적 지휘관이 병사를 이끌고 앞으로 움직였다.

아군도 변화를 느꼈는지 셰르크가 지시를 내렸다. 병사는 계속 창으로 코볼트와 싸웠고 오르디아 주위에 있던 기사와 병사가 후퇴하기 시작했다.

저택에서 말한 마물을 만드는 기술을 쓰려는 것 같았고 오르디아는 지휘관을 상대하는 모양이었다. 쿠자와 궁정마술사단이 지원하기 위해 오르디아에게 다가갔다.

오르디아가 마물을 만든다 해도 작전에 혼란이 생기진 않을 것 같다고 결론을 내리자마자 갑자기 오르디아의 그림자가 부풀었다.

뭐지…… 순간, 놀랐다. 그것은 리제를 구출할 때 만난 마족의 능력, 그림자에서 마물을 만들어내는 기법이었다.

저번 전투를 참고했다는 것을 알았을 때 그림자가 더 부풀어 올랐다. 그것은 인간 크기 정도가 아니라 거의 성벽만큼 컸다.

형태가 잡히면서 알아차렸다. 그가 만드는 것은…… 용이었다.

그림자 용. 용이 그의 뒤에 나타나 마물을 위협하듯 울부짖었다.

전장에 울려 퍼지는 용의 포효. 코볼트는 신경 쓰지 않으며 돌격했고 오르디아는 검을 휘둘러 용에게 지시했다.

"먹어치워라!"

용이 전진했다. 땅을 울리며 코볼트에게 접근했다.

예리한 오른쪽 앞발톱을 휘둘렀다. 갑자기 코볼트가 튕겨져 나갔고 이어진 돌격에 마물이 날아가 주변 마물들이 얼어붙었다.

코볼트도 반격했으나 공격은 용의 피부를 툭툭 건드릴 뿐 거의 효과가 없었다. 용은 마물을 무시하고 튕겨 내거나 짓밟으며 돌격해 마침내 지휘관에게 다가갔다.

오르디아와 다른 사람도 용에 맞춰 움직였다. 이대로 지휘관을 짓뭉갤 작전인가?

계획은 문제없이 성공할 것처럼 보였으나 코볼트 쪽도 용을 막으려 하기 시작했다. 더군다나 지휘관도 당하지 않으려고 후퇴할 기색을 보였다.

오르디아는 그렇게는 안 된다며 용의 옆을 내달렸다. 지휘
관은 그가 쓰러뜨리겠지만 문제는 지휘관 근처에 코볼트 외의
적…… 제르거 같은 인간의 여부였다.

오르디아는 용의 옆을 지나 자세를 낮추고 돌진했다. 코볼
트는 용에 정신이 팔려 오르디아를 경계하지 않았다. 이대로
만 가면…….

그때, 용을 향해 거대한 불덩이가 날아왔다. 불 속성 중급
마법『플레어 봄』. 거대한 불덩이가 용을 박살내려고 했다.

"그렇게는 안 돼!"

그때 쿠자가 개입했다. 그가 쏜 빛이 불덩이 옆에 맞아 폭발
했다.

그러나『플레어 봄』의 기세를 죽였을 뿐이었고…… 그 직후
에 알레테가 호령했다.

"부숴라!"

궁정마술사들이 일제히 마법을 썼다. 라이트닝, 라이트볼
트, 아이스볼, 온갖 마법이 쏟아졌다. 마침내 불덩이도 한계
에 달해 공중에서 폭발했다.

굉음이 일고 화염이 대기에 퍼지며 잔해가 코볼트에게 쏟아
졌다. 쿠자와 알레테는 마법을 쓴 인물을 찾았다. 지휘관 조
금 뒤쪽에 한 남자가 서 있었다.

하얀 로브를 입은 남자는 부스스한 흑발과 검은 눈을 가진
평범한 사람이었으나 사역마를 통해서도 이질적인 분위기가
느껴졌다. 손에 든 새까만 지팡이 끝이 은은히 빛나서 불쾌한

느낌을 부각시켰다.

"마리옹……!"

알레테가 말했다. 제르거에 이어 나테리아 왕국의 배신자도 모습을 드러냈다.

그는 알레테에게 대답하지 않고 지팡이를 겨누었다. 그리고 지팡이 끝에 담긴 마력을 그녀에게 쏘려고 했다.

하지만 쿠자가 지팡이를 들어 맞섰다.

"우리를 경계하는 건 지극히 당연하지만, 정신을 너무 빼앗겼군그래."

쿠자의 말에 마리옹이 의아한 시선을 보낸 직후 깨달았다.

오르디아가 지휘관 옆으로 미끄러져 들어갔다. 그림자 용으로 전장을 뒤집는 사이, 그가 지휘관을 친다는 작전은 멋지게 성공했다.

지휘관이 대검을 휘둘러 오르디아를 공격했으나 오르디아는 옆으로 뛰어 피했다. 마물이 대검을 거두려고 했으나 그보다 먼저 오르디아의 두 자루 검이 마력을 내뿜었다.

좌우 색이 명백히 달랐다. 오른쪽은 희고 왼쪽은 검게 물들었다. 나는 그것을 보고 무슨 기술인지 알아차렸다.

쌍검 상급기 『블랙·화이트』.

오르디아의 검이 코볼트 제너럴의 옆구리에 박혔다. 좌우에서 휘몰아치는 공격은 단번에 마물을 휩쓸었고 백과 흑이 나선을 그리며 불기둥처럼 하늘로 솟구쳤다.

단발기이지만 위력이 무시무시해서 지휘관의 절규가 메아리쳤다. 그리고 흑과 백의 마력이 사라졌을 때 지휘관은 지상에서 소멸했다.

"무려 일격에……."

마리옹이 감탄하며 중얼거렸다. 오르디아는 조금의 망설임도 없이 그에게 달려들었다.

마리옹은 달려드는 그에게 지팡이를 들어 맞섰고 지팡이 끝에서 화염이 뿜어져 나왔다. 오르디아 앞에 만들어진 『플레어 봄』은 그들 사이에서 폭발했다.

폭발, 굉음 그리고 업화. 순간적으로 오싹했으나 화염 속에서 오르디아가 구르다시피 나타났다. 그것을 확인하자마자 이번에는 쿠자와 알레테가 마리옹이 있던 곳에 마법을 쏟아 부었다.

『플레어 봄』의 여파도 가라앉지 않은 사이, 온갖 마법이 빗발치듯 전장에 쏟아졌다. 그동안에도 그림자 용은 날뛰며 코볼트를 처리했다.

지휘관을 쓰러뜨리자 서쪽과 같이 코볼트가 통제받지 못해서 느려졌다. 거기에 용이 혼란에 박차를 가했고 병사의 창이 깔끔하게 꽂히며 착실하게 적을 줄여나갔다.

대국적으로는 아군의 승리이지만 마리옹은 어떻게 됐을까. 쿠자와 알레테의 마법이 멈추고 피어오른 분진이 걷힌 그 앞에서—

"예전의 나였다면 죽었겠어."

마리옹이 먼지를 털며 말했다. 건재했다.

"그래도 이 상황에는 못 당하려나?"

"왜 배신했어?"

알레테가 물었다. 지팡이를 들고 더 공격하려고 했다.

그러자 마리옹은 비웃는 듯한 사악한 미소를 지었다.

"왜냐고? 충의를 바치던 왕자를 돕고 싶었다. 이 이상의 이유가 필요한가?"

"그 충의가 네게 힘을 주기 때문이겠지?"

쿠자가 비아냥거리며 물었다. 마리옹은 대답하지 않았지만 변함없는 미소는 긍정으로 봐도 되리라.

"일단은 물러나지. 다시 만났을 때, 결판을 내자."

"기다려!"

알레테가 마법을 쓰려던 순간, 코볼트가 마리옹을 보호하듯 앞을 가로막았다. 알레테의 마법은 코볼트를 날려버리는 데 성공했지만 마리옹은 사라지고 없었다.

"도망쳤어……."

"그래도 우세한 상황이다."

오르디아가 말했다. 그동안에도 용은 계속 날뛰며 코볼트를 줄여나갔다.

"우선 남은 마물부터 섬멸하자."

"그래……."

알레테가 고개를 끄덕이고 다른 궁정마술사단에게 명령했다. 쿠자도 그에 맞춰 지팡이를 휘둘러 코볼트를 조준했다.

동쪽도 문제없었다. 그러면 북쪽은 어쩌고 있을까.

게임에서는 동쪽과 서쪽 전투가 일단락되면 북쪽에 있는 군단이 대대적으로 진군했다. 그것은 현실이 된 지금도…… 마찬가지였다. 상공의 사역마가 북쪽에 포진한 마물의 진군을 포착했다.

제크에스라는 이레귤러가 있지만 그래도 큰 줄기는 변하지 않았다. 지휘하는 마족이 동일하기 때문일까?

"북쪽으로 가자."

내 말을 들은 실비가 「알았어」라고 대답했고 아틸레의 허락을 받아 서둘러 북문으로 갔다. 말을 타고 달렸고 이동마법은 쓰지 않기로 했다. 마족이 전장을 관찰할 텐데 괜히 마크당하면 귀찮으니까.

아틸레는 전투가 일단락되자 기사에게 명령해 남은 적은 없는지 탐색했다. 나와 실비는 그들 사이에 섞여 우회해서 말을 달렸다. 그때 갑자기 마물의 포효가 들렸다.

북쪽에 있는 적 지휘관의 것이었다. 그 안쪽에 마족이 있을 텐데 아직 확인하지 못 했다.

한편, 적이 움직이자 보슬로 장군도 움직이기 시작했다. 말에 올라 창을 들고 병사를 지휘했다. 그 모습은 다른 누구보다 중후하고 신처럼 압도적인 존재감이 느껴졌다.

그에 의해 북쪽 전국이 좌우될 것이 분명했다. 그가 죽으면 정세가 적 쪽으로 기울 것이다. 게임은 그것이 정사이지만…… 현실에서는 반드시 막겠다.

이내 북문에 도착했다. 보슬로의 목소리가 들렸다.

"동서 전투는 승리했다! 이대로 밀어붙여라!"

보고가 들어간 모양이었다. 그 순간, 병사가 분발하며 코볼트를 무찌르는 속도가 빨라졌다. 마물 수는 동쪽, 서쪽보다 많지만, 사기가 높아서 서서히 전국이 아군 쪽으로 기울기 시작했다.

이런 상황에서 나와 실비는 장군이 있는 곳에 도착했다. 소피아와 리제는 그의 곁에 있었다. 소피아가 제일 먼저 나와 실비를 발견했다.

"루온 님! 무사하십니까?"

"무사해. 기사 아틸레에게 맡기고 우리는 서둘러 왔어."

"보고 들었다. 활약했다더군."

보슬로가 말했다. 시선은 정면을 향한 채였다.

"아니, 마물과 수없이 싸워온 그대에게는 별일 아니었나?"

"지휘관은 제법 강해서 주의해야 합니다. 그리고 장군, 서쪽에 제크에스와 함께 마족 쪽에 붙은 인간이 있었습니다."

그 말에 보슬로가 나를 보았다.

"그것도 알고 있다. 우리 쪽 지휘관이 위험했다면서."

"네. 적 지휘관 근처에 숨어서 기사 아틸레를 노렸습니다. 저와 실비가 대처했지만요."

"그런가. 북쪽에도 그런 놈이 있을 가능성이 크군."

"네. 저희도 돕겠습니다."

병사와 기사가 싸우는 마물 중 몇몇이 방어선을 돌파했고 북쪽 지휘관이 다가오는 게 보였다.

사역마로 모습을 관찰하다 중얼거렸다.

"처음 보는데."

게임에는 등장하지 않은 마물, 정령 네레이드가 사는 동굴에 있던 크라켄과 같았다. 코볼트는 맞는데 몸을 감싼 칠흑 갑옷은 튼튼했고 게임에서는 장비한 적 없는 창을 들었다. 생김새도 동쪽, 서쪽 지휘관보다 한층 컸다. 아군 병사가 그 모습을 보고 전율했다.

보슬로가 죽는 장면이 게임에 직접 나오지 않아서 지휘관이 동일한지는 알 수 없었다. 게임이라면 장군은 적 지휘관과 함께 죽고 그 후에 마족이 습격. 카난이 각성하는 식인데…….

심호흡했다. 이벤트대로 진행하지 않으면 카난이 각성하지 않을 수도 있지만 장군은 앞으로 전쟁에 필요한 인물. 반드시 구해야 했다.

"모두 가자."

결전의 때라고 판단했는지 보슬로가 주위에 있는 기사에게 말했다.

"우리 손으로 이 전투를 끝낸다!"

기사들이 장군의 말에 호응했다. 높은 사기에 눈이 휘둥그레졌다. 그 직후, 보슬로가 채찍을 휘둘렀고 말이 질주했다.

우리와 기사들은 그의 뒤를 따랐다. 소피아와 리제도 기세 등등하게 장군과 함께 달렸다.

전선에 있는 병사들이 일제히 길을 트자 기사가 앞장섰다.

창으로 가까이 있는 코볼트를 쓰러뜨리고 눈사태가 덮치듯 다른 기사가 교전을 벌였다. 기운이 넘쳐서 엄청난 속도로 마물이 줄어들었다. 역시 장군의 직속 부대였다.

나도 그에 맞춰 창을 휘둘렀다. 광범위 공격으로 적을 마음껏 날려버리자 보슬로가 「역시」라고 중얼거렸다.

"루온 공, 지휘관을 처치한다. 협력해주겠나?"

"네."

바로 대답했다. 동료들도 뒤따라 살짝 고개를 끄덕였다.

"지휘관은 내가 상대하겠다! 주위 마물에 응전하라!"

보슬로가 외쳤다. 기사는 그에 따라 소리를 질렀고 보슬로와 적 지휘관 사이에 길을 만들기 위해 마물을 무찔렀다.

놀라울 정도로 짧은 시간에 길이 열리고 정면에 있는 마물 지휘관이 보였다. 다른 코볼트와는 다르게 위풍당당한, 코볼트의 군주 같으니 코볼트를 군주를 뜻하는 『로드』를 붙여 『코볼트 로드』라고 부르면 될까. 보슬로는 창을 고쳐잡았다.

"루온 공, 지원 부탁한다."

"제가 해도 될까요?"

"오히려 그대가 맡지 않으면 힘들지도 모르지."

보슬로는 그 말만을 남기고 말을 달렸다. 나는 그를 쫓았고 동료들도 따라왔다.

마물이 위협의 속셈인지 소리를 질렀다. 배가 울릴 정도였지만 우리는 두려워하지 않고 진격했다.

그리고 먼저 공격한 쪽은 보슬로였다. 말 위에서 창을 들고 공격. 힘이 실린 대담한 공격에 코볼트는 정면으로 맞섰다.

　그 순간, 서로의 창이 부딪히며 전장에 쇳소리가 울려 퍼졌다. 무기가 망가지지는 않았지만 창이 삐거덕대는 소리가 들리고 잠시 힘겨루기에 들어갔다.

　지휘관이 앞으로 나왔다 해도 이곳은 적진 한복판. 힘겨루기 중에 마물이 몰려들자 소피아가 엄호했다.

　"냉엄한 천령이여, 땅과 결속하여 마를 정화하라!"

　왼손을 뻗자 마력이 뿜어져 나오고 지휘관의 뒤에 있던 코볼트의 발밑에 빛이 넘쳐흘렀다.

　그 순간, 대지에서 번개가 치며 마물의 몸을 불태웠다. 중급 마법 『그라운드 썬더』로군. 마법진을 만들어 그 안에 번개를 터뜨리는 마법이었다.

　그 범위에 속해있던 마물이 한방에 사라졌다. 실비와 리제가 보슬로의 좌우에 있는 적을 처리하기 시작했다. 실비는 『선람검』의 회오리바람으로 적을 날려버렸고 리제는―.

　"버틸 수 있을까?!"

　리제는 할버드를 지면에 대고 호쾌하게 아래에서 위로 휘둘렀다. 지표면이 날아오르더니 흙모래가 마치 총알처럼 마물을 덮쳤다.

　평범한 흙덩이라면 아프지 않겠지만 리제의 공격은 달랐다. 흙덩이 하나하나에 마력이 실려 있어서 코볼트를 날려버렸다.

　이 기술은 도끼 중급기 『어스 임팩트』. 흙모래를 휘감은 마력을 광범위하게 퍼뜨리는 공격으로 제대로 맞으면 코볼트는 몸이 갈기갈기 찢길 정도였다.

여러 기사가 우리 지원에 호응하듯 창을 휘둘러 적을 무찔렀다. 이 상황에서 나는 깨달았다.

"이곳에는 제르거 같은 인간이 없나?"

"인간 둘로 끝인가? 마족이 메인으로 이끄는 곳이라 지원을 거부했을까?"

유노가 의견을 냈다. 거부했을 가능성도 있을 법한데…….

나는 경계하며 보슬로를 보았다.

창과 창이 수없이 부딪쳤다. 실력이 비등비등해서 어떻게 굴러갈지 알 수 없었다.

나는 창을 들고 마물 옆으로 돌아갔다. 마물도 2대 1이 비겁하다고 생각하지는 않을 거다. 빠르게 지휘관을 무찌르고 북부 전투에 승리한다.

아직 부딪치고 있는 두 사람 옆에서 창을 뻗었다. 목표는 코볼트의 머리. 투구를 썼지만 『오라 재블린』이라면…….

창이 닿았다. 그 순간 창끝에 단단한 충격이 전해졌다.

"관통하지 않았어?!"

놀랐으나 찌르기로 코볼트가 둔해진 것도 사실. 보슬로는 순간의 틈을 놓치지 않았고 창이 마물의 몸에…… 성공했다!

멋진 공격이 마물의 어깨에서부터 가슴을 베었다. 동쪽, 서쪽 지휘관도 십중팔구 죽었을 공격이었다. 그러나 그의 공격은 코볼트의 두꺼운 갑옷에 막혀 휘청거리게는 했으나 대미지를 주지는 못했다.

"루온, 다른 마물보다 강하잖아?!"

유노가 중얼거렸다. 나도 내심 동의했다.

『마력은 동쪽, 서쪽 지휘관과 별반 다르지 않다. 하지만 갑옷과 장비, 피부 방어력이 범상치 않다.』

가르크가 말했다. 그동안 보슬로는 물러났고 나도 다시 말을 돌렸다.

동료들은 엄청나게 활약하며 마물을 밀어붙였다. 시간은 걸려도 문제는 없을 것 같은데…….

그때, 나는 눈앞에 있는 마물이 제크에스의 꾀가 아닐까 추측했다.

"장군이 쓰러지면 군은 동요해서 붕 뜰 거야."

나는 중얼거리며 창을 고쳐들었다.

"제크에스가 그걸 예측하고 장군과 맞설 마물을 만들도록 지시했나? 친분 있는 나라의 왕자였으니 실력도 알았을 거야."

즉, 이대로 보슬로의 주도로 싸우면 게임과 같은 결말을 맞이한다. 아니, 무승부도 힘들지 않을까.

"보슬로 장군, 이곳은 제게 맡기세요."

그렇게 말하자 장군이 놀랐다.

"하지만……."

"저 마물은 장군의 공격도 버텼습니다. 그보다 강한 기법이 있습니까?"

"……알겠다. 나는 다른 마물을 처치하고 병사를 지휘하지."

코볼트 로드가 울부짖었다. 그에 맞서듯이 나는 창을 고쳐들었다.

"네, 부탁드립니다."

시간을 오래 들여서는 안 됐다. 나는 숨을 고르고 조용히 창에 마력을 주입했다.

중급기는 통하지 않았다. 그러면 그보다 상위…… 마족이 전장을 보고 있으니 가르크에게 받은 마력제어 리본을 유지한 상태로 써야 했다.

이곳에 오는 동안 그 과제는 어느 정도 마쳐서 상급 마법과 기술도 다소나마 쓸 수 있게 됐다. 창 기술은…… 하나는 쓸 수 있었다.

"시간이 없어. 한 번에 끝내자."

잠든 마력을 제어해 창끝에 모았다. 코볼트가 나를 겨냥했다. 내 공격을 돌파하고 반격하려는 것 같았다.

나는 창을 내질렀다. 그러나 나와 마물은 거리가 있었다. 창이 닿을 거리가 아니었다.

하지만 내가 창을 던진 순간, 끝에서 빛이 뿜어져 나와 마력 창으로 변해 코볼트에게 날아갔다.

창 상급기 『광룡창(光龍槍)』. 창끝에서 뿜어져 나온 마력이 동양의 용처럼 변해 적을 꿰뚫었다. 창 기술치고 효과 범위가 넓지는 않지만 위력이 셌다.

내 마력을 느낀 코볼트가 순간적으로 멈추고 막을지 피할지 망설였다. 덕분에 피할 기회를 놓쳤다.

빛이 마물을 찔렀다. 마물의 몸이 내 마력으로 채워졌다.

코볼트는 절규했다. 갑옷이 망가지기 시작했고 몸부림도 치지 못 했다. 중급기는 통하지 않았지만 상급은 가능하다. 이어서 공격하려고 마력을 끌어올리려던 때 소피아와 리제가 마물에게 달려들려고 했다. 보슬로가 주변 마물을 맡아서 두 사람에게 여유가 생겼다.

둘 다 이미 무기에 마력을 실었다. 리제가 먼저 마물 옆에서 공격했다.

"하아앗!"

중급 도끼 기술 『크레센트 문』. 말 위에서 세로로 휘두른 그녀의 공격이 부서지기 시작한 갑옷에 맞자 호쾌한 소리를 내며 손상이 늘었다.

그리고 소피아. 검에서 넘쳐흐르는 마력은 마물이 사정범위에 들어온 순간, 화염으로 변했다.

리제처럼 말 위에서 내리쳤다. 공격은 코볼트의 등에 정확히 맞았고 화염이 피어올라 하늘로 솟구쳤다.

불 속성 마도 상급기인 『염왕의 폭풍』. 대상을 화염 소용돌이로 에워싸 여러 번 대미지를 주는 공격으로 현실에서도 같은 효과를 주는지 코볼트의 갑옷이 더 부서졌다.

이대로 단번에 공격하면 이긴다고 직감한 나는 마무리를 짓기 위해 마력을 모아 왼손을 하늘로 내질렀다.

"하늘이여, 나의 외침에 답하여 부정한 것에 단죄를!"

하늘에 순간적으로 마법진이 나타났다. 눈에는 안 보이지만 분명히 발동했다. 그 직후 하늘에서 거대한 빛이 내려왔다.

빛 속성 상급 마법 『브류나크』. 운석처럼 빛을 떨어뜨리는 마법으로 빛은 하나지만 게임에서는 광범위하게 영향을 끼쳤다.

이번에는 응용 버전이었다. 코볼트는 피하지도 못하고 내 마법에…… 맞았다.

갑자기 빛기둥이 코볼트를 에워쌌다. 광범위가 아니라 코볼트만 노렸다. 소피아의 화염과 맞물려 붉고 하얀 힘이 마물을 정화하고자 감쌌다. 소피아와 리제는 기술을 마치고 한 발 물러나 지켜봤다. 기사와 병사가 우리의 공격에 당황했고 빛과 화염은 마물을 놓아주지 않았다.

비명과 비슷한 소리가 들린 뒤 화염과 빛이 동시에 사라졌다. 그 후에 남은 것은 무릎을 꿇고 엉망진창이 된 지휘관뿐.

이만한 공격을 당하고도 형태를 유지한 것은 일반 마족보다 강하기 때문이었다. 곧 사라지겠지만 티끌이 될 때까지는 방심할 수 없었다.

소피아와 리제도 같은 생각인 모양이었다. 고삐를 조종해 조금이라도 빨리 지휘관을 쓰러뜨리려고 했다.

그때였다. 꿈쩍도 않는 코볼트의 몸이 갑자기 빛나기 시작했다.

"윽?!"

소피아와 리제는 반사적으로 고삐를 당겼다. 그러나 닿기 직전에 벌어진 일이라 말을 세우는 것이 한계였다.

이건…… 무슨 일인가 인식한 직후—.

"자폭?!"

유노가 답을 제시했다.

위험한 상황임을 깨달았다. 소피아와 리제가 휘말릴 게 틀림없었다. 말을 타지 않았다면 다리를 강화해 안고 벗어날 수도 있지만 말 위에서는…….

"소피아!"

리제가 소피아를 부르며 그쪽으로 가려고 했다. 명백히 소피아를 보호하려는 몸짓이었다. 소피아는 피하지 않고 막아 내려고 했다.

그때—.

『루온 공!』

가르크의 외침이 들렸다. 그것이 무슨 뜻인지 이해한 직후, 나는 팔을 뻗었다.

그 순간, 눈앞에 폭발이 일었다.

—눈앞이 분진으로 뒤덮여 아무것도 보이지 않았다. 그 와중에 나는 왼손을 뻗은 채 어떻게 됐는지 앞을 주시했다.

"루온, 괜찮아?"

"나는 괜찮아. 유노, 밖으로 나오지 마."

폭발에 휘말려도 대미지는 제로. 소피아와 리제는…… 피할 수 없다고 판단하자마자 방어에 들어갔으리라. 두 사람의 마력장벽으로 버틸지 불안했다. 그래서 나는 그것을 실행했다.

"볼품없지만 않았으면 좋겠는데……."

쓴웃음 짓는 사이, 분진이 걷혔다.

"루온 공, 무사한가?!"

보슬로가 달려왔다. 그리고 소피아와 리제 쪽으로 눈을 돌렸다가 그 앞에 서 있는 것을 보고 말을 잇지 못했다.

"이건……."

"전부터 준비한…… 제 사역마입니다."

소피아와 리제 앞에서 그들을 폭발로부터 보호하듯이 천사가 서 있었다. 그리고 지휘관이 있던 곳에는 직육면체의 마력 장벽이 폭발로 크게 손상됐지만 형태를 갖추고 있었다.

천사인 것은 등에 하얀 날개를 보면 알 수 있었다. 전신에 은백색 갑옷을 입고 머리에 투구와 가면을 써서 얼굴이 보이지 않았다. 아니, 내용물은 없고 갑옷이 본체였다. 2미터가 가뿐히 넘는 체구의 갑옷천사는 전장에서 압도적인 존재감을 내뿜었다.

"루온 님, 사역마라니……."

소피아가 놀라며 말했다. 하지만 이 자리에서 설명할 여유는 없었다.

코볼트의 포효가 울려 퍼졌다. 지휘관이 패배하자 마물이 후퇴했다.

소피아와 리제도 즉각 반응했으나 썰물이 빠지듯 물러나는 마물을 보고 멈춰 섰다.

"장군, 쫓을까요?"

내가 묻자 그는 고개를 가로저었다.

"그러고 싶지만…… 마족이 건재하다. 후퇴하는 척하고 함정을 파냈을 수도 있으니 지나친 추격은 하지 않는다. 첫 전투에 동쪽, 서쪽 지휘관을 쓰러뜨렸고 북부도 난적을 이겼다. 전과는 충분해."

원래는 이때 마족이 등장했다. 북부 지휘관을 보슬로가 목숨과 맞바꿔 무찌른 결과, 마족이 무거운 엉덩이를 들고 카난과 대치하는데 마족이 올 기미가 없었다.

"아무래도 여기서부터 전개가 달라지려나 봐."

작게 중얼거렸다. 유노는 들었는지 품에서 작게 「힘내」라고 말했다.

그러나 마물을 몰아낸 것은 사실이었다. 첫날은 승리했다. 퇴각하는 마물을 보고 병사들이 환호성을 질렀다.

"루온 님, 괜찮으십니까?"

소피아와 리제가 다가왔다. 나는 고개를 끄덕였다.

"멀쩡해. 먼지를 뒤집어썼지만."

자폭임을 안 순간, 떠오른 작전은 마력장벽으로 마물을 가둬 폭발을 죽이는 방법. 예를 들어 방어마법 『크리스털 실드』라면 갑옷천사가 쓴 장벽처럼 마물을 가둘 수 있었다.

다만 그것만으로는 부족하지 않을까 싶었다. 보슬로가 무승부로 끌고 갈 수도 없는 힘을 지닌 마물. 제크에스가 관여한 것은 의심할 여지가 없었다. 자폭도 위력이 상당히 크리라 예상되고…… 그래서 소피아와 리제를 지킬 때 한수가 더 필요했다.

그 결과가 눈앞의 갑옷천사. 장벽을 형성하고 몸으로 소피아와 리제를 지켰다. 노림수는 성공했고 두 사람은 무사했다.

"마물이 물러가지만…… 이게 끝은 아니겠지."

리제가 중얼거렸다. 나는 깊게 고개를 끄덕였다.

"힘든 싸움이 되겠어."

그 말에 소피아와 리제가 입을 굳게 다물었다. 마족이 다음에는 어떤 수를 쓸까. 그리고 제크에스는…….

"아무튼 이번 전투는 이겼어. 속단하면 안 되지만, 일단은 기뻐하자."

나는 마물을 보며…… 소피아와 리제에게 돌아가자고 지시했다.

제26장 습격자

동쪽과 서쪽에서 싸웠던 아군은 적 지휘관이 쓰러져 피해가 거의 없었다. 결과적으로 기사 아틸레와 세르크도 건재했다. 게다가 보슬로 장군도……. 지금까지는 내 목적이 달성됐다고 할 수 있었다.

하지만 원래는 하루 만에 끝나는 전투가 끝나지 않았다. 지금은 태세를 정돈할 때였다. 이번 전투가 끝날 때까지 방심할 수 없는 상황이 이어졌다.

"루온 씨, 무사했군."

수도로 들어가고 얼마 지나지 않아 동쪽에서 싸웠던 오르디아와 합류했다. 그런데 쿠자가 보이지 않았다.

"쿠자는?"

"알레테라는 사람과 이야기 중이야. 전투 중에 지인을 만났는데…… 그 사람과 할 말이 있는 모양이야."

"그래? 뭐…… 일단은 이겼어. 하루 만에 끝날 것 같지는 않으니 오늘은 경계해야겠어."

마족 쪽에서 보면 큰 전과도 없고 참패나 다름없었다. 다음에 어떻게 나올지 관찰해야했다.

"루온 님, 마족은 어디 있습니까?"

"아직 몰라. 마물에게 전투를 전적으로 맡기진 않았을 텐데……"

제크에스도 그렇고 마족도 안 보이는 게 이상했다. 게임에서도 보슬로가 죽어야 모습을 드러냈는데 보슬로가 살아서 그런가?

"루온 씨, 나라에서 지시한 건 없어?"

오르디아가 물었다. 나는 그를 향해 몸을 돌렸다.

"기사가 북문 근처에서 대기하라고 했어. 언제 공격할지 모르니까 문 근처에 쉴 곳을 마련해준대."

오히려 밤이 위험했다. 세심한 주위를 기울여야했다.

"우리가 내일 이후로 어떻게 행동할지는 기사와 병사의 움직임을 고려해야 해서 아직 단정할 수 없어. 그러니 준비해준 곳에서 내일을 대비하자."

"그래. 긴장해서 지쳤잖아."

리제가 가볍게 어깨를 돌렸다.

"우리는 용병이야. 외부인이니까 뒷일은 카난에게 맡기면 돼."

"응, 그래."

나는 고개를 끄덕이고 하늘을 우러러봤다. 점점 붉어졌다. 세상은 이미 자줏빛으로 물들었다.

그때, 한 병사가 달려와 쉴 건물로 안내하겠다며 우리를 안내했다.

머지않아 도착한 곳은 북문 근처에 있는 병사 초소였다. 우리는 작은 저택만한 초소의 방 하나를 배정받았다.

"죄송합니다. 독방으로 준비하고 싶었습니다만, 여의치 않아서……."

"아뇨, 충분합니다. 감사해요."

감사를 표하자 기사는 돌아갔다. 이곳은 휴게실인지 침대 세 개와 테이블 두 개가 있고 제법 넓었다.

"상황이 상황이니만큼 쉴 곳을 마련해준 것만으로도 고맙지."

"밤에는 교대로 망을 보자."

리제가 제안했다.

"지시가 없으니 편하게 쉬어도 되지만…… 그래도 한꺼번에 자는 건 안 좋아."

"망을 볼 거면 장군에게 물어봐야겠어. 우리가 얼마나 독자 적으로 해도 되는지."

그때, 누군가가 문을 두드렸다. 대답하자 문이 열리고 페우 스가 나타났다.

"고생했어. 에미아 씨의 전언이야. 이따가 먹을 걸 보내준대."

"그거 고마운데…… 그쪽은 어때?"

"응, 좋은 소식이야. 제크에스를 포착했어. 마족과 함께 북 쪽에 있는 게 분명해."

드디어 찾았군.

"제크에스의 목적은 수도 라하이트 탈취……. 마족과 손잡 고 노리고 있다는 게 진실이지."

"솔직히 나는 위화감이 들어."

리제가 말했다.

"공을 세운다고 해야 하나 마족에게 인정받으려는 이유라면 굳이 아라스틴 왕국까지 올 필요는 없어."

"저도 동감입니다."

소피아가 리제에 이어서 말했다.

"지일다인 왕국 사건으로 제크에스 오빠의 배신이 발각된 후 조국을 떠나 마족과 합류해 이 나라를 빼앗기로 한 것 같습니다만, 마족에게 눈도장을 찍는 정도면 조국인 나테리아 왕국에서 뭔가 했을 겁니다."

"나테리아 왕국에서 날뛰었다는 정보는 없었지."

나는 중얼거렸다. 지금은 제크에스가 어떻게 행동했는지 알 수 없으나 분명하게 말할 수 있는 것은 저번 사건으로 그의 위치가 위험해진 후, 곧바로 조국을 떠나 이 나라에 왔다는 것.

애당초 마족과 손잡았다면 대륙 북부로 가도 됐다. 그러나 제크에스는 이 땅으로 왔다. 그것은 아마…….

"이 나라에 온 나름의 동기가 있다는 거다."

오르디아가 말했다.

"하지만 그게 뭐지? 이 나라에 뭐가 있나?"

"카난 왕자를 노렸거나 보검이 목적이거나 이 성에 잠든 보물을 노렸을 수도 있고 생각할 여지는 얼마든지 있어."

리제가 어깨를 으쓱하고 오르디아에게 추측을 말했다.

"적어도 지금 제크에스는 마족과 함께 있어. 수도에 들어온 것보다는 훨씬 나아."

"맞아. 동기가 무엇이든 제크에스를 만나면 이번 전투가 막바지에 접어들 거야."

나는 그렇게 말하고서 한 가지 제안을 했다.

"사역마로 관찰하기로 하자. 밤에는 시야가 나빠서 힘들겠지만."

"루온 님, 체력은 괜찮으십니까? 사역마도 만들고 몸에 부담이 갔을 것 같습니다."

"괜찮아. 무슨 일 있어도 싸울 수 있어."

"사역마…….. 루온, 아까 그 천사는 뭐였어?"

리제가 물었다. 나는 그럴싸하게 설명하기로 했다.

"사실 예전부터 천사의 유적에 있던 아티팩트를 갖고 있었어. 이것저것 시험해보다 사역마를 만드는 데 효과가 있다는 걸 알게 돼서 시험해봤어."

"그 결과가 그 천사?"

"맞아. 여러 능력을 더할 예정이야."

이곳에 오기 전에 시험해보니 현재 쓸 수 있는 것은 안팎을 격리하는 마력장벽 구축과 대검을 쓰는 전투 두 가지. 마력분석은…… 마력이 내 눈으로 보는 것보다는 잘 「보이지만」 아직 개발 중이었다.

"아군이 한 명 늘었다고 보면 돼."

"이름은 있어? 일회용은 아니잖아?"

"아, 응, 그렇지."

일단 후보는 있었다.

"어릴 적에 읽은 신화에 나온 천사의 이름…… 레스베일."

"저도 그 이름 알아요."

소피아가 말했다. 리제도 그런지 「그렇구나」라고 중얼거렸다.

"삽화와 똑같긴 해. 의식해서 만들었어?"

"응. 혹시 힘이 필요하면 언제든지 말해. 소피아와 리제를 도와준 것처럼 여러모로 활약할 것 같아."

"하나 생각났습니다."

갑자기 소피아가 중얼거렸다.

"리제 언니, 지휘관 마물이 자폭하려던 때 저에게 오려고 했죠?"

"응, 맞아."

"그건 어떻게 봐도 자기 자신을 생각하지 않는 행동이었어요. 이유가 어쨌든 자기를 희생하는 것만은 삼가주세요."

"소중한 동생이니까. 나보다 소피아를 우선한 결과야."

"제게도 리제 언니는 소중한 사람이에요."

소피아는 한 발도 물러나지 않았다. 무슨 말인지는 알겠다.

"마왕과의 전쟁이니 애쓰는 것도 있을 거예요. 하지만 저 때문에 무리하는 것만은……."

소피아는 거기서 말을 끊고 잠시 침묵했다.

"저를 지키는 건……."

소피아는 자기는 마왕을 무찌를 자격이 있으니 그럴 것 없다고 생각한 듯했으나 리제는 고개를 가로저었다.

"소피아의 생각과는 달라. 아무튼 나는 소피아를 지키고 싶었어. 몸이 반쯤 멋대로 움직인 거야."

리제가 소피아를 소중히 여기는 것은 차 모임 때도 느꼈지만 이유가 있는 모양이었다.

"그건 기쁘지만, 역시 무리만은…… 같은 동료로서 보고 있을 수가 없습니다."

"답답하긴, 소피아."

실비가 끼어들었다.

"함께 싸우는 소중한 동료니까 무리하지 마라. 이러면 충분하잖아?"

"그렇습니다만……."

"확실하게 말해두지 않으면 나중에 리제와 루온이 무리할 것 같아?"

"……네, 그렇습니다."

"나랑 리제는 그럴 것 같긴 하네."

나는 쓴웃음 지으며 말했다.

"소피아가 무슨 말을 하려는지 알겠어. 음, 자기 목숨을 희생하는 행동은 하지 않도록 하자. 이러면 되겠지?"

"……네."

"그리고 내 의견인데."

머릿속에 말이 생각나 이어서 말했다.

"나와 리제가 무리하는 건 소피아가 왕위계승권을 가진 왕녀라서가 아니야. 함께 싸우고 함께 여행하는 믿을 수 있는 동료니까…… 소피아가 해온 일을 보고 그러는 거야. 오해하면 안 돼."

소피아가 나와 눈을 마주쳤다. 잠깐 뭔가 말하고 싶어 했으나 이내 시선을 떨궜다.

"네, 알겠습니다. 리제 언니, 괜찮을까요?"

"응, 알았어. 아, 루온. 그러면 사역마를 마음껏 쓸게."

"응, 상관없어. 아, 참. 사역마 이야기가 나와서 말인데."

나는 오르디아에게로 말을 돌렸다.

"동쪽 전투…… 오르디아의 사역마가 활약한 모양이던데?"

"리엘 씨가 마물을 만드는 걸 보고 계속 생각했었어."

오르디아가 벽에 기대며 말했다.

"그리고 리제 씨가 붙잡혀있던 요새 전투. 마족이 그림자에 마력을 실어 마물을 만드는 광경을 보고 이거다 싶었지."

"용을 만들었던데 다른 것도 가능해?"

"아쉽게도 그것뿐이야. 대형 사역마를 부리며 평소처럼 싸우려면 한 마리만 유지하고 제어할 수 있어."

"그 한 마리가 그림자 용이라니…… 대단한데."

감상을 늘어놓자 또 누군가가 똑똑 문을 두드렸다. 쿠자일 것이라 생각하고 대답하니 예상대로 그가 문을 열고 나타났다.

"오, 모두 무사하구나. 천만 다행이야."

"쿠자, 알레테 씨와 이야기는 잘 끝났어?"

"응, 궁정마술사는 독자적으로 움직인데. 같이 싸울 생각은 없어."

"그렇군."

대답 후 쿠자가 문을 닫았다.

"실비, 괜찮아?"

"응, 괜찮아."

"루온 님, 무슨 일 있었습니까?"

"아, 그게……."

"차 모임에서 이야기한 복수 상대가 전장에 있었어."

실비가 시원하게 말했다. 소피아와 리제의 눈이 휘둥그레졌다.

"복수 상대가요?!"

"지일다인 소동 때 제크에스와 아는 사이라는 정보를 입수해서 언젠가 만날 줄은 알았지만, 설마 이렇게 빠르게 대면할 줄은 몰랐어."

"실비, 무리하면 안 돼."

"알았어. 오늘처럼 감정에 휘말리지 않을게. 그런데 그 놈은 다음에 어떻게 할까?"

제크에스는 틀림없이 마족과 동행하겠지만, 제르거와 마리옹은 각각 움직였다. 지시받은 행동이리라.

제르거와 마리옹은 되도록 사역마로 관찰하고 싶었는데 놓치고 말았다. 전장에서 충돌하면 포착할 수 있고 대처하기 어렵지 않지만, 성벽 안쪽에 침입했다면 몹시 위험했다. 그런 일이 벌어져도 즉각 대응할 수 있어야 했다.

"장군에게 보고했으니 경계할 거야."

나는 이야기를 마무리 지었다.

"우리는 혹여나 침입했을 때를 대비해 체력을 회복하자. 이걸로 끝."

눈이 감기기 시작할 때쯤 에미아가 보낸 음식이 도착했다. 샌드위치 같은 가벼운 음식 위주로 보내서 맛있게 먹었다.

페우스는 계속 에미아를 호위하고 제크에스를 조사하기 위해 저택에 남았다. 제크에스만이 아니라 제르거와 마리옹이 카난의 약혼자인 에미아를 노릴 가능성을 우려했다. 페우스가 실력을 드러내면 적에게 들키기 때문에 전투가 벌어지면 도우러 가야했다.

그 사이 밤이 찾아왔고 나와 유노, 소피아와 리제는 팀을 이루어 초소를 나갔다. 보슬로를 만나기 위해서였다.

잠시 뒤, 여러 갈래의 길이 모이는 중앙광장에 도착했다. 거기서 보슬로가 다수의 병사에게 지시를 내리고 있었다.

"그러면 경비를 잘 부탁한다."

보슬로의 말이 끝나기 무섭게 병사와 기사가 흩어졌다. 그가 우리를 알아차렸다.

"루온 공과 소피아 님……."

"병사 대하듯 하세요. 지금 우리는 용병이니까요."

소피아의 말에 보슬로는 조금 놀란 눈치였다.

"그런가. 그러면 그리 하겠다."

"아까 그 분들은 야간 경비인원입니까?"

"그렇다. 야습할 위험이 있다. 경계를 늦춰선 안 돼."

"저희는 뭘 하면 될까요?"

내가 본론으로 들어가자 보슬로는 씁쓸하게 웃었다.

"낮에 충분히 공헌하지 않았나. 쉬어도 괜찮다."

"그럴 수는 없습니다. 제크에스 일도 있고요."

대답을 들은 보슬로의 표정이 심각해졌다.

"……정령 노른의 보고는 들었다. 마족과 함께 있는 모양이더군."

"그렇습니다. 분신이 아닌 본인과 만나는 건…… 이 전투의 최종국면이 되겠군요."

그때까지 카난의 각성 이벤트를 끝내고 싶은데…… 게임과 상황이 크게 달라졌다. 게다가 이벤트를 진행하고 싶어도 카난이 움직이지 않으면 소용없었다.

그리고 제크에스는 소피아와 리제에 대해 알고 있을까? 혹여나 안다면 어떤 반응이 돌아와도 이상하지 않았다.

"카난은 싸우기 전에 병사를 고무하고 성으로 돌아갔습니까?"

소피아가 물었다. 보슬로는 고개를 끄덕였다.

"협의한 결과다. 제크에스와 마족이 어떻게 싸움을 걸지 확인하고 싶기도 했지."

"카난을 노릴까 봐 경계하는 거야?"

리제의 말에 보슬로가 재차 고개를 끄덕였다.

"그렇다. 카난 왕자가 가면 그만큼 사기도 오르겠지. 하지만 제크에스가 어디 있는지 모르니 오늘은 성에 있게 했다."

"아직 보검을 못 다뤄서? 아니면 제크에스가 카난을 노린다는 근거라도 있어?"

리제의 물음에 보슬로는 침묵했다.

그는 우리를 힐끗 보고 생각에 잠겼다. 분위기를 보니 뭔가 중요한 정보가 있는 것 같았다.

　"이건 가신들의 추론이라 틀렸을 수도 있다. 하지만 만약 사실이라면 카난 왕자를 밖으로 내보내기는 위험하다고 판단했다."

　"추론 내용은 가르쳐줄 수 없군요?"

　나는 밑져야 본전이란 생각으로 말을 꺼냈다.

　"……비밀로 부탁한다."

　보슬로가 운을 뗐다. 우리는 당연하다고 고개를 끄덕였다.

　"카난 왕자에게도 말하지 않았는데…… 승하하신 폐하는 암살당하셨다."

　엄청난 내용에 우리는 할 말을 잃었다. 옆에 있던 유노가 「뭐?!」라고 큰소리를 내서 반사적으로 「쉿!」 하고 나무랐다.

　"보슬로 장군, 그게 무슨 말입니까?"

　소피아가 물었다. 보슬로가 무거운 표정으로 설명했다.

　"폐하는 병사하셨으나…… 그것만으로는 이해할 수 없는 점이 많았다. 게다가 제크에스가 반기를 들고 마족과 손을 잡자마자 아라스틴 왕국에 나타났다. 가신들은 이 둘에 연관이 있는 것은 아닌지 생각했다."

　"제 귀에는 논리가 비약적으로 들립니다만."

　"물론이다. 애초에 암살이었다면 어떤 방법을 썼는지도 모르니……. 다만, 그런 가능성도 무시할 수 없기 때문에 제크에스가 어디 있는지 판명될 때까지는 성에 계시도록 했다. 암살을 막기 위해."

게임에서는 그냥 병사라고만 적혀있었다. 그러나 진실은 달랐단 말인가? 원래 이런 이유가 있었지만 게임에는 제크에스가 전투에 끼지 않아서 드러나지 않은 건가?

의문만 커졌지만, 그런 이유라면 성에 있는 게 낫다고 단정하는 것도 이해가 갔다.

"하지만 전투가 격해지면 카난 왕자가 병사들 앞에 서야할 때가 올 거다. 보검의 힘을 쓰지 않더라도 전선에 서야 할지도 몰라……."

"우리가 카난을 지키겠습니다."

소피아가 힘차게 말했다. 카난이 언젠가 나라들을 결속해 남부 침공의 맹주가 될 것을 알기에 주장하는 것이 아니었다. 그녀의 표정은 동생을 생각하는 표정이었다.

"우리는 이유가 없어도 함께 싸우며 뒤를 지킬 거야."

리제가 말했다. 나도 「맞아요」라고 말하니 보슬로가 감사를 표했다.

"원래는 우리가 지켜야 하지만, 이번 전투는 기사의 힘만으로는 부족할지도 모른다. 그러니 잘 부탁하마."

우리는 일제히 고개를 끄덕였다. 보슬로의 얼굴에 겨우 미소가 떠올랐다.

"그대들이 있으니 마음이 든든하군. 나는 이만 경비를 돌아야겠다."

"몸은 괜찮으십니까?"

"음, 체력도 얼마 줄지 않았다. 돌격 한 번 했을 뿐이니까."

꽤 힘든 전투였는데 괜히 장군이 아니었다.

그후 우리가…… 소피아와 리제에게 말을 걸려던 때, 유노가 엉뚱한 방향을 보는 것을 보았다.

"유노, 왜 그래?"

"……루온, 저게 뭐야?"

유노가 손가락으로 가리켰다. 그곳은 조금 떨어진 바닥이었다. 마법으로 빛나는 가로등이 비추는 동그란 그림자.

밤이라 눈에 띄지 않는 그것은…… 자세히 보니 조금씩 움직였다.

이것은…… 나는 즉각 외쳤다.

"적이다!"

소피아와 리제가 당황하며 보슬로와 함께 그림자를 주시했다. 나는 오른손을 뻗어 『홀리 샷』을 발사했다.

빛이 바닥에 부딪쳤다. 시끄러운 쇳소리가 나고 갑자기 그림자가 부풀어 올랐다.

"이 녀석은……?!"

보슬로가 경악하며 허리에 찬 검을 뽑았다. 소피아와 리제도 전투태세에 들어갔고 나는 그곳으로 달려갔다.

달리며 검을 만들어 부풀어 오른 그림자에 달려들었다. 그 사이 그림자는 형태를 갖췄다. 저번에 싸웠던 아즈아의 분신처럼 새까만 사람처럼 생겼으나 호리호리해서 강해보이지 않았다.

그러나 손끝이 예리해서 팔을 휘두르면 그 자체가 칼이었다. 나는 공격당하기 전에 검을 내리쳤다.

"핫!"

기합을 내지르며 내리친 검이 머리에 박히고 그림자를 둘로 갈랐다. 그림자는 또 쇳소리를 남긴 뒤 녹아 사라졌다.

"루온 공, 이건⋯⋯."

"마법생물입니다. 그림자인 척하고 기습하는 성가신 마물⋯⋯."

게임 이름은 『섀도우 스토커』. 능력은 낮에 싸웠던 코볼트보다 못하지만 지면에 숨어 이동해서 근접공격하기가 몹시 성가셨다. 마법으로 공격해서 지면에서 끌어내면 쉽게 무찌를 수 있으나 실수로 그림자를 밟으면 팔을 뻗어 기습하는 성가신 마물이었다.

"보슬로 장군, 보아하니 수도에 이 녀석이 숨어있을 가능성이 큽니다. 병사와 기사를 조를 짜서 움직이게 하고 마법과 활로 원거리에서 공격하라고 지시 부탁드립니다."

"공격하면 아까처럼 지면에서 나타나나?"

"네, 그렇습니다."

"알겠다. 그런데 이 마물은 어디서⋯⋯."

그때, 소피아 옆에 정령이 나타났다. 샐러맨더 레자디였다.

"정령 노른의 연락이야."

"노른으로부터요?"

"화염 성질이 있어서 근거리에서는 마력을 통해 대화할 수 있어."

그런 특성이 있구나. 레자디가 심각하게 말했다.

"마력탐지로 판단하건데 마물은 현재진행형으로 발생 중이다."

"발생 중?"

"수도 안에서 마물을 생성하며 돌아다니는 놈이 있어."

"수도에 미리 숨어있었나."

보슬로가 중얼거렸다.

"전투가 시작되기 전에 수도에 들어와 공격할 기회를 살폈나 보군."

"이기자마자 이런 일이 벌어지면 사기가 떨어지겠어."

"음, 일단 그 인물을 잡아야겠군. 정령 공, 어디 있는지 아나?"

"현재 중앙광장으로 가고 있군."

"그러면 서둘러서……."

보슬로가 말을 꺼내자 갑자기 레자디가 굳었다.

"레자디, 왜 그러죠?"

소피아의 물음에 레자디가 뜸을 들였다.

"하늘에…… 악마 같은 그림자가 있어."

페우스가 알아차렸을까, 레자디가 알아차렸을까. 우리는 하늘을 올려다봤다. 날개 달린 무언가가 수도 상공 저 위를 날고 있었다.

"저건……."

내가 중얼거리는 사이, 악마가 하강하기 시작했다. 어디에 착지할지 몰랐다. 방향을 보면…… 에미아의 저택이 있는 방향임을 안 순간, 안 좋은 예감이 들었다.

"루온 씨!"

뒤에서 오르디아의 목소리가 들렸다. 시선을 옮기니 실비와 쿠자도 동행했다.

거기서 레자디가 말했다.

"악마가 저택으로 날아들고 있어."

"도우러 가자."

즉시 결정하자 보슬로가 깊게 고개를 끄덕였다.

"마물을 만드는 인물은 우리에게 맡겨라. 에미아 님을 부탁한다."

"네."

나는 대답하고 동료에게 지시했다.

"이동마법을 쓸 수 있는 사람은 나와 함께……."

"루온 씨."

오르디아의 목소리였다. 고개를 돌린 순간, 그의 발밑에 있는 그림자가 부풀어 올랐다.

그림자가 하늘로 뻗더니 그림자 용이 나타났다.

"이 정도 인원은 탈 수 있는데 어떨까?"

용을 타서 이동하자는 건가? 이동마법을 쓰는 것보다 효율적으로 보였다.

"……좋아. 다들 괜찮지?"

그렇게 말한 직후, 용이 그르렁거렸다.

용의 등에 타고 날아오르자 밤바람이 전신을 훑어 무심코 몸을 떨었다. 주머니에 있는 유노도 놀라 소리를 질렀다.

어느 정도 높이에 도달한 후 용이 잠깐 멈추더니 단번에 낙하하기 시작했다. 목적지는 에미아의 저택. 저택이 엄청난 속도로 가까워졌고 우리는 순식간에 정원에 착지했다.

"굉장해……."

주머니에서 놀라워하는 유노를 무시하고 주변 상황을 살폈다. 정원에 상당수의 섀도우 스토커가 있고 페우스가 저택 입구를 마법으로 막고 있었다.

"기다렸어."

페우스가 말했다. 그 근처에 에미아와 집사가 있었다. 두 사람은 페우스가 마법을 유지할 수 있게 도왔다.

그리고 우연히 근처에 있던 나테리아 왕국의 마술사단인 알레테와 아홉 명의 마법사가 싸우고 있었다. 섀도우 스토커에게 마법을 쓰며 수를 줄여나갔다. 그러나 몇 번을 쓰러뜨려도 다시 그림자가 솟아났다. 어딘가에 장치가 있어서 끝없이 생겨나는 것 같았다.

주목할 곳은 정원에 있는 두 그림자. 그들은 우리가 용을 타고 날아온 우리를 경계했다.

한쪽은 낮에 만난 제르거였는데 그를 본 순간, 실비가 몸을 움찔했다.

"실비."

"나도 알아. 그런데…… 낮과 상태가 많이 다르군."

실비의 말 그대로였다. 멀리서 봐도 몸에 검붉은 문양이 떠오른 게 보였다.

그리고 마력이 인간의 것이 아니었다. 그러나 문제는 다른 쪽이었다.

"뭐야, 저 녀석은······?"

쿠자가 중얼거렸다. 신장이 3미터 정도는 될 법한 악마. 간신히 인간의 생김새를 유지했으나 사악하기 그지없었다. 적어도 전장에서는 만나지 않은, 코볼트와 다른 존재였다.

그러나 나는 확신했다. 이 녀석은 분명······.

"······배신한 마술사야."

"뭐?!"

쿠자가 경악하며 악마를 올려다봤다. 내 말을 들었는지 궁정마술사의 대장인 알레테도 악마를 응시했다.

"마력이······. 이런 전력이 있었다면 낮에 싸울 때 투입했겠지. 그런데 그러지 않은 건 준비가 안 됐었나? 그럴 리는 없어. 이번 전투를 준비해온 마족이 이 녀석만 준비가 부족한 상태에서 공격하지는 않았을 거야."

"정답이다."

옆에 있는 제르거가 입을 열었다.

"이 녀석은 동지 마리옹. 오늘 전투로 더 큰 힘이 필요하단 것을 깨닫고 이렇게 됐다. 뭐, 두 번 다시는 원래대로 돌아갈 수 없지만."

"본인이 원한 일이냐?"

"그래, 원했다. 더 강해질 수 있다는 말에 넘어가서······ 이런 모습이 될 줄은 몰랐겠지만."

제크에스가 지시한 것일까, 아니면…… 아니야, 됐어.

"그래? 하지만 저래서는 마법을 못 쓰잖아."

"필요 없다고 해야겠지."

제르거가 대답한 후 악마의 포효가 저택에 울려 퍼졌다.

이빨을 드러내고 우리를 소리만으로 죽일 듯한 기개를 내뿜었다. 나는 상황을 살피고 어떻게 할지 결단했다.

"레스베일."

한마디. 이름에 응해 내 뒤에 갑옷천사가 나타났다.

호오, 제르거의 감탄이 들렸다. 어둠속에서 나타나니 박력이 상당했다. 손에 든 대검으로 이곳에 있는 마물을 섬멸할 줄 알았을 것이다.

그러나 이번에는 아니었다.

"이 저택을 격리해."

레스베일이 반응해 양손으로 검을 거꾸로 쥐고 바닥에 꽂았다. 갑자기 검 끝에서 엄청난 마력이 뿜어져 나왔다.

그 순간, 보이지 않지만 저택을 중심으로 마력장벽이 형성됐다. 이것으로 안팎의 마력을 차단했다.

"무슨 짓을 한 거지?"

제르거가 물었다. 한편, 변해버린 마리옹은 허공을 둘러봤다.

"너는 제크에스의 부하라고 해도 충성을 맹세한 것처럼 보이진 않아. 마리옹은 나테리아 왕국 사람이니까 그런 감정이 있었을 수도 있지만, 저 꼴로는 아무 소용없잖아."

나는 제르거에게 날카로운 시선을 던졌다.

"상황이 불리해지면 곧바로 도망칠 테지? 도주를 막기 위한 처치다."

반은 허세였다. 전장에서 쓴 것처럼 지금도 범위가 좁으면 어느 정도 단단했다. 그러나 저택을 덮을 정도면 힘든지 마력 차단은 가능하지만 중급 마법이나 기술을 정통으로 맞으면 부서질 위험성이 있었다. 하지만 이것으로 퇴각한다는 선택지를 견제하는 효과는 있었다.

장벽 덕분에 전력을 발휘할 수 있게 됐으나…… 두 가지 문제가 있었다. 하나는 내가 적을 처리하면 실력을 높이 사서 마족과 제크에스와 싸울 때 선두에 서게 될 것이다. 그렇게 되면 카난의 각성 이벤트가 일어날까? 내게 의지해서 예정대로 진행되지 않으면 어떡하지?

그리고 진심으로 싸우면 제르거는 곧장 도망칠지 몰랐다. 마리옹도 이성을 잃었지만 전력으로 싸우면 어떻게 행동할지 몰랐다. 만약 그런 일이 벌어지면 마족이 나를 인지하게 된다.

신중해야했다.

"그쪽도 도망칠 곳이 없어졌는데?"

생각하는 사이, 제르거가 그렇게 물었다.

"상관없어. 하늘에 있는 사역마로 확인하니까 밖에서 용쓰는 사람은 바싹 쫓기는 중이고 저택 주변은 피해가 없어. 에미아 씨를 노리고 이곳에 전력을 집중한 모양이군. 즉, 이곳을 격리하면 다른 희생자는 생기지 않아."

나는 주위에 있는 그림자를 보았다. 우리를 경계하며 서 있었다.

"그리고 하나 더. 이곳에 있는 마물…… 죽여도 부활하는 건 어딘가에 마물을 만드는 것이 있을 거야. 그건 틀림없이……."

나는 마리옹을 가리켰다.

"마리옹의 마력을 쓰고 있겠지?"

"거기까지 간파했으니 속일 수도 없겠군."

제르거가 어깨를 으쓱했다.

"그래. 즉 마리옹을 무찌르지 않으면 마물은 사라지지 않아."

"거꾸로 말하면 그 녀석만 무찌르면 된다는 거지."

궁정마술사단이 움직이려고 했다. 그러나 마물의 개입으로 막혔다.

"노른!"

나는 문 앞에서 싸우는 페우스의 가명을 불렀다.

"좀 더 막을 수 있겠어?!"

"응!"

"좋아……. 알레테 씨, 우리가 저 녀석을 쓰러뜨리겠습니다. 그동안 마물을 처리해주세요. 전투에 개입하면 성가셔요."

"……당신들은?"

"믿어도 돼."

쿠자가 말했다. 알레테는 잠시 망설였지만 마물에 대처하느라 바쁜 현재 상황을 보고 고개를 끄덕였다.

"알았어."

"그럼…… 실비, 쿠자, 미안한데 두 사람은 레스베일을 호위해줄래? 자칫 공격당하면 격리장벽이 무너져."

"난 괜찮아."

실비가 제르거를 관찰했다. 깨달았을 것이다.

낮에 만났을 때보다 강해져서 아무리 노력해도 그를 죽일 수 없다는 것을…….

실비의 기술이 게임처럼 강화되지 않는다는 뜻이기도 했다. 나는 결론을 내리고 말했다.

"나머지 넷이서 저 둘을 처리한다."

"좋아, 덤벼라."

제르거가 도발했다. 그에 호응하듯이 악마도 울부짖었다.

자…… 지시는 했는데 이거면 충분한가? 우리 넷이서 어떤 조합으로 제르거와 마리옹을 상대해야 할까.

섀도우 스토커가 곳곳에 있어서 단독행동은 위험했다. 2인 1조를 전제로 마족의 힘을 지닌 인간과 인간의 껍데기를 버린 악마. 어떤 편성이 정답일까.

"망설이는군."

제르거가 중얼거리며 뛰었다.

날았다고 표현해도 될 정도의 점프였다. 신체강화를 엄청나게 한 것이 분명했다. 궁정마술사들이 놀라고 오르디아와 리제도 너무 갑작스러운 행동에 한 발 늦게 대응했다.

반응한 것은 나와 소피아였다. 나는 검을 내지르려고 했으나 옆에서 섀도우 스토커가 나타나서 소피아를 공격했다.

나는 검으로 급하게 공격을 막았다. 소피아가 제르거를 상대하게 됐다.

"소피아……!"

제르거의 검에 마력이 실렸다. 『피에 젖은 허물』이 틀림없었다. 초소에서 쉬는 동안 제르거의 「검에서 충격파가 나온다」는 정보를 전달했지만 검을 부딪친 순간 발생하는 그것을 버틸 수 있을까.

대항책으로 소피아는 검에 바람을 둘렀고 두 검이 부딪쳤다. 전장으로 변한 저택 부지에 귀를 찌르는 쇳소리가 울려 퍼진 결과—.

"바람으로 내 검을 상쇄하다니……!!"

두 사람의 검이 단단히 맞물려 힘겨루기에 들어갔다. 힘은 제르거가 위인데도 소피아는 정면으로 맞섰다.

소피아는 내 조언을 참고해 바람으로 충격파를 막았다.

"마력은 막았어도 검의 충격이 전달됐을 텐데. 그런데도 나와 호각이라니……."

"대책을 세웠습니다. 똑같은 전법을 쓰는 사람을 알고 있어서."

실비와 훈련한 덕인가!

소피아가 마력을 끌어올렸다. 팔만이 아니라 전신의 마력을 활성화해 눈앞에 있는 강적에게 덤볐다.

그 힘의 크기에 나는 결단했다.

"오르디아, 리제, 악마를 부탁해!"

"알겠다."

"알았어."

곧바로 달려가는 두 사람에게 섀도우 스토커가 달려들었으나 알레테가 엄호해서 격파했다.

"좋은 생각은 아닌데."

제르거가 말했다. 소피아가 그것에 대답했다.

"당신은, 제가 처리합니다."

"시끄럽다!"

거리를 뒀다. 동시에 주변 마물의 움직임이 거칠어졌고……

사투가 시작됐다.

제르거가 대치하는 소피아를 공격했다. 나는 마물을 쓰러뜨리며 소피아를 엄호하고 싶었지만 내가 움직이려고 하자 사방팔방에서 섀도우 스토커가 공격했다.

"뭐 이래……?!"

급히 검과 마법으로 맞서며 제르거를 보자 그의 입 꼬리에 미소가 떠올랐다.

계획대로라는 분위기. 낮 전투와 여기서 동료에게 지시하는 것을 보고 마물로 발을 묶을 셈인가.

마물은 쉽게 처리할 수 있지만 전력으로 싸우는 게 아니라 포위되면 마물 처리에 집중해야 했다. 필연적으로 소피아와 제르거의 1대 1 싸움이 되었다.

"조각내주마!"

고함을 내지르고 소피아를 향하는 칼날. 소피아는 다시 바람을 둘러 공격을 정면으로 막았다.

아까보다는 작은 쇳소리가 울려 퍼졌다. 제르거는 마력을 실어 공격했으나 소피아는 태연하게 막았다.

"안 통하나."

마음에 안 들어 하는 태도로 제르거가 중얼거렸다.

"상관없어. 다른 수를 쓰면 되지."

그 순간, 제르거의 양팔에서 마력이 뿜어져 나왔다. 완력을 강화해 밀어붙일 셈인가!

소피아는 검을 받아쳤다. 제르거는 밀어붙이려고 했으나 소피아는 옆으로 한발 움직여 제르거의 돌진을 피했다.

곧바로 반격. 소피아가 제르거의 검보다 빠르게 스치듯이 공격했다. 『청류일섬』. 검이 옷을 찢는 소리가 났다.

"윽……!"

다소나마 대미지는 줬다. 그러나 제르거는 신음을 한 번 흘렸을 뿐 거동에는 변화가 없었고 자기 뒤에 있는 소피아를 쫓아 몸을 돌렸다.

소피아도 이미 태세를 가다듬었다. 곧장 날아온 검을 후퇴해 피하고 왼손을 뻗었다.

마법, 제르거는 막는 시늉도 하지 않고 앞으로 뛰어들었다. 공격당해도 괜찮다고 판단했나?

그 순간, 소피아는 바람 속성 하급 마법 『에어리얼 소드』를 썼다. 바람의 검이 거리를 좁히는 제르거를 찔렀다. 그러나 적은 충격을 무시하고 돌진했다.

소피아는 아직 공격 준비에 들어가지 못 했다. 어떡하지……?!

"소용없다!"

그렇게 외친 제르거의 팔에 마력이 모였다. 아까보다 많은 마력이 모인 그 공격에는 소피아를 일격에 끝내겠다는 강한 의지가 담겨있었다.

소피아는…… 무리해서라도 엄호해야 한다고 판단한 순간, 소피아의 왼손에서 마력이 분출됐다.

번개가 제르거의 가슴에 꽂혔다.

"억……?!"

"어?"

주머니에 있던 유노도 놀랐다. 주문을 외우지 않았다.

그런데 소피아는 마법을 썼다. 게다가 전격 속성 중급 마법 『라이트닝』을……!

위력은 전력에 비해 많이 약했다. 아까 쓴 마법도 원래는 적을 관통해야 했으나 제르거에게 부딪히고 사라졌다. 번개도 제법 가늘었다.

그러나 공격하려던 제르거의 기선을 제압하고 움직임을 늦추고 끌어 모은 마력을 흐트러뜨리기에는 충분하고도 남는 일격이었다.

"……대단해."

마물을 베며 자연스럽게 감탄이 흘러나왔다.

소피아는 쿠자와 훈련을 거쳐 무영창 마법 기술을 익혔다. 게다가 전투에 쓸 수 있는 수준으로 끌어올렸고 위력은 크게 줄었지만 중급 마법을 썼다. 놀라울 따름이었다.

그 번개로 상황이 크게 변했다. 멈춰 선 제르거에게 소피아가 달려들었다. 이미 공격준비를 마치고 거리를 좁혀 검을 내리쳤다.

검에 베인 제르거가 몸부림쳤다. 소피아는 검을 옆으로 휘둘렀고 충격파가 그를 에워쌌다. 장검 중급기『천충열파』였다.

그러나 이것도 결정타는 되지 못했다. 소피아는 이어서 공격하려 했으나 제르거가 억지로 움직였다. 갑자기 쿵! 하는 큰 소리가 들리고 그의 모습이 사라졌다. 아니, 이건…….

"루온! 위!"

유노가 외쳤다. 말 그대로 그는 마족에게 얻은 힘을 발에 실어 억지로 도약해 피했다.

그리고 소피아와 떨어진 곳에 착지했다. 다시 시작할 셈인가.

"애송이가……!"

욕설을 지껄이며 제르거는 검을 고쳐들었지만 미쳐 날뛰는 짓은 하지 않았다. 최대한 경계하며 소피아가 언제 공격해도 대비할 수 있게 자세를 잡았다.

전황은 소피아에게로 기울었다. 아니, 소피아가 이기고 있었다. 이대로만 가면…….

소피아가 든 검에 마력이 감돌았다. 준비를 마쳤으나 소피아는 움직이지 않았고 제르거도 마찬가지였다.

장기전이 되려나, 라는 의문이 들었을 때 포효가 들렸다.

마리옹의 짓이었다. 오르디아와 리제가 악마로 변한 그를 상대 중이었다.

주위에 마물이 있지만 나테리아 왕국의 궁정마술사가 대응했다. 마물은 문제되지 않았다. 오르디아와 리제가 마리옹을 쓰러뜨릴 수 있느냐가 문제였다.

소피아와 제르거는 교착상태. 오르디아와 리제가 공격했다. 이 전투의 핵심인 마물 출현을 막으려는 전투가 펼쳐졌다.

궁정마술사단장인 알레테는 악마로 변한 마리옹을 그들 손으로 토벌하고 싶을 것이다. 그러나 그들은 알았다. 그들의 손으로는 어쩔 방도가 없을 만큼 힘의 차이가 있다는 것을…….

그래서 오르디아와 리제에게 마리옹을 맡겼다.

"흡!"

짧은 호흡과 함께 오르디아가 검 두 자루를 휘둘렀다. 마력이 실린 이 공격에 당한다면 일반 마물은 방어해도 단칼에 둘로 갈라지겠지만 마리옹은 팔을 뻗어 막았다.

금속에 부딪힌 것 같은 묵직한 소리가 밤하늘에 울려 퍼졌다. 상당히 단단한지 돌파하기 쉽지 않을 것 같았다.

게다가 원래는 마술사였어도 악마로 변했으니 그 힘은 일반인을 훨씬 뛰어넘을 터였다. 오르디아가 버틸 수 있을까?

힘겨루기에 들어갔지만 한쪽이 밀려나는 일은 일어나지 않았다. 오르디아는 정면으로 악마의 공격을 막아냈다. 그러나 반격은 힘든 모양이었다.

그때, 옆으로 파고든 리제가 할버드를 호쾌하게 옆으로 휘둘렀다.

반회전해 원심력을 이용한 일격. 도끼 하급기 『록 크러시』였다. 휘두른 할버드가 마리옹의 옆구리에 제대로 박혀 깊게 도려내는 데 성공했다.

오르디아도 분발했다. 리제의 공격으로 악마의 힘이 다소나마 약해졌다. 조금 억지로 팔을 쳐내고 가슴을…… 벴다!

포효. 악마가 손톱을 세웠으나 오르디아는 피했다. 리제도 자리에서 벗어나 나란히 서서 무기를 고쳐들었다.

"제법 세다."

오르디아가 리제에게 들리게 말했다.

"조금이라도 방심하면 나가떨어질 거다. 반격할 여유가 없어. 그쪽이 공격할 건가?"

"저 악마에게 먹힐 공격이 아니면 의미가 없겠어."

리제가 할버드를 세게 쥐었다. 한편, 마리옹은 공격하지 않고 가만히 있었다. 끝없이 나타나는 마물 때문에 우리는 서서히 피폐해졌다. 우리가 지치길 기다리겠다는 심산이었다.

우리가 먼저 공격해야 했다. 리제가 결단을 내렸다.

"쓸 수 있는 것 중에 가장 강한 기술을 쓸게. 그런데 준비시간이 필요해."

"마련해보지."

오르디아가 땅을 박찼다. 호응하듯이 리제가 마력을 모으기 시작했다.

오르디아가 마리옹과 다시 부딪쳤다. 전진하던 기세로 한순간 마리옹을 밀어붙였으나 악마는 곧장 힘으로 응대했다.

그 결과, 또 둘 다 멈췄다. 그동안에도 리제는 마력을 모았다. 할버드에 마력을 주입해 전신의 힘을 끌어올린다는 표현에 가까웠다.

나는 리제의 동작을 보고 어떤 기술인지 알아차렸다. 상급기였다.

"쓸 수 있을까……?"

나는 내심 경악하며 마물을 쓰러뜨렸다.

준비 동작이 필요한 기술은 많지만 리제가 쓰려고 하는 것은 마력 흐름에 특징이 있어서 멀리서 봐도 알 수 있었다. 『실버 크라운』. 공격당하면 대상자가 은백색 마력에 휩싸이는 단발기였다.

리제가 마력을 모으는 동안, 오르디아는 마리옹과 접전을 벌였다. 검과 발톱이 교차하고 때때로 오르디아의 공격이 성공했지만 스치기는 해도 날이 박히진 않았다. 그가 말한 대로 반격할 여력은 있어도 대미지를 주기는 어려워보였다.

그러면 이제는 리제가 결정타를 날리느냐에 달렸다. 갑자기 리제가 땅을 박찼다. 할버드에 마력이 뿜어져 나오는 것이 옆에서 봐도 상당히 위력적이었다.

악마도 느꼈는지 싸우고 있는 오르디아의 검을 쳐내고 후퇴하려 했다. 리제에게 공격당하지 않으려고 전력으로 피했다. 그러나 오르디아는 놓아주지 않았다. 물러나려는 악마에게 따라붙어 발을 묶었다.

오르디아는 반격은 불가능하지만 힘이 호각이라서 밀리지 않았다.

이대로라면…… 그때, 악마가 날개를 퍼덕였다. 억지로 이 자리를 벗어나려는데 이번에는 알레테가 막았다.

"그럴 순 없지!"

마법이 악마의 머리에 맞았다. 대미지는 없지만 기선을 제압한 알레테의 마법이 오르디아와 리제에게 절호의 기회를 만들어줬다.

오르디아가 검을 교차해 중급기 『크로스 글림』을 썼다. 악마의 정면에서 펼쳐진 공격이 가슴을 도려냈다. 마리옹은 몸부림치며 포효했고 그때 리제가 오르디아와 교대하듯이 앞으로 치고나왔다.

"이걸로 끝내겠어!"

그렇게 선언한 뒤 할버드를 비스듬히 아래에서 위로 휘둘렀다. 공격은 정통으로 들어갔고 아래에서 위로…… 완벽하게 먹혔다!

그 순간, 은백색 마력이 어둠속에 번쩍였다. 불기둥처럼 변한 리제의 기술은 마리옹을 휘감았고 한때 포효까지 지웠다.

준비 동작이 필요하지만 위력이 대단해서 훌륭하다는 말밖에는 안 나왔다. 은백색 빛이 머무는 사이에 마리옹이 천천히 뒤로 쓰러졌다. 그리고 마력이 끊긴 순간, 바닥에 쓰러졌다.

꿈틀거리지도 않았다. 이겼다고 생각했을 때 오르디아와 리제에게 섀도우 스토커가 달려들었다.

그것을 알레테와 마법사들이 막았다. 쓰러뜨리면 쓰러뜨릴수록 마물이 줄어들었다. 역시 마리옹이 마물을 만들고 있었다.

"……끝입니다."

그때 소피아가 제르거에게 선고했다. 나도 마물을 처리하고 소피아를 지원…….

그때였다. 갑자기 제르거가 달렸다. 거리를 좁혀 소피아를 향해…… 그녀를 죽이고 도망칠 셈인가?!

그러나 소피아는 이미 준비를 마쳤다. 검에 실린 마력에 희미한 냉기가 감돌았다. 제르거는 잘못된 선택을 했다.

두 사람의 검이 격돌한 순간, 소피아의 검에서 얼음이 돋아 제르거의 검을 옭아맸다.

제르거는 마력으로 억지로 얼음을 없애려고 했으나 마음처럼 되지 않았다. 얼음은 검을 침식했고 단번에 팔까지 얼리려고 했다.

"쳇!"

제르거가 혀를 찬 뒤 억지로 밀어붙이기는 어렵다고 깨닫고 몸을 돌려 후퇴하려고 했으나 잘못된 행동이었다. 아니, 공격한 시점에 승패는 정해졌다.

소피아는 검을 거두고 다음 공격을 퍼부었다. 검이 왼쪽 어깨에 박히고 검을 통해 발생한 얼음이 단번에 상반신을…… 덮쳤다.

"이 자식……!"

제르거가 소피아를 노려보며 마력을 끌어 모아 얼음에서 벗어나려고 했다. 소피아는 기술을 풀고 검에 다시 마력을 모으기 시작했다.

적이 움직이지 못하니 할 수 있는 준비 동작. 마물을 몰아내는 상황. 소피아도 여유가 있다고 판단하고 그 기술을 선택했을 것이다.

그 힘은…… 이질적이었다.

"이건……?!"

주머니 속의 유노도 그것을 보고 놀랐다. 대치한 제르거도 당황할 정도였다.

소피아의 검에서 냉기와 열기가 뿜어져 나오더니 바람이 솟구치고 묵직한 마력이 검을 에워쌌다. 그 광경을 보고 4대 정령의 힘을 모은 기술이라는 것을 깨달았다.

땅, 물, 불, 바람이 소피아의 검에 모였다. 레핀이 저번에 말한 4대 정령의 힘을 합친 기술이 제르거를 덮치려 했다.

상반된 속성을 하나로 묶는 데만도 상당한 훈련이 필요한데, 소피아는 이번 전투에 무영창 마법과 이 기술까지 사용했다. 타고난 성장력도 한몫했겠지만 모든 것은 이 나라를 지키기 위해…… 나아가서는 발크스 왕국을 해방하고 마왕을 무찌르기 위해 점점 가속하며 강해졌다.

그러나 이 기술은 아직 개발 중이었다. 그래도 확신했다. 소피아가 습득한 어떤 기술, 마법보다도 훨씬 강력하다는 것을…….

"으아아아악!"

제르거가 울부짖었다. 마력을 한층 끌어 모아 얼음에서 벗어나려고 했다. 공격당하면 어떻게 될지 깨달았다.

그러나 이미 늦었다. 소피아는 준비를 마치고 마력을 부은 검을 휘둘렀다.

검이 제르거의 몸을 얼음 째로 공격하자 화염 아니, 파란 냉기가 생겼다. 회오리바람이 그를 에워쌌고 녹색 빛 입자가 땅속에서 솟구쳐 그의 몸을 침식했다. 모든 것이 뒤섞여 파란 냉기가 화염처럼 일렁이고 화염이 얼음처럼 제르거를 뒤덮는 불가사의한 현상까지 일어났다.

그때, 나는 제르거의 표정을 보았다. 무기에 다친 고통과 죽음을 확신하고 공포로 물든 얼굴. 그리고 4대 정령의 힘이 하나가 되어 모든 것이 그를 뒤덮었다.

그 후 4대 속성의 힘이 그의 몸에 모여 승화했다. 화염이 피어오르고 얼음과 빛이 제르거의 몸을 뒤덮고 바람이 그 모든 것을 에워쌌다.

그것은 마치 거대한 나무와 같았다. 얼음과 빛은 줄기가 되고 가지를 만들 듯이 화염이 바람을 타고 하늘로 뻗었다. 원래는 절대 볼 수 없는 4대 정령의 결집된 힘이 만든 환상적인 광경을 모두 넋을 잃고 바라보았다.

"예쁘다……."

유노가 중얼거린 직후, 기술이 마무리에 들어갔다. 네 개의 힘이 원을 그리며 모여 제르거에게 쏟아졌다. 4대 속성이 하나가 되었을 때 흰 빛이 나타났다. 소피아의 머리카락과 같은 아름다운 은백색의 빛이 떠올라 주위를 밝게 밝혔다.

이윽고 그 빛도 힘을 방출하고 사라졌다. 그제야 나타난 제르거의 몸은 이미 사라지고 있었다.

그는 곧 흔적도 없이 사라졌고…… 나는 결판이 났음을 깨달았다.

"끝, 인가?"

작게 중얼거리고 주위를 확인했다. 알레테와 마법사들 덕분에 저택 부지 안에 있던 마물은 처리했다. 레스베일에게 지시해서 격리장벽을 해제했다.

상공에 있는 사역마로 바깥 상황을 확인했다. 마물을 만든 인물은 보슬로가 체포했다. 마물이 아직 수도 안에 있지만 병사가 돌아다니며 처리하고 있으니 조만간 혼란이 가라앉을 터였다.

성벽 밖은…… 변화 없음. 수도가 혼란스러울 때 밖에서 습격할 줄 알았는데 마족은 전혀 움직이지 않았다.

제크에스도 마찬가지. 습격은 실패했고 그의 장기 말을 잃었다. 피해가 큰데 내일부터 어떻게 나올까?

"……정말 엄청나군요."

알레테가 입을 열었다. 정신 차리고 보니 그녀의 부하와 동료들도 할 말을 잃었다.

"이번 전투에서 함께 싸워 영광입니다. 그리고……."

알레테가 리제와 오르디아에게 예를 표했다.

"마에 침식된 동포를 구해주셔서 감사합니다."

"······그쪽은 그 사람을 어떡하려고 했어?"

리제의 물음에 알레테가 쓴웃음을 지었다.

"처음에는 설득할 생각이었습니다. 하지만 전장에서 만나 무리라는 걸 확신하고 이 손으로 쓰러뜨리려고 했습니다."

알레테가 그렇게 말한 뒤 얼굴을 굳혔다.

"우리는 달리 이상은 없는지 확인하러 가겠습니다. 여러분께 감사드립니다."

다시 예를 표하고 다른 마술사에게 지시하며 물러갔다. 알레테가 쿠자를 힐끗 봤지만 대화를 나누지는 않았다.

"떠나는 모습이 멋있다."

유노가 말했다. 발맞춰 걷는 마술사들을 보고 나는 「그러게」라고 맞장구치고 소피아에게 말을 걸었다.

"다치진 않았어?"

"안 다쳤어요. 마지막 공격이 예상보다 마력을 소비해서 지쳤지만요. 낮부터 긴장해서 더는 못 싸울 것 같아요."

소피아가 웬일로 이런 말을······. 그만큼 강력한 기술이었고 긴 하루였다.

나는 레스베일을 돌려보냈다. 그러자 실비가 소피아에게 다가왔다.

"소피아, 고마워."

"실비······. 제가 쓰렸는데 괜찮아요?"

"되도록 직접 처리하고 싶긴 했어. 하지만 지금의 나는······ 아니, 아마 성장해도 어려웠을 거야."

실비가 소피아에게 머리를 숙였다.

"소피아에게 은혜를 입었으니 앞으로 내 검을 소피아를 위해 쓰겠어."

"그건……."

"내 나름의 보답이야. 사양하지 말고 받아줘."

소피아는 잠시 침묵하다가 실비의 굳은 의지를 느꼈는지 이내 고개를 끄덕였다.

이런 결과가 나올 줄은 몰랐는데……. 그때 오르디아가 다가와 어떡할 거냐고 물었다. 내가 초소로 돌아가자고 제안하려던 때—.

"여러분, 무사하세요?"

에미아가 말을 걸었다. 우리가 일제히 고개를 끄덕이자 그녀가 안도의 미소를 지었다.

"다행이다……. 감사합니다. 노른 님도 도와주셔서 희생자가 나오지 않았지만…… 저희만 있었다면 아마……."

말하던 중, 말 울음소리와 발굽소리가 들렸다. 소리가 이쪽으로 접근하기에 처음에는 기사들이 오는 줄 알았는데…….

"에미아!"

카난이었다. 예상하지 못한 인물의 등장에 에미아가 깜짝 놀랐는지 저택 입구 쪽을 봤다.

입구에 말을 탄 카난과 그 뒤로 호위하는 보슬로가 나타났다.

"카난 님."

에미아가 다가가자 카난이 곧장 말에서 내려 그녀를 끌어안았다.

"아……."

"다행이야, 무사해서…… 정말로……."

무의식적으로 팔에 힘이 들어갔다. 포옹을 본 유노가 「오오」하고 감탄했다.

당연한 반응이었다. 카난은 위치상 에미아를 계속 지켜볼 수 없었는데 저택습격사건이 벌어졌다. 누구보다 빨리 무사한지 확인하고 싶었을 것이다. 불안이 안도로 바뀌고 감정이 폭발하지 않았을까?

"카난 님…… 저기……."

에미아가 몸을 맡기고 있으니 이내 카난이 그녀를 놓아줬다.

"미안……. 누나들, 고마워."

"당연한 일을 했을 뿐입니다."

소피아의 말에 카난이 잠깐 웃었다가 곧바로 심각한 표정을 지었다.

"모두들 덕분에 피해는 적지만, 백성이 몹시 동요하고 있어."

수도에 적이 나타났다. 그럴 만도 했다.

"적도 그걸 노렸겠지."

오르디아의 의견에 카난이 동의하는지 고개를 크게 끄덕였다.

"보슬로 역시 지금은……."

"네, 결단한 대로 움직여야 합니다."

보슬로가 대답했다. 무슨 일인가 싶어 미간을 찌푸리자 카난이 말문을 열었다.

"현재, 다른 배신자는 없는지 조사 중인데 수도에서 불경한 짓을 조장하는 놈을 색출하는 건 무리야."

"나도 얄봤어."

카난에 이어 페우스가 입을 열었다.

"마물을 만들던 적의 마력은 평범한 인간이라 내 조사에 걸리지 않았어. 이런 적이 얼마나 더 있을지 몰라도 리스크가 늘었어."

"그리고 백성이 혼란에 빠지면 적도 그 부분을 노릴 거야."

카난이 단언했다. 그런가. 나는 그가 주장하는 바를 알아채고 예측해 말했다.

"장기전은 여러 의미로 불리해. 낮 전투를 감안해서 단번에 결판내야 해."

"응. 보슬로 장군도 마물 상대는 병사와 기사들만으로 승산이 있다고 판단했어. 따라서 내일 마물과 제크에스 형이 있는 북쪽을 공격한다."

"뭔가 느낌이 안 좋은데."

유노가 심각한 얼굴로 말했다. 리제도 동의했다.

"맞아. 오히려 제크에스의 계략대로 흘러가는 것 같아."

"나도 그렇게 생각해."

카난도 동의했지만 마음을 돌릴 생각은 없는 모양이었다.

"어쩌면 수도와 성이 아니라 나를 노리는 걸 수도 있어. 추측이지만, 내가 앞에 나서야 제크에스 형도 나타나고 마족도 전투에 참가하지 않을까?"

게임과 다른 양상을 띤 이번 전투. 제크에스의 의도는 모르겠지만 에미아를 습격한 것을 보면 카난을 노릴 가능성이 큰가? 그러면 진두에 서는 건 좋지 않을 수도 있는데…….

"하지만 나는 앞장서겠어. 더는 백성이 피해를 보지 않도록."

카난의 말은 굳건했다. 국가를 짊어진 왕자의 각오. 그의 눈에는 결의의 빛이 깃들어 있었다.

오늘 전투 전, 병사를 고무했을 때와 다르게 굳지 않은 올곧고 날카로운 외모. 왕자의 사명을 다하려는 것만이 아니었다. 이번 야습은 그의 의식을 크게 변화시켰다.

"원래는 전장에 서는 것을 전력으로 막아야겠지만……."

이어서 보슬로가 말했다.

"그러나 내일 이후로 전투가 오래 이어지면 적은 온갖 수를 쓸 거다. 이번 습격은 사전공작으로 규모가 컸다. 따라서 내일 습격하더라도 이번만큼은 아니라고 예상되지만, 꼭 그렇다는 보장은 없다."

"역시 지구전은 불리하네요."

소피아가 말했다. 마족은 마물을 계속 만들 수 있기 때문에 병력 소모를 무서워하지 않았다. 그리고 지원군이 올 수도 있었다.

반면 인간 쪽은 근본적으로 지원군을 기대할 수 없었다. 가령 오더라도 상당한 시일이 지난 후에 도착할 예정이었다.

"그래서 방어는 어리석은 책략이라는 결론에 이르렀다."

보슬로가 결론을 말했다.

"위험하지만, 카난 왕자님도 출진해서 싸운다. 이번 습격으로 사기가 떨어졌지만, 왕자님이 계시면 병사도 분발할 거다."

"알겠습니다. 왕자님의 호위는?"

내 물음에 보슬로가 미안해하며 말했다.

"그 이야기를 하러 여기에 왔다."

"그 말은, 저희에게?"

"낮 전투와 이번 습격으로 판단했다. 동쪽, 서쪽 문을 지킨 아틸레와 셰르크는 병사를 통솔해야 하니 무리지. 다른 병사도 성문 안쪽을 지키기 위해 어느 정도 나눠야 해. 물론 나도 출전하지만, 낮 전투를 생각하면 부족할 거다."

"그래서 저희가……."

"음……. 괴롭지만, 부탁하고 싶다."

원래는 본인 손으로 왕자를 지키고 싶을 텐데 그럴 수 없었다.

"알겠습니다. 그러죠."

나는 즉시 결정했다. 보슬로가 「미안하다」라고 사과한 뒤 오르디아를 보았다.

"오르디아 공, 괜찮다면 그대의 용도 활용하고 싶다만."

"상관없어."

"우리 쪽에서 어떻게 활용할지 검토해도 되겠나? 내일은 오늘보다 격전이 벌어질 거다. 잘못 대응하면 피해가 심각할 테니 잘 쓰고 싶군."

"알았다. 그쪽 말을 따르지."

오르디아가 승낙했다. 보슬로는 「그럼 그런 걸로」라고 말한 후 이번에는 카난에게 말했다.

"왕자님, 오늘 밤은 이만 돌아가시죠. 에미아 님도 이런 일이 있었으니 함께 성으로 가시는 게 어떻습니까. 내일부터는 양친과 가신이 피난한 곳에 계시고."

그리고 카난이 우리에게 「내일, 잘 부탁합니다」라고 말하고 보슬로, 에미아와 함께 저택을 떠났다. 잠시 후 기사와 병사가 나타나 저택 사람들을 차례로 피난시켰다.

"……우리는 초소로 돌아가자."

그 제안에 모두 고개를 끄덕였다.

드디어 긴 하루가 끝났지만 전투는 아직 끝나지 않았다. 카난이 전선에 서면 전투가 어떻게 굴러갈까. 내일은 힘든 전투가 되리라 예상하며 우리는 저택을 떠났다.

제27장 어둠의 검

그 후, 우리는 초소로 돌아와 교대로 경비를 서며 동이 트길 기다렸다. 긴 밤이었지만 제크에스의 부하인 제르거와 마리옹을 처치한 것은 큰 진전이었다. 내일 이후의 전투에 대한 걱정이 불식된 점은 다행이었다.

불침번은 오르디아, 실비, 쿠자가 먼저 서고 나를 포함한 나머지 셋은 선잠을 잤다.

"이런 상황이 이어지면 성벽 안쪽에 폭동이 일어날 수도 있겠어."

의자에 앉아 자려던 때 침대에 앉은 리제가 문득 중얼거렸다.

"카난이 공격하자고 결단을 내린 것도 이해가 가. 내일 결판이 나면 좋을 텐데."

"결전이 임박했으니까, 우리도 푹 쉬어야 해."

내 말에 소피아가 진지하게 고개를 끄덕였다. 그러고 보니 아까 싸울 때 쓴 기술이 생각났다.

"소피아, 몸은 좀 어때? 마지막에 쓴 기술이 꽤 부담됐을 것 같은데."

"괜찮습니다. 자고 일어나면 마력도 돌아오겠죠."

"마지막 기술은 지금껏 본 것과 확연히 달랐지."

리제가 끼어들었다.

"그게 4대 정령의 힘을 활용한 기술이야?"

"네. 미완성이지만, 네 가지 힘을 융합해서 제가 보유한 기술과 마법 중 가장 위력적인 기술로 승화시켰습니다. 쓰려면 시간이 필요하지만요."

"분명히 마왕과 싸울 때 비장의 카드가 될 거야."

내 말에 소피아가 자신이 생겼는지 크게 고개를 끄덕였다.

"네, 앞으로도 훈련해야겠습니다."

"그런데 기술 이름이 뭐야?"

유노가 물었다. 그러자 소피아가 조금 난처한 표정을 지었다.

"직접 개발한 기법이라 이름은 없습니다."

"그러면 이름을 생각해보자. 루온이 말한 대로 마왕과 싸울 때 비장의 카드가 될 테니까 제대로 된 이름이 없으면 모양이 안 나잖아."

"그, 그런가요……?"

소피아가 고개를 갸웃거렸다. 필요성을 느끼지 못하는 모양이었다.

"이름은 중요해."

리제도 말했다.

"이름이 있으면 어떤 기술인지 쉽게 상상할 수 있어. 이미지로 기술이 빨리 완성된다는 이야기도 있고 싸울 때도 빠르게 쓸 수 있다나 봐."

"그렇군요……. 이름을 붙이고 싶어도 갑작스러워서 생각나는 게 없습니다."

"서두를 거 없어. 네가 어울린다고 생각되는 것으로 해. 특히 마왕을 상대할 비장의 카드라면 말이야."

잠깐, 그런 식으로 말하면 소피아는 당연히……

"이름, 이름……."

"엄청 고민하기 시작했어."

"그렇게 심각하게 받아들일 필요 없는데."

리제가 웃으며 중얼거렸다.

"이상한 이름을 붙이고 후회하는 것보다는 고민하는 게 나을까?"

"리제, 경험담이야?"

"물어보지 마."

신경 쓰이지만 깊게 추궁하면 화낼 것 같아서 언급하지 않기로 했다.

소피아는…… 팔짱을 끼고 심사숙고 중이었다. 왠지 흐뭇했다.

"소피아, 오늘은 이만 쉬자. 한가할 때 생각하면 돼."

그렇게 말하자 소피아가 갑자기 우리를 힐끗 보았다.

"……저기."

"나는 센스가 없어서 안 돼."

"나도 마법과 기술은 아는 게 없어서."

리제와 유노가 도망쳤다. 그러자 그녀의 시선이 당연히 나에게로 향했다.

"루온 님은…… 어떠십니까?"

그렇게 매달리는 눈으로 바라보면 곤란한데…….

"소피아, 그렇게 심각하게 생각할 거 없어. 오늘은 일단 쉬자."

"……네, 알겠습니다."

소피아는 그제야 물러났다. 사실 한 가지 생각난 게 있었다.

다만 그 이름은 내 이야기를 하지 않으면 의미를 알 수 없는 말이라…… 모든 것을 전한 다음에 말해볼까 싶었다.

그 후로는 습격 없이 밤이 밝았다. 동료들도 교대하며 쉬어서 마력이 회복되어 싸울 준비에 들어갔다.

"나는 카난 왕자를 호위할게."

방에 모여 아침을 먹는 동안, 페우스가 동료에게 말했다.

"제크에스가 언제 어떤 식으로 공격할지 모르니까. 호위에만 집중할 사람도 필요하잖아? 루온, 어떻게 생각해?"

"그게 좋겠어. 레스베일도 호위하게 할게. 나머지는 성벽 안쪽에 무슨 일이 벌어질 수도 있으니 사역마로 감시하는 정도? 소피아와 리제는 어떡할래?"

"어제 요란하게 돌아다녀서 제크에스가 우리를 알아채지 않았을까?"

리제가 말했다. 소피아도 같은 의견인지 고개를 끄덕였다.

"오늘 카난이 밖으로 나가면 마족과 제크에스가 전력으로 덤빌 거야. 우리도 전력을 다해야 해."

"리제 언니의 의견에 찬성해요."

여기까지 와서 두 사람을 신경 쓰는 건 너무 늦은 감이 있나?

"알았어. 다른 사람들도 그러면 되지?"

오르디아와 실비, 쿠자도 수긍했다. 전력으로 카난을 지키며 마족과 제크에스를 무찌른다. 어제 보슬로와 대치한 지휘관을 생각하면 힘든 싸움이 될 터였다. 하지만 동료과 페우스가 있어서 불안은 나를 지배하지 못 했다.

"인원이 많으니까 어떻게 움직일지 생각해야겠어. 어떡할까?"

"방어는 노른 씨와 루온의 천사님으로 어떻게든 되겠지."

실비가 말했다.

"처음에는 왕자와 함께 전진하다 적이 어떻게 나오느냐에 따라 전략을 바꿔야 해."

"나도 그게 좋아 보여."

쿠자가 이어서 말했다. 다른 동료도 그게 좋겠다는 분위기라서 나는 이야기를 정리했다.

"실비의 말대로 적이 어떻게 나오느냐에 따라 임기응변으로 대응하자. 다들 부탁해."

내 말에 동료들이 대답하고 작전회의가 종료됐다.

우리는 식사를 마치고 밖으로 나갔다. 날씨는 어제에 이어서 맑았다. 결전 준비 중이라 그런지 기사와 병사의 신경이 날카로웠다.

수도를 지나서 북문으로 가려던 때 뒤에서 술렁이는 소리가 들리기 시작했다. 이어서 환호성도 섞이기에 나는 뒤돌아 원인을 확인했다.

멀리서 말을 탄 카난이 보였다. 곁에는 보슬로가 있고 사람들이 좌우로 나뉘어 그들에게 길을 열었다.

그들은 우리 쪽으로 다가와 곧장 북문으로 나아갔다. 위풍당당한 그 모습은 보는 사람을 고무시켰고 오늘 전투로 결판을 내겠다는 기개가 넘쳤다.

마족과 제크에스는 어떻게 나올까. 다양한 가능성을 고려하며 카난을 쫓았다. 오늘은 어제와 다르게 말을 타지 않았다. 기마대로 마족과 제크에스를 공격하는 것은 위험하다는 판단 하에 백병전 위주로 공격하기로 했다. 적이 오면 아군 쪽으로 끌어들이려는 의도였다.

북문을 지났을 때 나는 레스베일을 불러 카난 근처에 대기시켰다. 상공을 선회하는 사역마가 마물의 진군을 확인했다. 선두는 어제처럼 코볼트였다.

"……어제 북쪽 지휘관이었던 마물이 있어."

성가시게도 내가 코볼트 로드라고 이름 붙인 마물이 여럿 보였다.

"다가오면 저 녀석을 우선해서 처리하자."

"적은 저런 마물이 날뛰는 사이 카난을 어떻게 하려는 속셈일까요?"

소피아가 추측했다. 나는 「모르겠어」라고 대답하며 적 뒤쪽에서 코볼트와 다른 둘을 발견했다.

한쪽은 말할 것도 없이 이미 알려진 제크에스. 성에 나타났을 때와 똑같은 모습으로 호위인지 코볼트를 이끌고 진군에 맞춰 걸었다. 오른손에 검집 없는 검을 들었는데 검의 날이 온통 검은 색이었다.

다른 쪽도 인간처럼 생겼지만 이번 전투를 주도한 마족이 분명했다. 제크에스처럼 흑발에 상반되는 흰 옷을 입었다. 병적일 정도로 하얀 피부가 멀리서도 눈에 띄었다. 마족은 제크에스 근처에서 발을 맞춰 진군했다. 전투가 벌어지면 동시에 상대해야 하나…….

병사와 기사가 포진하자 코볼트도 거리를 두고 멈춰 섰다. 동쪽, 서쪽과 남쪽에는 마물이 없었다. 아틸레와 셰르크가 문을 지키고 있지만, 그들에게 적이 갈 위험성은 없어보였다.

카난과 우리는 중앙에 포진했다. 북부에 있는 마물 수는 상당해도 단순히 병사 수로 따지면 호각인가? 그렇게 추측하는 사이 코볼트가 울부짖기 시작했다.

위협인가. 그 소리는 우리 마음에 공포를 심기에 충분했으나 오늘은 사기를 돋우는 이가 있었다.

"마족과 결판을 낸다! 아라스틴 왕국의 정예여! 맞서라!"

카난이 보검을 뽑아 하늘로 치켜들었다. 검이 햇빛에 번쩍이고 병사가 열광했다. 나와 동료들은 반쯤 그들에게 이끌려 소리를 질렀다.

마물은 두려움에 빠지지 않겠지만 위협이 통하지 않는다고 판단했는지 적이 돌격을 개시했다.

드디어 결전……! 우리 쪽에서 제일 먼저 공격한 부대는 나테리아 왕국의 궁정마술사단이었다.

기선을 제압하기 위해 파이어볼과 라이트닝, 회오리바람을 마물에게 쏟아 부었다. 그러나 마물은 어제처럼 쓰러진 마물을 짓밟으며 돌진했다.

그 시선이 카난을 향하는 것 같았다. 나와 같은 생각인지 보슬로가 말했다.

"왕자님, 일단 물러날까요?"

"아니, 이대로 있지."

카난의 대답과 동시에 마침내 전선이 마물과 격돌했다.

창병이 마물의 진격을 막았고 적은 억지로 돌파하려고 했다. 그러나 우리는 왕자가 있어서 사기가 높아 밀어낼 기세였다.

그래도 마물은 물러나지 않았다. 그때, 제크에스와 마족이 조금씩 앞으로 움직이기 시작했다.

"왕자, 제크에스가 앞으로 나오려 해."

페우스가 그렇게 조언하자 카난은 살짝 고개를 끄덕였다.

"나도 앞으로 가겠다."

"함께 가겠습니다."

소피아의 말에 카난이 작게 웃으며 「부탁해」라고 대답했다.

전장이 조금 혼란스러워지기 시작했지만 현재는 아군이 우세했다. 게다가 카난과 우리는 아직 참전하지 않았다. 이대로 밀어버리고 싶지만…… 안 되겠지.

보슬로의 지시로 서서히 전진하자 이윽고 카난을 지키는 호위대가 전투를 개시했다. 평범한 코볼트는 문제되지 않겠지만 과연 코볼트 로드는 어떨까.

"장군!"

그때 병사가 이쪽으로 달려왔다.

"어제 지휘관으로 싸웠던 마물에 관한 정보입니다. 나테리아 왕국 궁정마술사단이 집중공격으로 한 마리를 격파했으나 자폭은 없었다고 합니다."

그 광경은 나도 사역마를 통해 확인했다. 알레테 쪽에서 마법을 쏟아 붓자 맥없이 쓰러졌다. 어제의 지휘관은 상급기로만 결정타를 날릴 수 있었는데 오늘의 적은 그렇지 않았다. 즉—.

"저번은 지휘관만의 능력이었다고 해석해도 되겠군."

보슬로가 중얼거리고 내게 입을 열었다.

"루온 공, 마족과 제크에스가 오는 방향을 보면 왕자님이 목표일 거다. 제크에스가 계획을 꾸몄을지도 모르니 주의 부탁한다."

"기습하지 않으면 이대로 진군합니까?"

"그렇다."

"단번에 결판내는군요."

"위험하지만 말이지."

그 선택은 장군이 한 것일까. 아니면 카난의 판단일까.

"이쪽으로 다가오고 있어."

페우스의 말에 카난이 오르디아에게 지시했다.

"오르디아 공, 전방에 용을 불러 적을 크게 혼란시켜줘. 어쩌면 당할 수도……."

"아니, 상관없다. 그쪽이 무엇을 하려는지 아니까 그렇게 하지."

오르디아가 대답하고 우리 앞에 칠흑의 용을 만들었다.

미리 협의했는지 갑자기 기사들이 좌우로 갈라져 용의 길을 만들었다. 포효가 전장을 갈랐고 돌격을 개시했다. 그 돌격은 적에게 위협 이외의 아무것도 아니었다. 충돌한 순간, 꾕음과 함께 코볼트가 튕겨나가 사라졌다.

그제야 나도 카난이 무엇을 노리는지 깨달았다. 그러나 묻지는 않고 용이 마물을 처치하는 광경을 바라봤다.

그때 적 쪽에 변화가 생겼다. 카난과 오르디아의 용을 위험하다고 판단했는지 마족과 제크에스의 움직임이 커졌다.

미처 날뛰는 용. 전선이 붕괴되는 마물. 제크에스가 먼저 움직였다. 손에 든 장검에서 어둠이 솟구쳤다.

용 근처에 도착한 그가 검을 세로로 휘둘렀다. 날 끝이 지면에 닿자 어둠이 지면을 침식하더니 갑자기 치솟았다.

그것은 하나의 거대한 검처럼 변해 용을 덮쳤다. 한순간에 일어난 일이지만 용은 마력을 모아 방어했다.

그러나 통하지 않았다. 어둠의 검은 용의 방어를 부수고 몸에 박혔다.

"윽……!!"

곁에 있는 소피아가 짧게 소리 냈다. 찔린 곳은 가슴부분이었고 결정타가 되었는지 어둠의 검에 의해 용이 사라졌다.

지금 기술은 어둠 속성 상급 마도기 『블랙 타이탄』인가? 지면을 검으로 그으면 어둠이 대포처럼 발사되는 기술인데……
그것을 응용해 저런 검을 만들었나?

어둠을 맞고 사라진 용. 친위대가 코볼트를 쓰러뜨려 유리한 상황이 이어지던 중, 거대한 용이 일격에 당한 것은 우리에게 큰일이었다.

"안 됐군."

마족이 입을 놀렸다. 선이 가늘어서 약해보이지만 조금 거리가 있어도 주변 공기가 다른 것을 보면 마력이 상당한 강적이었다.

"용은 사라졌다. 성가신 방해물이 하나 줄고 마침내 왕자에게 다다랐다."

"그렇게는 안 됩니다."

소피아가 말하자 그것에 제크에스가 반응했다. 그는 소피아를 힐끗 보고 웃음 지었다.

지금까지 소피아와 리제를 인지하지 못 했는데 이번 전투로 알게 됐다. 그때 갑자기 페우스가 지면에 손을 댔다. 우리와 제크에스를 에워싸는 마력장벽이 만들어졌다.

"용을 무찌를 정도의 힘. 그리고 이 모든 마물을 만든 마족. 기사와 병사가 공격해봤자 희생이 늘어날 뿐. 그렇다면 격리해서 우리끼리 결판을 내자."

"정령…… 제크에스를 쫓아온 건가?"

마족이 시시해하며 말했다.

"우리야 좋다. 날파리는 처리하기 귀찮으니까. 한군데 모으는 게 편해."

"언제까지 그렇게 여유로울 수 있을까?"

리제가 할버드를 겨누며 대답했다. 모두 전투태세에 들어갔고 카난과 보슬로도 말에서 내렸다.

카난은 보검을 세게 쥐고 오른손에 마력을 모았다. 검이 은은하게 빛났다.

"수가 많으면 귀찮으니까 빨리 처리하지."

마족이 느긋하게 걸으면서 선언했다.

"죽기 전에 가슴에 새겨라. 내 이름은 바렌. 너희 인간을 멸망시킬 최대최악의 원흉이다."

"그런 소리를 지껄이는 것도 지금뿐이다."

실비가 대답했고 쿠자도 지팡이를 겨누었다. 나는 생각했다. 카난의 각성, 마족, 그리고 제크에스…… 게임과 다른 흐름. 다음 전개를 예상할 수 없지만, 내가 할 일은 변함없다는 결단을 내렸다.

바로 왕자와 장군…… 나아가서는 이 나라 사람들을 지키는 것.

"……가자."

나의 조용한 호령에 동료들이 움직이기 시작했다.

우선 상황 분석부터 했다. 제크에스는 적어도 오르디아의 용을 무찌를 만큼 강했다. 카난은 그것을 확인하기 위해 오르디아에게 부탁해 일부러 용을 돌격시켜 시험했다.

오르디아도 의도를 파악하고 공격해서 대강이나마 능력을 분석했다. 마족은…… 게임에서는 이름도 나오지 않았다. 카난의 각성으로 쓰러지는 이벤트용 적이었다. 취급은 별로지만 눈앞에 있는 적은 피라미로 보이지 않았다.

그리고 페우스는 장벽 유지와 카난을 지키기 위해 후위에 있었다. 페우스와 카난은 레스베일을 써서 호위하자.

가장 큰 문제는 마족과 제크에스 중 누구를 먼저 노리느냐다. 격리장벽 밖에서 싸우는 마물을 감안하면…….

"마족이 먼저야, 소피아."

말이 떨어지기 무섭게 마족 바렌의 오른발이 지상에서 떨어졌다.

앞으로 나오지 않고 그 자리에서 발로 바닥을 내리쳤다. 마족 주위에 물이라도 솟구치듯 얼음이 솟아나더니 순식간에 코볼트로 변했다.

"장벽을 해제해야 하지 않겠나?"

"놓칠 수는 없지."

마족의 조언에 페우스가 대답했다. 그러는 동안에도 코볼트가 생겼다.

이거 성가신데. 어젯밤 제르거와 마리옹을 상대한 것처럼 역할을 정해서…….

방법을 생각하던 중, 마족 주위에 있던 코볼트가 갑자기 도약했다. 우리 머리 위를 뛰어넘은 그것은 병사와 싸우는 코볼트와는 달랐다.

"왕자님!"

보슬로가 나섰다. 날아오는 코볼트에게 창을 휘둘렀다.

마물은 가볍게 두 조각나 공중에서 소멸했다. 움직임은 재빠르지만 능력은 일반 코볼트와 다르지 않았다.

"실비, 쿠자, 마물을 소탕해줘!"

반사적으로 어젯밤 같은 구도로 가야겠다고 판단한 뒤 이름을 불린 두 사람이 즉각 움직였다.

쿠자의 무영창 마법이 차례로 마물을 처치했고 실비도 빠른 공격으로 대처했다. 두 사람의 격파 속도는 상당히 빨랐지만 바렌의 마물 생성 속도가 범상치 않아서 점점 수가 늘어났다.

그때 제크에스가 공격에 나섰다. 그가 든 칠흑의 검에서 등줄기가 서늘해질 만큼 차갑고 메마른 마력이 흘러나왔다. 목표는 틀림없이 카난…….

"공격하게 둘까보냐!"

오르디아가 막았다. 그와 제크에스의 검이 부딪치고 삐걱거리는 소리가 났다. 오르디아가 밀리기라도 하면 어쩌하나 싶었으나 오르디아가 한수 위인지 제크에스를 밀어냈다.

"이런."

제크에스가 냉정하게 후퇴하자 마물이 공격했다.

정신 차리고 보니 격리된 장벽 안에 십여 마리의 코볼트가 있었다. 군단을 이룰 만큼 마물을 만들 수 있으니 이 정도는 간단했다. 장벽을 해제해야 하나……. 아니, 마족과 제크에스를 자유롭게 풀어놓으면 어떻게 될지 몰랐다. 이 상황에서 계속 싸운다.

보슬로와 실비, 쿠자, 레스베일은 마물에게서 카난을 지켰다. 도약 공격이 성가시고 숫자가 숫자인지라 지원은 못 할 분위기였다.

오르디아는 제크에스를 상대했고 리제는 그를 지원했다. 할버드가 바람을 가르며 코볼트를 분쇄해서 어떻게든 될 것 같았다.

그러면 필연적으로 나와 소피아가 마족 바렌을 상대해야 했다.

"소피아, 할 수 있겠어?"

"물론입니다."

"힘내. 소피아, 루온."

유노의 응원을 들었을 때, 마침내 바렌과 대치했다. 무기 없이 맨주먹으로 우리를 상대하려는 모양이었다.

어젯밤처럼 나는 소피아에게 접근하는 코볼트를 처리했다. 마족이 다가와서 소피아는 일단 검을 휘둘렀다.

마족은 팔을 뻗어 공격을 막았다. 갑자기 금속이 맞물리는 소리가 났다. 마족의 피부는 상당히 단단했다.

"무모하구나!"

바렌이 접근하며 마력을 모았다. 지금 공격으로 소피아의 역량을 파악했나? 잠깐, 어젯밤 전투를 봤다면 이럴 리 없을 텐데.

설마 마족은 마물만 통솔하고 제크에스와는 연계하지 않았나? 의문스럽지만 실제로 마족이 방심했는지 안으로 파고들려고 했다. 이 상황을 이용하지 않을 수가 없지!

"천공의 성창!"

『홀리 랜스』를 썼다. 마족이 오른 주먹을 휘두를 수 없게 푸른빛이 어깨에 직격했다.

총에 맞은 듯한 묵직한 소리. 바렌은 얼굴을 찌푸렸으나 대미지는 거의 없었다.

하지만 소피아가 공격하기에는 충분한 틈이었다.

"하아앗!"

기합과 함께 소피아가 휘두른 검 끝에 불꽃이 피어올랐다.

힘차게 공격하자 마족이 신음했다. 소피아는 자세가 무너진 적에게 반격할 여유를 주지 않고 다시 공격을 퍼부었다.

이번에는 연격 기술이었다. 화염을 두른 검을 연속으로 휘두르는 불 속성 상급 마도기 『볼카닉 브레이브』.

그녀의 검은 멈추지 않고 마족의 몸에 쇄도했다.

"크, 윽……!"

소피아의 공격에 마족은 몸을 가누지 못했다. 이내 괴로운 표정을 지어서 효과가 있다는 걸 알 수 있었다.

나는 단번에 밀어붙이면 이기겠다고 판단하고 코볼트를 죽이면서 마족 옆쪽으로 갔다. 빛의 검 『뒤랑달』을 왼손에 들고 오른손에 마력을 모았다. 빛 속성 중급 마도기 『트와일라잇 글로』였다.

우선 오른손에 든 검을 먼저 썼다. 공격이 마족에 닿은 순간, 자주색 빛이 마족의 전신을 뒤덮었다. 소피아의 화염과 맞물려 바렌이 비명을 질렀다.

이어서 왼손의 검으로 공격했다. 위에서 내리치자 정수리에 완벽하게 들어갔다.

"컥!"

그것은 신음이라기보다 소리가 새어나온 것에 가까웠다. 나는 뒤에서 접근한 코볼트를 검으로 일축시켰다.

정신 차리고 보니 코볼트의 생성 속도가 떨어졌다. 우리가 완전히 우위에 섰다. 마족을 없애면 만들지도 못할 것이다. 그렇다면 이대로 단번에 끝낸다!

"아아아아아아아아아!"

바렌이 포효했다. 화염에 휩싸여서도 다시 일어나 나와 소피아를 죽이려고 다가왔다.

소피아는 정면으로 맞섰다. 나는 전황을 보고 코볼트를 처리하며 그녀를 서포트하는 데 집중했다.

나는 직감했다. 이 승부로 결정된다.

마족이 힘을 모은 주먹을 휘둘렀다. 소피아도 검에 힘을 모으고 한 번에 힘을 해방했다.『새벽의 지룡』. 주홍색 검과 새하얀 주먹이 정면으로 부딪쳤다.

승부는 어이없을 만큼 간단하게 결정됐다.

소피아의 검이 마족의 오른팔을 산산 조각냈다. 손끝이 사라지는 광경을 보고 바렌은 경악하며 말을 잃었다.

주홍색 공격은 기세를 잃지 않고 마족의 몸을 베었다. 앞으로 기울어진 몸이 충격으로 날아가 공중에 흩어졌다. 마족과의 결전이었으나 짧은 시간에 격파했다. 마물을 만드느라 다소나마 피폐해진 마족과 소피아의 성장력이 이런 결과를 이끌어냈다.

전투가 종국을 맞이했다고 확신했을 때였다.

마족 바렌이 사라지기 직전에 미소를 지었다.

아직 무언가 남아있다. 그렇다면…… 하나뿐이야!

"카난!"

고개를 돌렸다. 레스베일과 보슬로가 카난 앞에 있는 마물을 죽이고 쿠자가 오르디아를 지원했다. 실비는 카난과 조금 떨어져 있어서 깨닫고 보니 왕자를 호위하는 사람이 없었다. 그때, 카난 뒤에 마물이 나타났다.

늦지 않을까?! 나는 한눈팔지 않고 땅을 박찼다. 왼손을 뻗어 무영창으로 『홀리 랜스』를 준비한 뒤 레스베일을 보내 마물을 쓰러뜨리려고 했다.

한 발 늦게 보슬로와 쿠자가 알아차렸다. 그러나 그 결정적인 한 발 때문에 카난 근처에 나타난 마물을 공격할 수 없었다.

그러나 그 순간, 카난의 보검이 한층 강하게 빛났다.

뒤로 휘두른 검에 완전히 허를 찔린 코볼트는 허무하게 사라졌다.

"……괜찮아요, 루온 씨."

카난이 왼손을 뻗은 채 굳은 나에게 다정하게 미소 지었다.

그 사이 장벽 안에 있던 코볼트가 모두 사라지고 남아 있는 적은 제크에스 뿐이었다.

"이런."

그는 오르디아를 밀어내고 멀리 후퇴해 장벽 끝까지 거리를 벌렸다.

"이번 마족도 틀렸군."

모욕…… 결국 제크에스는 마족을 이용했을 뿐인가.

"제크에스 형…… 끝났어."

카난이 동료에게 둘러싸여 그와 대치했다.

잠시 장벽 안에 침묵이 감돌았다. 밖에서는 거친 전투가 이어졌지만 바렌이 죽자 마물이 통제를 잃어 아라스틴 왕국의 승리가 가까웠다.

"사령탑인 마족을 쓰러뜨렸어. 이제 제크에스 형에겐 승산이 없어."

"그렇겠지. 그래서 어쨌다는 거냐?"

"……항복해줘."

"역시 넌 착해빠졌어."

제크에스가 검을 한 번 휘둘렀다. 아직 전의가 남아있었다.

"나는 이미 마족과 손을 잡았고 그들의 힘도 손에 넣었다. 그런데도 항복하라는 거냐?"

"배신한 형을 기다리는 건 극형일 거야. 하지만 우리는…… 나라의 중심인 우리는 마지막까지 의연해야 해."

"아하, 죽을 자리를 준비해주겠다는 건가……. 거절한다. 나는 이런 전장에서 쓰러져 죽는 게 나아."

달렸다. 카난은 망설이지 않고 맞섰다.

팬찮을지 불안했으나 기우였다. 보검의 힘이 카난의 전신을 뒤덮어서 제크에스의 기세를 훨씬 능가했다.

모두 어떻게 될지 확신할 정도의 차이였다. 두 사람의 검이 교차했다. 보검이 제크에스의 검은 검을 허무하게 잘라버렸다.

카난은 주저 않고 그에게 검을 내리쳤다. 제크에스는 보검을 맞고 신음하며 쓰러졌다.

단번에 사라지지는 않았지만 몸이 조금씩 손발 끝부터 티끌이 되어 사라졌다.

"마지막 공격은 가차 없던데……. 속은 시원해?"

"……응,"

수긍한 카난은 사라져가는 제크에스에게 들려주듯 말했다.

"전장에 서서 병사와 기사, 모두가 나라를 지키기 위해 싸우고 있어. 나 또한…… 이 나라에 사는 한 사람으로서 행동해야 해. 그런 생각이 들었어."

"참 평범한 이유군."

"응, 그러게."

카난이 인정하고 이어서 말했다.

"마왕이 전 대륙을 지배하려고 해. 그렇다면 백성을 지키기 위해…… 나는 어떤 적과도 싸우겠어. 그리고 제크에스 형 같은 사람을 구할 거야."

"나 때문에 각성한 건가?"

그 말에 후회는 느껴지지 않았다. 뭔가 만족한 듯한…… 카난과 전력으로 싸우고 이해한 듯했다.

"……나도, 너처럼 물러터졌나 보다."

"제크에스 형……."

"마지막으로 하나 말해줄까."

제크에스가 잠시 뜸을 들였다.

"카난…… 내가 이겼어."

그 직후였다. 제크에스가 사라지고 뒤에서 마력이 요동쳤다.

"어?"

소피아가 놀라 돌아봤다. 나도 시선을 옮겼다. 마력이 요동친 곳은ㅡ.

"성……?"

바람이 불었다. 그와 함께 제크에스가 사라진 바닥을 보았다. 마지막 말. 그리고 마력의 요동침. 이것이 뜻하는 것은 즉…….

"……분신?!"

"성에 있는 기척은 제크에스와 달라."

페우스가 장벽을 없애고 믿을 수 없다는 표정으로 말했다.

"이건 다른 사람? 아니, 제크에스가 한 말을 생각하면 성에 있는 게 진짜? 그렇다면 지금까지 내가 파악한 마력은……?"

어떻게 된 일이지? 나는 한 가지 생각에 이르러 소피아를 봤다. 경악하며 우뚝 선 그녀가 내 시선을 알아차렸다.

"루온 님…… 왜 그러십니까?"

"그래, 그런 거였어……!"

"뭔지 알겠어?"

리제가 물었다. 나는 소피아에게서 시선을 떼지 않았다.

"아티팩트야. 소피아는 마족이 왕녀라는 걸 인식할 수 없게 하는 아티팩트를 지니고 있잖아. 제크에스도 그런 걸로 자신이 어디 있는지를 숨긴 거야……!!"

그 말에 소피아가 자신의 왼손을 보았다. 그 중지에는 예전에 천사의 유적에서 손에 넣은 아티팩트인 금색 반지가 있었다.

"아마 제크에스는 페우스의 권속이 쫓아오는 줄 알았을 거야. 그리고 권속이 나라와 교섭해 제크에스를 처치하려는 것도 알았을 거고."

"나를, 이용하다니……."

페우스가 으르렁대듯 중얼거렸다.

"내가 그를 찾아내서 왕자에게 마족과 함께 있다고 전한다. 그리고 어젯밤 습격……. 카난 왕자가 밖으로 나오기로 결심한 습격에다가 제크에스가 어디 있는지 알려지면 카난 왕자는 당연히 전선에 서겠지."

"그게 바로 제크에스가 노린 거야. 성을 비우는 걸 말이지."

그때, 성벽 안쪽에서 파발꾼이 달려왔다.

"급보!! 수도에 마물이 나타났다!"

최악의 사태. 제크에스가 교란시키기 위해 푼 적이었다.

우리는 어떡해야 하지? 수도로 돌아가 마물을 처리해야 하나? 카난과 함께 성으로 가야 하나?

어쨌든 시간이 없었다. 고민하고 있으니 보슬로가 보고하러 온 병사에게 사정을 듣고 왕자에게 전달했다.

"수도가 혼란스러운 모양입니다. 숫자도 많고 병사는 혼란에 빠져 상황 파악도 못 하고 있습니다. 하지만 아직 전선에 마물이 있어서 본군은 돌릴 수 없습니다."

여기서 멍하니 있으면 피해가…… 하지만 제크에스를 내버려둘 수는 없었다.

"보슬로는 병사를 지휘해 마물을 토벌해."

"왕자님은……."

"정해져 있지."

냉엄한 목소리. 보슬로가 이해했는지 천천히 고개를 끄덕였다.

"……루온 공, 왕자님을 부탁해도 되겠나?"

"아니, 내가 할게."

페우스가 나섰다.

"내게도 이런 사태를 초래한 책임이 있어."

그 말은 신령 페우스가 힘을 발휘하겠다는 뜻이었다.

남은 적이 제크에스 뿐이니 신령이 움직이는 사실이 알려질 위험성이 사라졌다. 그러니 그녀도 본래 힘으로 맞설 수 있었다. 제크에스가 마족의 힘을 얻었더라도 신령에게는 적수가 되지 못 할 터였다. 이번 전투에서 최적의 해답이었다.

"루온, 마물이 수도에서 어떻게 날뛰는지 알아?"

유노가 물었다. 나는 사역마에 의식을 기울였다.

상공에서 관찰하니 어디서 마물이 움직이는지 어느 정도 파악했다. 하지만 병사에게 알려도 혼란에 빠졌다면 만족스럽게 출병조차 못 하리라.

그렇다면 선택지는 하나뿐인가…….

"사역마로 상황을 파악했습니다. 제가 마법으로 이동해 사태를 수습하겠습니다."

"루온 공, 미안하다."

"아닙니다. 노른, 제크에스를 맡길게."

"응."

방법은 정해졌다. 나는 레스베일에게 카난을 호위하라 지시했다. 갑옷천사를 통해 전황을 살필 수 있으니 만약 상황이 위험해지면 당장 달려갈 수 있게 해놓았다.

그리고 동료는―.

"소피아, 카난과 함께 성을 부탁해."

친분 있는 제크에스와의 최종결전. 소피아는 어떤 결말이든 마주하리라고 나는 확신했다.

그리고 예감했다. 그녀의 망설임과 심정을 떨쳐내려면 필요한 일이라고.

내 지시에 리제도 「그래」라고 대답했다.

"나도 동행할게. 다른 사람은……."

"나도 당연히 성으로."

"나도 그렇게 하지."

실비와 쿠자가 연이어 성으로 가겠다는 의견을 표명했고 마지막으로 오르디아도 「함께 가겠다」고 말했다.

"루온 님, 조심하세요."

"소피아도."

대화를 나눈 후 카난의 호령에 따라 동료들은 성을 향해 돌진했다. 나는 갑옷천사를 통해 그들을 관찰하며 이동마법을 사용해 마을로 질주했다.

　내가 대로에 나타난 마물을 쓰러뜨리는 동안, 카난 일행은 성에 발을 들였다.

　페우스가 바닥에 손을 대자 마력장벽이 성을 에워쌌다.

　"이건……."

　"제크에스를 놓치지 않도록 설치했어."

　카난의 중얼거림에 페우스가 짧게 대답했다. 페우스의 얼굴에는 이런 사태를 막지 못한 책임이 새겨져 있었다.

　"카난 왕자, 제크에스는 옥좌가 있는 알현실에 있어."

　"알겠습니다."

　그가 선두에 서서 움직였다. 얼마 지나지 않아 도착한 알현실 중앙에 분신과 똑같은 제크에스가 등을 돌리고 서 있었다.

　"무슨 일이 있어도 성에 들어와야 했어. 그래서 계획을 짰지."

　돌아섰다. 정면에 있는 카난을 보고 뒤에 있는 소피아와 리제에게로 시선을 옮겼다.

　"깜짝 놀랐어. 리제와 소피아는 죽었다고 들었는데."

　"마치 처음 보는 것처럼 말하는군요."

　소피아가 딱딱한 표정으로 대답하자 제크에스가 쓴웃음을 지었다.

　"당연하지. 지금까지 여관방에서 잠복 중이었으니까."

　"참 침착하네?"

리제가 무기를 겨누며 말했다.

"부하를 희생하고 홀로 남은 결과가 이거야?"

"그래. 솔직히 말하면 마족의 습격으로 경계령이 떨어지기 전에 수도에 들어와 있었어."

제크에스가 왼팔을 뻗었다. 손목에 찬 은색 팔찌가 반짝였다.

"신령 페우스의 권속에게서 아티팩트를 훔쳤을 때, 추적자가 오리라 예상하고 이 아티팩트로 마력을 바꿨지. 그쪽이 페우스의 권속인가?"

노른을 힐끗 보았다. 사실은 그녀가 페우스였다.

"권속은 어떻게 추적할까? 먼저 나라와 연계를 모색하겠지. 신령의 권속이면 나라에서도 협력하길 바랄 거야. 거기서 마족이 내 분신으로 이목을 끈다. 그때, 권속의 말에 따라 모든 사람이 내 분신에게 주의를 기울인다면?"

페우스가 움직일 줄 알아서 일부러 그것을 이용했다.

"단, 카난이 움직이지 않으면 내 목적은 성취되지 않아. 그래서 약혼자 에미아를 노리기로 했어. 성벽 안쪽에 혼란을 일으키면 카난이 전장으로 나오리라 예상했으니까."

"목적이, 뭐야?"

카난이 보검을 겨누며 물었다. 제크에스는 그 검을 가리켰다.

"보검의 힘이다."

"검……?"

"너는 내가 무슨 연구를 했는지 알 텐데. 아니…… 소피아와 리제도 마찬가지인가."

"그래, 알아."

리제가 적의를 드러내며 대답했다.

"천사의 유적 연구였나?"

"더 정확하게 말하면 천사가 숭배한 땅 깊은 곳에 잠든 존재에 관한 연구다."

"그것과 지금 네가 여기 있는 것에 무슨 관계가 있는데?"

"관계있어. 카난, 네가 든 보검은 땅 깊은 곳에 잠들어 있던 힘을 끌어내 만든 검이다."

보검에게 그런 설정이?! 내심 놀랐는데 제크에스가 이어서 말했다.

"그 힘을 얻으려면 어떻게 해야 할까……. 천사의 유적에 가도 힘을 손에 넣을 방법은 없었어. 그래서 힘을 끌어낼 수 있는 곳이 필요했다."

"그곳이 이 알현실이라고?"

오르디아가 물었고 제크에스는 웃기 시작했다.

"솔직히 말하면 성에 있는 줄은 알았지만, 직접 들어오기 전까지는 어디인지 몰랐어. 하지만 알현실에 들어오자마자 알았지. 아, 바로 여기라고."

그때 제크에스의 검은 눈이 한순간 파란색으로 변했다. 마족의 힘이나 무언가를 흡수한 것 같았다. 인간을 배신한 자들의 연구 성과인가?

인간의 마력분석능력으로는 힘을 끌어내는 장소가 어디인지 알아내기 힘들었다. 그래서 제크에스는 마력을 보충할 수 있게 마족의 힘을 얻은 건가.

나는 레스베일에게 주위 마력을 수색하라고 지시했다. 그러자 알현실 바로 아래에서 마력이 느껴졌다.

"어디인지만 알면 뒷일은 간단하다. 연구로 알아낸 마력을 끌어내는 마법을 발동해서 모은 힘을…….."

그는 왼손을 품에 넣어 무언가를 꺼냈다. 수정 같은 반투명한 돌은 마치 세공한 것 같은 정육면체였다.

"페우스의 권속에게서 훔친 이 아티팩트에 주입하면 끝이지. 그리고 힘은 지금 내 몸에 있다."

"전부 이곳에 있는 힘을 얻으려고 한 짓이라고?"

오르디아가 말했다. 제크에스는 당연하다는 듯이 수긍했다.

"그래, 번거로워 보이나? 아니면 왜 이런 짓을 했는지 이유가 신경 쓰이나?"

"힘을 손에 넣어서 뭘 하려는 거지?"

"미안하지만 그건 말할 수 없어. 거대한 목적을 위한 한 걸음이라고 해둘까."

얼렁뚱땅 넘어갔으나 제크에스의 눈은 진지했다. 무언가 차분히 결심한 것처럼 보이기도 했다.

오히려 무슨 짓을 해서라도 힘을 얻어야 하는 상황에 내몰린 것 같았다. 그러나 그는 우리에게 위해를 가하려고 했으니 이유가 어떻든 제크에스는 적이었다.

"결판내러 온 거겠지? 마침 나도 힘을 시험해보고 싶었다. 상대할 사람이 필요했어."

"웃기지 말라고 해야 할까?"

실비가 분노를 숨기지 않고 말했다.

"이번 전투는 전부 네 손바닥 위에서 이루어졌다는 거야?"

"마족은 원래부터 라하이트를 공격하려고 했다. 나는 거기에 끼어들었을 뿐이야. 마족 바렌에게 목적을 가르쳐주지 않았으니 나는 인간을 아는 보조 역할 정도로 여겼을 거다. 그녀석은 자기가 나를 조종하는 줄 알았겠지만, 사실은 내가 녀석을 조종한 게 되나?"

그는 거기까지 말하고 미소를 지었다. 의미심장한 어두운 미소.

"설득할 마음은 없겠지? 나는 이미 조국에서 사람을 죽였다. 마족과 거래도 했고. 죽이기 충분한 이유야."

"……제크에스, 형."

카난이 빠득 하고 소리가 날 정도로 이를 갈았다. 그러자 제크에스가 과장되게 어깨를 으쓱했다.

"분신도 이렇게 말했겠지? 카난…… 너는 착해빠졌어. 여기까지 와서 나를 형이라고 부르는 네가 과연 나를 죽일 수 있을까?"

"그렇기 때문입니다."

제크에스의 물음에 소피아가 대답했다. 그 눈에 강렬한 빛이 담겨있었다.

"감정을 배제하고 싸우는 게 편할 수도 있습니다. 하지만 카난은 그걸 원하지 않습니다."

"소피아 누나······."

"저도 마찬가지······ 아니, 여기까지 와서 제크에스 오빠와 얼굴을 마주하고······ 이겨야 한다는 게 분명해졌습니다."

의연하게, 마물의 기운을 내뿜는 제크에스를 두려워하지 않고 말했다.

"제크에스 오빠, 당신의 야망이 무엇인지는 모릅니다. 하지만 이유가 어쨌든 그 가슴에는 강한 결의가 담겨 있습니다. 그러니 그에 못지않은 의지로······ 당신을 친구로서 막겠어요."

"소피아는 우리 중에서 가장 자기를 다스리고 억눌렀지."

제크에스가 탄식했다.

"그래서 이런 흉행을 저지른 나를 보면 감정 없이 벨 줄 알았다. 그런데 아니었구나. 솔직히 나는 스스로를 옭아매는 동생 같은 친구가 걱정됐어. 하지만 헛수고였던 모양이군."

"왜······ 저를 걱정하는데 이런 짓을 한 겁니까? 이런 식으로 강해지면 저와 리제 언니와 카난이 이해할 줄 알았습니까?"

"아니. 진의는 말할 수 없지만, 필요한 일이라고 판단했을 뿐이다."

"필요해서 이런 멍청한 짓을 벌였다고?"

리제가 물었다. 할버드를 겨누고 언제든 공격할 태세에 들어갔다.

"그래. 자, 이야기는 이쯤 할까."

설득은 무의미. 친분 있는 사람과 싸워야만 했다. 그러나 그들의 눈에는 망설임이 없었다.

친구로서 그를 막아야 했다.

"누가 먼저 덤빌 거지? 아니면 한꺼번에 올 거냐? 나는 그래도 상관없어."

제크에스가 웃음 짓고 물었다.

"여기는 내게 맡겨줘."

제크에스의 말에 움직인 사람은 페우스였다. 제크에스의 눈이 가늘어졌다.

"신령의 권속인가? 부족한 상대는 아니군."

"나를 끌어낸 건 대단하다고 해두지. 아티팩트로 속일 줄이야. 나도 생각이 부족했어."

"순순히 인정하나? 신령의 권속이니 인간에게 화가 났을 줄 알았는데."

"나는 인간이 뛰어나다 생각해. 그렇지 않으면 이 세계에 수많은 나라를 세울 만큼 번영할 리 없잖아?"

"그렇긴 하군."

제크에스가 이해한 표정을 지었다.

"인간을 위협적으로 여기는군."

"그래. 실제로 너는 계획에 성공해 힘을 얻었어. 아티팩트를 빼앗긴 구멍을 메우는 건 내 역할이야."

"미리 말해두겠는데 힘을 손에 넣은 나는 정령을 훨씬 능가한다."

그 순간, 알현실에 마력이 퍼졌다. 아니, 마력이 날뛰었다는 표현이 적절했다.

레스베일을 통해 제크에스가 내뿜는 마력이 내게도 느껴졌다. 인간의 마력이 아니었다. 인간이길 포기했다.

"너희가 내 말을 따르지 않는 마족을 죽여주고 부하를 희생한 덕에 힘을 얻었다. 이제 방해되는 너희를 뭉개버리는 것만 남았군."

"안 됐지만, 너는 나를 이기지 못해."

"자신이 있나 본데……"

제크에스의 말을 가로막듯이 페우스가 마력을 해방했다. 회오리바람이 알현실을 휩쓸었다.

바람이 제크에스의 얼굴을 스치고 동료들이 거대한 마력으로 눈을 돌렸을 때, 그녀의 몸이 업화에 휩싸여 형태를 바꿨다.

『이 전투를 끝내겠다. 나의 힘으로……』

페우스는 천장까지 솟구친 화염을 몸에 두르고 불사조로 변했다. 날개를 퍼덕이지 않고 날아올라 제크에스를 정면으로 상대했다. 바람 마법으로 떠 있는 것 같았다.

제크에스는 눈앞에 벌어진 광경을 보고 무엇을 느꼈을까.

"……하하, 하."

딱딱한 웃음은 곧 큰 웃음소리가 되어 알현실을 울렸다.

"하하하하하하하! 이거 놀랍군! 설마 신령이 나올 줄이야!"

『권속을 공격하고 이 나라에서 더러운 수를 쓴 너를 멸하겠다.』

"좋다……! 신령이라니 시험해보기 최고의 상대로군!"

제크에스가 맞설 뜻을 보일 때 동료들은 반쯤 넋이 나가 페우스를 바라보았다. 설마 신령이었을 줄은…… 놀라는 게 당연했다. 페우스가 동료들에게 부드럽게 말했다.

『물러나 있어.』

"당신은……."

『카난 왕자, 하고 싶은 말이 산더미 같겠지만, 이 자리부터 마무리 짓도록 하지.』

제크에스가 돌격했다. 어둠의 검을 쥐고 공격하는 그의 얼굴에 신령임을 알고도 호전적인 미소가 떠올라 무모하게 비쳤다.

페우스는 바람을 만들었다. 바로 앞에 생긴 바람이 알현실을 내달려 제크에스의 발을 묶었다.

그 사이를 놓치지 않고 페우스가 공격했다. 날개를 크게 펼치자 갑자기 제크에스를 중심으로 마력이 일더니 바닥에서 화염이 솟구쳤다.

"쳇……!"

제크에스가 혀를 차며 피하려고 했으나 늦어서 순식간에 불기둥이 솟구쳐 그를 에워쌌다.

"이건……!"

소피아가 경악했다. 신령의 힘을 직접 체감했다.

다른 동료도 같은 느낌을 받은 모양이었다. 리제와 오르디아는 말을 잃은 채 눈앞에 펼쳐진 광경을 바라봤고, 실비와 쿠자는 불기둥에 얼굴을 찌푸리면서도 제크에스가 서 있는 곳을 주시했다. 카난은 가만히 서서 페우스의 등을 바라보았다.

압도적인 힘 앞에서는 아무리 제크에스라도 무사할 리 없었다. 이내 화염이 걷혔다.

"과연 대단하군. 그러셔야지."

공격당하고도 제크에스는 멀쩡히 서 있었다.

"신령에게 싸움을 걸었으니 이렇게 될 것은 각오했다."

『여유가 넘치지만 너는 날 쓰러뜨릴 수 없어.』

"……이름의 힘을 지니고 있다는 뜻인가."

불사조. 불과 바람을 다스리는 페우스는 불사조라는 이름처럼 죽어도 부활했다. 게임 상의 이야기지만 페우스가 직접 말했으니 그 특성은 현실에서도 똑같다고 해석하는 게 타당했다.

제크에스가 얼마나 강하든 계속 부활하는 존재를 상대하는 것은 어려울 터였다. 그러나 그는 자신만만하게 웃으며 페우스와 대치했다.

"지금 공격으로 분명해졌다."

잠시 뒤 제크에스가 페우스에게 침착하게 말했다.

"지금의 나는 신령에게도 맞설 수 있어."

그 순간, 검은 마력이 제크에스를 에워쌌다. 지금까지보다 짙고 옥좌를 뒤흔드는 기적에 페우스가 뒤에 있는 사람들에게 경고했다.

『카난 왕자, 너희들. 좀 더 물러나.』

카난과 동료들이 그 말을 따랐다. 그 직후, 그들과 페우스 사이에 마력장벽이 생겼다.

『자…… 시작해볼까?』

이상할 만큼 목소리가 울리고 어둠속에서 칠흑에 휩싸인

검은 기사가 나타났다.

『이곳에서 얻은 힘, 어설픈 건 아닌 모양이군.』

페우스가 중얼거리며 바람과 화염을 휘날렸다.

『하지만 네 야망은 내가 막겠다.』

『할 수 있다면야!』

제크에스가 달렸다. 눈으로 좇을 수 없는 속도로 페우스 앞으로 달려들어 도약해 신령에게 검을 휘둘렀다.

페우스는 피하려고 했으나 제크에스가 빨랐다. 갑자기 검 끝에서 어둠이 뿜어져 나와 불사조를 에워쌌다.

"윽……?!"

소피아가 놀라는 게 들렸다. 모두 할 말을 잃은 사이 페우스는 어둠을 뿌리치고 거리를 두려 했다.

그 순간, 제크에스가 땅을 박차고 사라졌다. 아니, 도약한 건가?!

일반인은 생각할 수 없을 높이까지 도약한 제크에스는 기어이 페우스의 머리 위에 도달했다.

공중에서는 세세하게 움직이지 못 할 거라 생각한 그때, 그는 공중에서 땅을 박차듯이 방향을 바꿨다. 마법으로 발판이라도 만들었나?

페우스는 바람으로 제크에스의 발을 묶으려고 했으나 잘 통하지 않았다. 제크에스는 오히려 그녀의 바람을 억지로 밀어내고 공중에서 방향을 바꿔 돌격했다.

그는 마침내 페우스의 품으로 파고들어 검을 휘둘렀다.

칠흑이 부풀어 올랐다. 마치 화염처럼 솟구친 그것은 페우스를 휘감았다. 게다가 시간이 지날수록 빨라지더니…… 폭발했다.

어둠이 알현실 한가운데에서 거대한 기둥처럼 부풀어 올랐다. 동료들은 경악했고 나도 밖에서 적을 쓰러뜨리며 놀랐다. 설마 신령이 이렇게까지 밀릴 줄이야.

페우스가 무사한지 걱정하자마자 어둠이 떨어져 나가고 불덩이가 나타났다. 불사조의 원형을 잃고 화염도 수그러들었다.

『신령도 이 정도인가.』

제크에스가 내뱉듯이 중얼거렸다. 그때 갑자기 화염이 솟구쳤다. 업화가 어둠을 뒤덮을 기세로 천장까지 부풀어 오르더니 불사조로 변했다.

『그런 힘은 인간의 몸에 지니려 해봤자 몸이 감당 못 해.』

평소와 다름없는 말투. 불사조라는 이름은 허세가 아니었다.

그녀의 말에 제크에스가 어깨를 으쓱했다.

『네 알 바 아니야. 계속 사투를 벌이면 그릇이 버티지 못 하는 건 자명한 이치지.』

제크에스에게는 시간이 없었다. 장기전으로 끌고 가면 그가 손에 넣은 마력이 폭주해 자멸할 것이었다.

『그러면 그 전에 결판을 내면 돼. 평범한 공격으로는 이길 수 없지만, 아직 방법은 있다.』

자신 있어 보였다. 쓰러뜨려도, 쓰러뜨려도 부활하는 특성에 어떻게 맞서려고……. 나는 조금 전의 공방으로 불사의 구조를 대강 이해했다. 제크에스의 말대로 방법은 있었다.

제크에스가 다시 달렸다. 페우스가 화염을 일으켜 쏟아 부었으나 신경 쓰지 않고 강행돌파해서 어둠의 검이 페우스를 베었다.

어둠이 생겼다. 화염과 힘겨루기를 하며 검정과 빨강이 알 현실을 휩쓸었지만 점차 어둠이 우세해졌다.

"제크에스의 힘이 위라고……?!"

리제가 당황해 외쳤다. 상황만 보면 그가 신령을 압도했다.

그러나 나는 왠지 페우스가 일부러 공격당하는 것 같았다. 제크에스의 능력을 알아내기 위해 일부러 몸을 던져 조사하는 건 아닐까. 조금 전의 공격도 페우스라면 피할 수 있었다.

어둠이 다시 페우스를 휘감았다. 제크에스는 공격을 멈추지 않았다. 검에 마력을 더해 어둠속으로 검을 내리쳤다. 어둠이 더 부풀어 올라 페우스를 덮쳤다.

무슨 의도인지 명확했다. 페우스는 작은 불덩이에서 부활했으니 그것까지 없애면 완전히 죽일 수 있을 거라는 생각이었다.

과연…… 어둠이 사라졌다. 페우스가 있던 곳에…… 화염은 없었다. 완전히 사라졌다. 남은 것은 그녀의 것으로 보이는 마력뿐.

『하하하…… 하하하하하하!』

광기에 찬 웃음. 승리를 확신했다. 신령을 이겼다는 사실이 그를 환희에 휩싸이게 했다.

『이 힘은 역시 내가 상상한 그대로…… 아니, 상상 이상의 힘이다!!』

놀라운 결과가 아닐 수 없었다. 그러나—.

『대단하군.』

목소리가 들렸다. 제크에스는 웃음을 멈추고 주위를 둘러봤다. 페우스는 보이지 않았다.

『어둠의 힘, 잘 봤어.』

갑자기 아무것도 없는 곳에 마력이 생기고 화염이 솟구쳤다. 제크에스는 얼른 공격하려고 했으나 페우스가 먼저 화염으로 벽을 만들어 미연에 막았다.

『이래도 재생하다니……!』

『불사조라고 불리는 이유를, 이제 알겠어?』

화염에 휩싸인 회오리바람이 일더니 아까와 똑같은 불사조 페우스가 나타났다.

나는 무슨 일이 일어났는지 레스베일을 통해 알 수 있었다. 페우스는 제크에스 때문에 흔적도 없이 소멸했지만 그녀의 마력은 사라지지 않았다. 즉, 정령의 형태를 잃어도 마력이 있으면 재생할 수 있었다. 그래서 몸이 소멸해도 부활했다.

페우스에게 이기려면…… 당장 떠오른 것은 장기전으로 끌고 가는 것. 마력이 있으면 얼마든지 재생할 수 있다는 것은 반대로 말하면 마력이 소진되었을 때 죽음이 당도한다는 뜻이었다. 시간을 들여 페우스의 마력을 소진시키면 승리. 나라면 그런 지구전이 가능했다. 그러나 제크에스는 몸이 버티지 못하리라.

즉, 제크에스에게는 절망적인 상황이었다. 반대로 페우스는 시간을 들이면 적이 알아서 자멸하니 이대로 계속 싸우면…….

『신령의 적…… 아니, 이 대륙에 사는 자들의 적이 된 것을 몸소 후회하게 해주지.』

페우스는 장기전으로 끌고 가지 않고 끝낼 셈이었다. 제크에스는 앞으로 걸음을 내디뎠다. 어둠을 검에 휘감고 신령을 죽이려고 돌진했다.

페우스가 바람으로 막았다. 이번에는 제크에스의 힘을 파악해서 그의 움직임이 몹시 둔해졌다.

『크, 으……!』

지금 공격하지 않으면 승산이 없다고 판단했는지 제크에스는 억지로 도약했다. 바람에 눈 하나 까딱하지 않는 저 움직임, 대체 얼마나 강화한 거지?

『소용없어.』

페우스의 말은 매우 짧았다. 엄습하는 제크에스 바람을 날리자 그의 몸이 공중에 멈춰 섰다.

아니, 바람으로 억지로 묶어놓았다. 바람의 감옥이라고 해야 할 그것은 제크에스를 들어올려서 돌격은커녕 자세도 유지하기 어렵게 했다.

『이 자식……!』

『그만 끝내자.』

제크에스가 있는 곳이 갑자기 하얀 빛에 휩싸였다. 빛 속성 마법이 아니었다. 불 속성의 강렬한 빛과 열이 제크에스를 덮쳤다.

그 순간, 알현실에 흰빛과 굉음이 퍼졌다. 화염이 바람 감옥 안에서 날뛰었다. 안에 있는 자를 티끌도 남기지 않을 기세였다. 동료들은 마력장벽으로 열파도 충격도 잘 느끼지 못하겠지만 말도 안 되는 마법이라는 건 아는 것 같았다.

페우스의 공격은 불 속성 최상급 마법 『익스플로전』과 비슷했다. 게임에서는 필드 위에 거대한 파이어볼을 떨어뜨려 모조리 폭발로 휩쓰는 마법인데 무차별 공격이라 습득은 했어도 쓸 기회가 없었다. 신령이 그 마법과 비슷한 마법으로 제크에스를 타도하려 했다.

아까까지만 해도 제크에스가 밀어붙이고 있었는데 페우스의 일방적인 전개였다. 역시 페우스는 능력을 해석하고 있던 것이리라. 두 번이나 원형을 유지하지 못 했지만 페우스는 그와 맞바꿔 제크에스의 힘을 읽어냈다.

"……굉장하군."

오르디아의 중얼거림이 들렸다. 그야말로 압도적인 힘……나도 그렇고 모두 제크에스가 죽었을 거라 생각했다.

이윽고 폭발이 가라앉았다. 대기를 태운 화염은 바람 감옥과 함께 사라졌고 제크에스가 바닥에 떨어졌다.

칠흑은 아직 둘러져 있고 형태는 남아있었다. 그 정도 폭발에 버텼으니까 그도 걸물이긴 하지만…… 상대가 너무 강했다.

『이 공격을 당하고도 형태를 유지하다니 놀라워.』

페우스가 말했다. 그녀의 비장의 수라고 할만한 마법이리

라. 마족의 힘을 얻었다고는 해도 이 공격을 당하고도 티끌이 되지 않은 상대는 처음이었을까.

『어쨌든 이걸로 끝이군. 카난 왕자, 알현실이 많이 망가져버렸어. 정말 미안해.』

알현실은 바닥과 벽, 천장 여기저기가 손상됐다. 다소나마 마력 공격을 튕기거나 막는 처치를 했을 텐데, 이번 전투에는 건물도 버티지 못했다. 뭐, 무너지지 않은 게 어디인가.

『제크에스 일은 유감스럽지만…… 왕자, 미안한데 나테리아 왕국에 연락을…….』

두근.

페우스의 말을 가로막듯이 마력이 요동쳤다.

"어……?"

소피아가 믿을 수 없다는 표정으로 중얼거렸다. 그 마력은 틀림없이 제크에스에게서 나오고 있었다.

『아직…… 끝나지 않았어.』

제크에스가 일어났다. 그 움직임은 신령의 마법을 맞고도 멀쩡했다.

『끝장내지 못 해서 아쉽게 됐군, 신령.』

『집념이 너무 강해.』

『그래, 맞아.』

어둠이 팽창했다. 아까와 똑같으면 제크에스에게는 승산이…….

『더, 더!』

외쳤다. 끝없이 어둠이 부풀기 시작하고 제크에스까지 뒤덮었다. 페우스가 즉각 화염을 쏟아 부었다. 『익스플로전』 정도는 아니지만 상급 마법 정도의 위력이었다.

그러나 어둠은 마법을 튕겨낸 뒤 더욱 커졌다.

"내가 잘못 본 거지……?"

마력을 목격한 리제가 중얼거렸다. 다른 동료와 카난도 같은 심경인지 할 말을 잃고 제크에스를 응시했다.

『마력을 그렇게 혹사하면 조만간 죽어. 네 소원이 이루어지지 않는다고.』

페우스가 지적했다. 그러나 제크에스는 상관하지 않고 마력을 끌어올렸다.

『어차피 네게 지면 전부 무로 돌아간다. 그럴 바에는 모든 것을 걸고 싸우는 것도 나쁘지 않아.』

제크에스가 어둠속에서 중얼거리면서 움직이는 기척이 났다. 아직 어둠이 남아있을 때 그가 질주했다. 페우스의 반응보다 빠르게 다가가 검으로 불사조를 공격했다.

『윽……!』

공격은 그녀의 예상보다 훨씬 빠르고 묵직했다. 불사조는 저항하지 못하고 어둠에 삼켜져 시야에서 사라졌다.

『수를 너무 보여줬어, 신령.』

제크에스가 갑자기 검을 거꾸로 들고 바닥에 꽂았다.

검은 안개가 피어났다. 어둠이 날뛰는 가운데, 검은 안개가 대기를 장기로 뒤덮었다.

『형태를 잃고도 재생한 것은 그 방대한 마력을 대기에 확산시켰기 때문이다.』

어둠이 남아있는 사이 제크에스가 말하기 시작했다.

『불과 바람을 다스리는 신령⋯⋯. 즉 너는 바람의 형질을 이용해 대기에 마력을 옮겼다. 따라서 재생을 막으려면 대기에 퍼진 마력을 짓뭉개야 해. 원래 신령은 장기에 약하지. 장기가 대기를 침식하면 재생할 수 없어!』

그 답이 검은 안개인가! 이내 페우스를 뒤덮은 어둠이 사라졌다. 페우스는 어디에도 없었다. 원래는 즉각 재생했을 텐데⋯⋯.

『설령 신령이어도 몸을 잃으면 신령의 특성이 표면에 드러날 거다.』

레스베일을 통해 알았다. 대기에 있던 그녀의 마력이 검은 안개에 의해 사라져갔다. 페우스를 상대하는 최적의 답이라 할 수 있는 전법이었다. 이대로는—.

"설마."

페우스의 목소리. 다행이라고 안심함과 동시에 페우스가 재생했다. 그곳은 소피아가 있는 마력장벽 앞. 동료를 등에 지고 나타난 것은⋯⋯ 인간형인 페우스였다.

『호오, 본래 모습은 질렸나?』

"모두 여기서 물러나."

페우스가 말했다. 그 말이 무슨 뜻인지 모두 이해했다.

"저 검은 안개 때문에 마력이 꽤 줄었어. 싸울 힘은 있지만, 이 장벽을 유지하지 못 할 수도 있어."

"하지만 그러면⋯⋯."

소피아가 중얼거리자 페우스가 웃음 짓고 두 손에 불꽃을 만들었다.

"이래 봬도 신령이야. 이런 상황에도 방법은 있어."

『네 몸을 희생해서?』

제크에스가 말했다. 반면 페우스는 웃음을 잃지 않았다.

정곡인가……? 제크에스는 신령도 이렇게까지 몰아세울 힘이 있었다.

『신령 중 하나가 쓰러지면 마왕도 절호의 기회라며 움직일지 모르겠군.』

"그럴지도 모르지. 하지만…… 괜찮아."

『호오? 무슨 말이지?』

뒷일은 너희에게 맡기겠다.

페우스가 입에 담지는 않았지만 나와 가르크는 그녀가 그렇게 말한 것 같았다.

"잡담은 끝. 시작할까, 제크에스?"

『그래……. 결판을 내자.』

"홀로 떠맡을 필요 없습니다."

페우스와 제크에스의 대화를 가로막고 카난이 말했다.

"저도 돕겠습니다."

"하지만 너는……."

"마왕과의 전쟁에 당신의 힘이 필요할 거예요. 그리고 여기서 도망치면 많은 백성이 희생될 겁니다. 제크에스 형의 손에……."

『부정하지는 않겠어.』

그 대답에 카난은 검을 들었다.

"페우스 님, 마력장벽을 해제해주세요. 저는…… 도망치지 않겠습니다."

『그러면 바라는 대로 해주마.』

반응한 사람은 제크에스였다. 어둠의 검을 바닥에서 뽑아 가볍게 휘둘렀다.

그 행동이 무엇을 일으킬지…… 갑자기 쩌적 금이 가는 소리가 나더니 페우스가 세운 마력장벽이 부서졌다.

『이제 됐지? 설마 카난이 그런 결단을 내릴 줄이야. 여기서 죽으면 아라스틴 왕국은 붕괴할 텐데 괜찮겠어?』

"나는 죽지 않아. 절대로."

보검에서 마력이 흘러나왔다.

『대세는 정해졌다. 신령을 능가한 나를 네가 어떻게 할 수 있을 것 같지는 않은데.』

"적어도 나 혼자서는 무리겠지."

결연한 그 말은 약한 소리가 아니라 사실을 담담히 말한 것이었다.

"하지만 페우스 님의 힘과 이 보검…… 형이 바란 이 검의 힘이 있으면 혹시 모르잖아?"

확증이 있어서 하는 말인지, 아니면……. 가능성이 있을 수도 있다. 보검의 힘이 어느 정도인지 모르지만 각성한 카난과 페우스가 손을 잡으면…….

『무모한 건 변하지 않았군.』

제크에스가 대답했다.

『그리고 의외야. 너는 항상 모든 일을 홀로 하려고 했어. 언젠가 왕위를 물려받을 몸이니까 전부 스스로 해야 한다는 생각이 강했지. 상황이 상황이라고는 하나, 카난의 입에서 누군가와 협력하겠다는 말이 나올 줄은 몰랐는데.』

"반대야. 나는 이번 전투를 통해 깨달았어. 왕이니까 모든 것을 이룩해야 한다는 생각은 큰 착각이라는 걸."

그 말에 제크에스가 몸을 움찔했다.

"보검을 처음 들었을 때, 나는 아무것도 하지 못했어. 제크에스 형의 말대로 나라를 짊어진 내가 모든 걸 다 해야 한다고 생각했지. 무겁기도 하고, 망설이기도 했어. 하지만 나라를 위해 싸우는 사람들을 보고 깨달았어. 나 혼자 나라를 짊어진 게 아니야. 백성도 나라를 짊어졌어. 함께 걸어가는 게 중요해."

카난이 제크에스와 눈을 마주쳤다.

"그게 내 대답이야, 제크에스 형. 그리고 지금 함께 걷는 백성에게 재해를 일으키려는 형을 난 절대 용서 못 해."

『왕이 될 각오는 한 모양이군.』

제크에스가 카난 옆에 있는 소피아에게로 시선을 옮겼다.

『소피아는 어때? 나라에서 쫓겨나 싸우는 지금…… 과연 네게 왕이 될 자격이 있다고 생각해?』

"있다고 단언하기는…… 어렵네요."

소피아가 자조하듯 말했다. 그러나 눈은 결의로 가득했다.

망설임은 사라졌다.

"카난의 주장, 이해합니다. 저도 같은 생각이고 그렇게 해야합니다. 하지만 저는 나라에서 도망쳤죠. 사정이 조금 달라요. 이유가 어떻든 도망쳤으니 사람들에게 외면당해도 이상하지 않아요."

『이제 자격이 없다고?』

"모르겠습니다. 하지만 저를 믿고 지지해주는 분들이 있는건 분명해요. 그리고 이런 저를 위해 무리하면서까지 함께 싸우는 동료도 있습니다."

검을 세게 쥐었다.

"생각 끝에 다다른 결론은 몹시 이기적이었습니다. 아무리규탄당해도…… 왕위를 잇지 못해도 저는 지지해준 사람을위해 싸우고 보답하고 싶어요. 그것이 제가 지금 할 수 있는일입니다."

『그걸 이기적이라고 하다니…… 소피아다운 말이긴 하네.』

"네, 그래요. 이게 제 대답입니다."

"제크에스, 카난과 소피아를 동요시킬 생각이라면 그만둬."

리제가 이어서 말했다.

"네 등장이 오히려 두 사람을 앞으로 나아가게 해주고 말았네?"

『신령도 격파한 이 힘을 보고도 싸우겠다고? 뭐, 그래. 혹여 너희와 싸우면 온힘을 다하는 게 재미있을 것 같았어. 이건 이거대로 좋지.』

"무슨 뜻이야?"

『친구라고 봐주지 않겠다는 말이다. 전력으로 싸우는 게 좋은 작별인사가 되겠어.』

"마치 이긴 것처럼 말하네. 결과는 아직 모른다고."

"동감이다."

리제에 이어 오르디아가 입을 열었다.

"끝나지 않았다. 아니, 아직 시작도 하지 않았어."

『아하…… 여기 있는 모두에게 불을 붙이고 말았군.』

실비와 쿠자도 전투태세에 들어갔다. 페우스는 동료들을 보고 놀라더니 웃음 지었다.

"어쩔 수 없네."

페우스가 자세를 잡았다. 제크에스는 그들을 응시했다.

『각오는 된 것 같군. 이제 결판을 내자.』

새로운 전투가, 목숨을 건 전투가 시작된다. 그때—.

나는 성을 향해 달렸다. 수도의 마물을 처리하고 드디어 성에 도착했다.

제28장 전생자

　레스베일을 통해 제크에스와의 전투를 지켜보는 동안 나는 마법으로 수도를 내달리며 마물을 처리했다.

　"루온! 저기!"

　주머니에 들어간 유노의 지적에 근처에 있던 마물을 처리했다.

　적은 밖에서부터 침략하려고 한 잡병 코볼트. 야습 때 나타난 섀도우 스토커면 귀찮을 텐데 그 녀석들은 나타나지 않았다.

　전투는 성벽 밖에서 돌아오기 시작한 기사와 병사의 활약으로 서서히 진정됐다. 그러나 이 습격이 무엇을 노린 것인지 생각하면 절대 낙관할 수 없었다.

　"루온, 마물이 점점 줄어드는데 수도를 지배하는 게 목적 아닌가?"

　문득 유노가 물었다. 나는 고개를 가로젓고 대답했다.

　"애초에 수도를 제압할만한 숫자가 아니야. 제크에스가 일을 성사할 시간벌기일 가능성도 고려했지만, 제크에스의 목적은 성에서 마력을 썼을 때 이미 달성됐어. 아마 카난 왕자를 죽이려 했다고 보는 게 맞을 거야."

　"카난 왕자를?"

　"마물이 나타나면 기사는 당연히 마물을 처리해야 해. 게다가 성벽 밖 전투도 끝나지 않았지. 그렇게 되면 성으로 가는 전력이 줄잖아?"

나는 성 안쪽 전투를 응시하며 말했다.

"제크에스가 무엇을 했는지…… 어느 정도의 힘을 얻었는지, 만나면 알 수밖에 없어. 그랬을 때 카난 왕자를 보호하느라 어딘가에 숨길 가능성이 생겨. 하지만 기사를 분산시키면 호위도 줄어들지."

"그러면 카난 왕자가 앞에 나서서 처리하기 쉬워진다고?"

"아마도? 단지 이건 작전이 실패하지 않도록 하는 보조 장치야. 실제로 호위가 따라가도 상관없었을걸."

나는 다른 마물을 처리하며 설명했다. 제크에스는 페우스를 상대로 호각 아니, 그녀를 웃도는 힘을 보유했다.

"어느 정도 혼란은 수습됐어. 나도 슬슬 가야……!"

"루온 공!"

내 말에 대답하듯 보슬로의 목소리가 들렸다.

"이제 마물은 많지 않다! 왕자님께 가다오!"

요동친 마력 때문에 보슬로 장군도 불안한 모양이었다.

"장군은요?"

"아직 바깥도 전투가 끝나지 않았다. 내가 자리를 벗어나면 혼란으로 희생자가 늘어날 거다."

"알겠습니다. 저는 바로 왕자님께 가겠습니다."

"……부탁한다."

분하겠지. 나는 그의 표정에 크게 고개를 끄덕이고 마법으로 이동했다.

성 안 전투는 드디어 대단원에 접어들었다. 페우스가 제크에스의 힘에 패배하고 카난이 대치하는 상황이었다.

"루온, 성 안쪽 상황은?"

"페우스가 당했어. 죽지는 않았어도, 전력으로 싸우긴 어렵겠어."

"뭐?!"

유노가 놀라서 소리 쳤다.

"신령이 졌다고?"

"제크에스는 그만한 힘을 손에 넣었어. 말도 안 되는 방법으로 마력을 흡수해서 오래 버티지는 못하겠지만."

"지금은 어떤 상황이야?!"

"카난이 대치 중이고 페우스와 연계해서 싸우려는 것 같아. 동료들도 가세하려 해."

이 전투에 승산이 있을까. 페우스가 방어하고 레스베일이 지원하면 제크에스의 자멸을 기다려볼 수는 있었다. 도박이었다. 제크에스의 소모가 예상보다 적으면…… 아니, 제크에스가 힘으로 밀어붙이면 짧은 시간에 전멸하는 최악의 사태가 벌어질 수도 있었다.

동료들도 그것을 우려했지만 도망치지 않았다. 소피아는 이번 전투로 망설임을 떨쳐냈다. 그리고 제크에스를 무찌르기 위해…… 아니, 구하기 위해 싸우고자 했다.

"루온…… 이길 수 있을까?"

유노가 물었다. 내 성장을 지켜본 유노에게도 신령이 졌다는 소식은 큰일인지 가슴속에 불안이 퍼졌다.

"걱정하지 마, 유노."

나는 그녀에게 명쾌하게 대답했다.

"이겨. 난 그러려고 강해진 거야."

성 앞에 도착했다. 입구로 다가가니 성을 격리한 마력장벽이 조금 열렸다. 페우스가 내가 온 걸 알았나?

"아직 외부 마력장벽은 문제없나……."

나는 달렸다. 옥좌까지 멀지 않았다.

문이 열려있어서 내 발소리가 들릴 것이었다. 나는 동료들이 제크에스에게 덤비기 직전에 간신히 알현실에 도착했다.

『지원군……이라고 해봤자 한 명인가.』

다시…… 아니, 처음으로 제크에스와 대치했다. 새까맣게 물든 그 모습과 레스베일을 통해 느껴지는 마력에서 이곳의 있는 모든 것을 짓누르고 없애버리겠다는 강한 의지가 느껴졌다.

"루온 님."

소피아가 나를 불렀다. 그녀는 내 실력을 얼추 알았다. 그러나 신령도 격파한 제크에스를 어떻게 할 거라 생각하진 않을 터였다.

"루온 씨가 왔으니 바깥 전투는 거의 정리된 거야."

카난이 말했다. 제크에스는 어깨를 으쓱했다.

『하지만 끝나지 않았어. 최대최악의 방해물이 남아있다.』

"그래. 그러니까……."

"카난."

나는 그를 부르며 천천히 앞으로 나갔다. 갑작스러운 행동에 카난이 나를 돌아봤다.

"루온 씨?"

"유노, 이번에는 주머니에서 나와."

나는 카난에게 대답하지 않고 천사에게 지시했다.

"알았어."

신령도 처리하지 못한 제크에스를 상대한다. 유노도 승낙하고 소피아의 어깨로 갔다.

"레스베일."

레스베일에게 지시했다. 페우스에게로 눈길을 던지니 그녀가 의도를 파악하고 살짝 고개를 끄덕였다.

그 직후, 나와 동료들 사이에 마력장벽이 생겼다. 갑자기 벌어진 일에 카난도 바로 대응하지 못했다. 거기에 페우스가 장벽을 만들어 동료들을 보호했다.

『나를 막는 동안, 동료를 도망치게 할 셈인가?』

제크에스가 물었다. 상황이 이러하니 그렇게 받아들일 만도 했다. 아니, 그렇게 생각할 수밖에 없었다.

"루온 님……?!"

소피아가 외쳤다. 다른 동료들도 무슨 말을 했지만 나는 무시하고 오른손에 마력을 모았다.

『갑옷 입은 천사는 너의 사역마였군. 보아하니 사역마를 통해 전투를 관찰했을 텐데, 그래도 싸울 셈인가?』

"그래."

시원한 대답에 제크에스가 의아한 시선을 보냈다.

『어지간히 자신 있는 건가, 아니면 카난을 자중시키라고 보슬로에게 부탁이라도 받았나?』

"장군이 그런 말을 한 건 사실이야. 이유는 다르지만."

준비는 끝났다. 나는 소리 지르지 않고 담담하게 입을 열었다.

"대지에 잠든 정령들이여. 마를 물리칠 기적을 일으켜라."

은백색 검이 나타났다. 5대 마족 다크라이드와 싸울 때도 사용한 무 속성 마법검 『백왕검』. 그와 동시에 몸에 두른 마력장벽을 강화했다.

왼팔에 묶은 마력제어 리본은 『백왕검』을 쓰느라 뜨거웠다.

『아하, 실력 좀 있다 하는 검사인가. 하지만 신령을 능가한 내게 통할……』

"네가 그렇게 된 건 나 때문이기도 해."

내가 그의 말을 끊자 제크에스가 입을 다물었다.

"무슨 말인가 싶겠지만, 사실이야. 그러니까 내가 막을 내리겠어."

『너 때문이라고?』

"그래. 너는 지일다인 왕국 사람과 손잡고 마족 다크라이드와도 협력을 맺었어. 그 녀석과 관련된 정령이 움직인 건 나때문이야. 그의 행동으로 너도 움직였어. 그러니……"

『네 손으로 결판을 내겠다고? 거참 성실하군.』

아라스틴 왕국 전투에는 원래 제크에스가 등장하지 않았다. 전투는 하루 만에 끝나고 카난도 마족을 무찌르고 각성해 인간의 맹주가 됐다.

현실도 방향은 다르지 않지만 이번 전투를 복잡하게 만든 원인은 내게도 있었다. 동료는 그렇지 않다고 할지도 모르겠다. 하지만—.

"마왕과의 전쟁, 모든 것을 짊어질 각오로 싸우고 있고 앞으로도 그럴 거야. 그러니 너는 내가 무찌른다."

『할 수 있겠나?』

"그래, 해보이겠어."

제크에스가 움직였다. 나도 검을 휘둘렀다. 둘의 검이 중간 지점에서 세차게 부딪혔다.

그 순간, 마력이 퍼지며 거친 전투로 손상된 알현실을 더 부쉈다.

"천공의 성창!"

이어서 『홀리 랜스』. 제크에스는 마법을 가슴에 정통으로 맞고 날아갔다.

페우스의 공격에도 버틴 그는 중급 마법에 쓰러지지 않고 몇 미터 후퇴해 멈춰 섰다.

『고작 그 정도냐? 무모하기 짝이…….』

말이 끊겼다. 오른손에 힘을 줘 검에 마력을 실었다. 방대하다 해도 될 힘을 목도한 제크에스의 기척이 크게 변했다.

"제크에스, 네 진격은 여기서 끝이다."

선언하고 걸음을 내디뎠다. 아라스틴 왕국 최대의 전투가 시작됐다.

이중 마력장벽으로 보호한다고는 해도 동료들을 어느 정도 신경 써야했다. 내가 전력을 다하면 그냥 부숴질 테니까.

제크에스는 검을 고쳐들고 나와 대치했다. 분위기가 달라졌다. 그는 나를 전력으로 배제해야 하는 상대라고 판단했다.

『어떻게 그런 힘을 손에 넣었는지는 궁금한데, 가르쳐주지 않겠지?』

"글쎄."

『굳이 묻겠다만, 넌 누구냐?』

평범한 모험가라고 대답하려다가 멈췄다.

"남들과 조금 다르게 살아온 모험가다."

『조금? 됐어……. 네 인생은 오늘까지다!』

제크에스가 달렸다. 나는 맞설 자세를 잡고 칠흑의 검을 정면으로 막았다.

부딪친 순간, 무거운 충격이 팔을 타고 전해졌다. 마력이 뒤섞이며 마법검인데도 삐걱거리는 소리가 났다.

대기에 찌릿찌릿 마력이 튀었다. 나는 검을 맞댄 제크에스를 노려봤다. 그는 검을 쳐내고 즉각 가로로 휘둘렀다.

무방비한 상황에 몸통을 노린 이 공격을 맞았다면 몸이 잘려 죽었을 것이다.

나는 일단 공격을 검으로 막고 쳐냈다. 마력을 강화해 뿌리칠 힘을 만들어냈다.

『이런 힘이 있으니 자신 있을 만도 하지.』

제크에스가 중얼거렸다.

『하지만 이기는 건 나다!』

검을 거두어 반격했다. 그 공격 하나하나에 동료를 쓰러뜨릴 정도의 힘이 실렸다.

그러나 나는 느꼈다. 그가 흡수한 마력이 줄어드는 것을……. 오래 버티지 못할 텐데 얼마나 힘을 발휘할 수 있을까.

『내 마력을 눈치챈 모양이군.』

반격하는 검을 쳐낸 후 제크에스가 내 마음을 읽은 듯 말했다.

『걱정할 필요 없어. 너를 뭉개버릴 여유는 있으니까.』

"그러면 그 여유를 날려주지."

나의 공격. 그러나 제크에스는 막고 반격했다. 나는 바로 쳐내고 다시 공격했다.

한순간에 공방이 바뀌는 전투였다. 머리로 생각하는 것보다 상대의 검이 빨라서 몸에 익은 기술로 즉시 대응했다.

지금까지의 적은 압도적인 마법과 기술로 대응했다. 압도적인 힘을 지닌 마족을 역으로 몰아세워 절망시키고 물리쳤다.

그러나 이번에는 달랐다. 나를 공격하는 검은 기사의 검이고 기술로 보강한 파워가 있었다. 거기에 폭거라 할 수 있는 힘이 더해져 페우스도 이기지 못한 힘을 만들어냈다.

검을 한 번 부딪칠 때마다 알 수 있었다. 반격을 쳐내고 한순간의 틈을 찔러 들어오는 그는 여태껏 만난 적 중에 가장 강했다.

검이 부딪칠 때마다 시끄러운 쇳소리가 울리고 마력이 튀었다. 그의 검술은 기량이 상당했다. 억지로 밀어붙이기는 불가능했다. 아니…… 잠깐만.

나는 힘을 더 끌어올렸다. 제크에스는 뭔가가 온다고 깨달았는지 칠흑의 검을 거두었다.

방어 자세. 나는 그래도 검을 가로 휘둘렀다. 최상급 기술 『신위절화』!

검 끝에서 솟구친 마력이 제크에스를 향해 폭발했다. 마력 칼날이 그를 날려버렸다. 해일 같은 충격파가 그를 찢어발기고 공격이 시작됐다.

『네가…… 나와 대등하게 싸울 수 있다는 건 알겠다.』

칼날에 집어삼켜지던 제크에스의 목소리가 또렷하게 들렸다.

『하지만 그것만으로는 부족해. 나를 쓰러뜨리기에는…….』

마법 발동. 갑자기 머리 위쪽이 일그러지고 거대한 검이 나타났다.

빛 속성 최상급 마법 『라그나뢰크』를 목도한 제크에스의 걸음이 잠깐 멈췄다.

"버틸 수 있을까?"

질문과 동시에 검이 떨어졌다. 제크에스는 피하지 못하고 『신위절화』를 막은 것처럼 검으로 막았다.

갑자기 하얀 빛이 알현실을 가득 채우고 마력이 요동쳤다. 처참한 전장이 더 참혹해졌다. 어쩔 수 없었다.

거대한 검은 제크에스를 크게 물러나게 했다. 최상급 마법을 정통으로 맞고도 쓰러지지 않다니 놀라울 뿐이었다. 그러나 전에 비해 흡수한 마력이 줄었다. 이대로 몰아붙이면 단번에 결판낼 수 있을까?

빛이 사라졌다. 정면에 검을 쥐고 선 제크에스가 보였다.

『막았다……. 네 마법.』

"막았네."

왼손을 뻗었다. 나는 이미 다른 마법을 발동할 준비를 마쳤다. 그러나 아직은 쓰지 않았다. 오른팔에도 기술을 발휘할 준비를 마친 뒤 다음 공격 전 침묵이 내려앉았다.

『후…….』

그때, 제크에스가 작게 한숨을 내쉬었다.

『카난이 루온이라고 했지. 맞다면 너는 「하늘의 검사」라고 불리는…….』

"그래, 맞아."

긍정하자 제크에스가 의아한 말을 했다.

『들은 것보다 훨씬 뛰어난 힘이군. 일부러 숨겼나?』

"여러 사정이 있어서."

『사정이라……. 자칫 눈에 띄어 마족이 습격하면 귀찮아서? 아니, 소피아의 동료이니 저 녀석을 걱정했나?』

전부 정답이었다. 그러자 제크에스가 소리 내어 웃기 시작했다.

『페우스와 손을 잡고 있었겠지. 아니…… 신령의 눈에 든 건가? 힘을 얻은 이유와 원인…… 신경 쓰이는 것투성이군.』

"긴 이야기라 남은 시간이 많지 않은 너에게 말하긴 어려워."

『그런가. 아쉽군.』

마력이…… 그야말로 앞에 있는 나를 죽이겠다는 일념 하에 제크에스의 마력이 알현실을 가득 채웠다.

나는 검을 들고 준비한 마법과 기술을 발동했다.

제크에스는 내가 지금까지 체험한 것 중 가장 많은 마력을 방출했다. 이것을 전부 공격에 응축했다면 나는 괜찮아도 여파로 동료들을 지킬 마력장벽이 부서질 수 있었다.

『왜 그러지?』

제크에스가 물었다. 나는 대답하지 않고 조용히 마력을 온몸에 담았다.

『루온 공, 이건…….』

가르크의 목소리. 나는 머릿속으로 「맞아」라고 대답하며 범상치 않은 마력을 내뿜는 제크에스를 상대했다.

저번에 아즈아에게 배운 기술이었다. 아즈아가 마력을 운용하는 방법이라고 한 그 기술은 마력을 온몸에 퍼뜨려 신체능력을 대폭 강화하는 것이었다.

그러나 이것은 어디까지나 신령이 쓰려고 개발한 기법이었다. 신령을 격파하는 마법과 기술을 쓸 수 있는 나도, 근본적으로 종족이 달라서 오래 버티지 못했다. 지속시간은 약 몇 분 정도일까.

하지만…… 그거면 충분했다.

『이번으로 끝을 내자. 너도 그걸 노리는 것 같으니.』

칠흑의 검이 빛나기 시작했다. 눈앞에 진한 보라색으로 펼쳐진 마력이 제크에스를 훨씬 거대하게 만들었다.

나는 움직이지 않았다. 제크에스도 초연해 기묘한 침묵이 흘렀다. 이윽고—.

"……마지막으로 하나만 물어도 될까?"

내 말에 그는 반응하지 않았다. 나는 계속 말했다.

"왜 이런 힘을 얻었지?"

『너와 같다. 이야기하기엔 길어. 내가 이 막대한 힘을 유지하기 어려울 정도로.』

"그래……. 그러면 어쩔 수 없지."

숨을 크게 들이마셨다. 제크에스가 앞으로 발을 내디뎠다.

기술을 해방하며 나도 전진했다. 그 직후, 체감한 적 없는 고양감과 몸 깊은 곳에서 마그마처럼 솟아오르는 마력을 느꼈다. 그것이 외부가 아닌 내 몸을 맴돌며 머리부터 발끝까지 온몸을 감쌌다.

방대한 마력의 격돌이 시작됐다. 중간지점에서 충돌한 서로의 검에서 휘날린 마력이 회오리까지 일으켰다. 제크에스의 마력은 흑, 나는 백. 둘은 절대 섞이지 않고 부딪치더니 입자가 되어 주변에 흩어졌다. 자칫하면 상대방을 뒤덮을 기세로…….

나는 상관하지 않고 제크에스의 기척을 좇아 검을 휘둘렀다. 아즈아의 기술은 여러 효과가 있었다. 전투의 고양감에 더해 일반인을 훨씬 뛰어넘은 마력 지각능력. 그리고 날카로운 집중력. 눈앞의 풍경이 좁아지고 제크에스의 일거수일투족만이 내 눈에 들어왔다.

검을 맞대고 있기 때문일까. 그도 비슷한 상황이라고 확신했다. 검이 부딪칠 때마다 퍼지는 마력 입자는 마치 꽃잎이 춤추는 것처럼 알현실을 뒤덮었다. 시야가 마력으로 가로막혔지만 나는 앞으로 걸음을 내디뎠다.

정신 차리고 보니 제크에스의 검에 순간반사로 대응했다. 무엇을 어떻게 하는 것이 최선인지 생각하지 않아도 알았다. 반응속도에 사고까지 예민해져 눈앞의 존재를 마력지각만으로 파악하며 검을 휘둘렀다.

이윽고 알현실이 빛에 휩싸였다. 그러나 제크에스만은 뚜렷하게 보였다. 그의 어둠이 사라지는 것은 내 힘이 웃돌기 때문인가, 단순한 환각인가. 순간적으로 위험하다고 생각했지만 몸은 가라고 명령했다. 그렇다면 뛰어든다!

그야말로 바닥이 부서질 기세로 땅을 박찼다. 나는 아무런 감각 없이 달려들어 마침내 제크에스를 검으로…… 베었다. 공격이 성공한 감촉이 손끝에 전해졌다. 상대가 고통스러워하는 소리가 들렸고 그래도 나는 공격했다.

그 순간, 변화가 생겼다. 제크에스의 모습조차 시야에서 사라졌다. 세상이 빛에 휩싸이고…… 감각마저 사라졌다.

"이 힘을 얻으려면 역시 아라스틴 왕국으로 가야겠어."

목소리가 들렸다. 놀란 나는 황급히 주위를 둘러봤다. 알현실이 아니었다. 처음 보는 침실이었다.

창문이 있는 벽 근처에 의자와 테이블 하나. 그리고 의자에 사람…… 제크에스가 앉아있었다.

땅에서 힘을 끌어낸 모습이 아니었다. 옷도 검은 옷이 아니라 흰 바탕의 귀족 의상을 입었다. 이곳은…… 그의 방인가?

"어떻게…… 된 거지?"

중얼거렸을 때, 나는 내 몸이 반투명하다는 것을 깨달았다.

"잠깐만, 이게 뭐야……. 가르크?"

불러도 가르크는 대답하지 않았다. 소리를 냈는데도 제크에스는 반응하지 않았다.

여기는 혹시 제크에스의 마음속?

"천사의 유적을 돌아도 힘을 손에 넣을 방법을 찾지 못한 건 예상 밖이었어. 피곤하기만 하군. 끝까지 발목이 잡힐 줄이야."

그의 중얼거림에 아무도 대답하지 않았다. 아니, 그의 방이니 제크에스 이외의 사람은 없는 게 분명했다. 그냥 혼잣말인가.

왜 이런 광경이…… 남의 머릿속에 들어온 적은 처음이었다. 그런 마법과 기술을 습득하지도 않았고 실존하는지도 몰랐다.

내가 기절해서 꾸는 꿈일 가능성도 부정할 수 없었다. 오히려 그럴 가능성이 큰가?

멍하니 서 있는데 갑자기 창문을 똑똑 두드리는 소리가 들렸다. 밖이 어두운 것을 보니 밤이었다.

제크에스는 그 소리에 창문을 열었다. 밖에는 발코니가 있는 모양이었다. 창 밖에서 나타난 것은—.

"안녕."

"……그래."

무뚝뚝하게 대답하는 제크에스와 달리 경쾌하게 인사하는 그를 보고 말문이 막혔다.

잿빛 머리카락에 곱상하게 생긴 남자는 꺼림칙한 검은 갑옷을 입었다. 어깨를 보호하는 부분이 늑대 모양인 그 갑옷을…… 본 적이 있었다.

저번에 여행 중에 만난 마족…… 세르다트.

소피아의 나라인 발크스 왕국을 습격한 마족.

"잘 지냈어?"

"그럭저럭. 앞으로 고생하겠지만."

"지일다인 왕국 일은 들었어. 조만간 이곳에도 전해지겠지."

"그래. 며칠 내로 떠나야 해."

이것이 제크에스의 기억이라면 지일다인 왕국 소동이 끝난 직후인가.

그나저나 발크스 왕국을 제압한 세르다트가 제크에스와도 관련이 있다니? 여행 중에 만나서 이리저리 돌아다닐 거라 예상은 했지만…… 이 마족은 대륙에 벌어진 온갖 일에 관여하고 있나?

"정보에 의하면 리젤레이트 왕녀는 사망했다는데."

"사실인가?"

"정보 제공자인 궁정마술사장이 한 말이니 아마? 공식적으로는 요양 중이라지만."

"그래, 알았어. 여기는 뭐 하러 왔지?"

"정세에 관한 정보야. 발크스 왕국은 일단 문제없지만, 거성을 세운 간부가 당해서 아군이 조금 혼란스러워 하고 있어."

"예상보다 인간의 저항이 격렬하군."

"그러게."

세르다트가 시원스레 인정했다.

"그래서 네가 알아낸 기술이 필요해."

"저번에도 말했지만, 내가 얻은 건 천사가 한 실험과 연구야. 그걸 마족에게도 적용할 수 있을 것 같지는 않은데."

"할 수 있으니까 너와 이렇게 이야기하는 거야."

씨익, 기분 나쁠 정도로 아름답게 웃으며 세르다트가 말했다.

"솔직히 말하면 폐하께 보고했어. 이 대륙에 천사가 조사하고 정령이 손대려고도 하지 않는 힘이 잠들어 있다고. 그런데 폐하는 조사를 금했어."

"하지만 너는 조사하려고 하지."

"정보원이 있는데 조사하지 않는 게 이상하잖아?"

미소 짓는 세르다트는 무서울 정도로 해맑았다.

"폐하가 금한 게 이 대륙을 제압하고 나서 조사하려는 건지 다른 이유가 있는지 모르겠어. 만약 전자라면 먼저 조사해서 다른 마족을 앞지를 수 있지 않을까?"

"마왕에게 잘 보이려고?"

"그렇지."

가볍게 동의. 솔직한 본심인지는 알 수 없지만…… 하나 알 수 있는 것은 세르다트는 제크에스가 조사한 땅에 잠든 힘에 관해서 큰 관심을 보였다. 그래서 두 사람은 이렇게 얼굴을 마주하고 이야기했다.

"질문만 하는 것 같은데…… 방법은 있어?"

"아라스틴 왕국으로 간다. 도중에 신령 페우스의 권속을 습격해 계획에 필요한 아티팩트를 손에 넣을 거야."

"권속이 가지고 있는 게 확실해? 아니면 진퇴양난이야."

"내가 독자적으로 정보를 모으고 너희 마족이 보장했다. 습격할 이유로는 충분해. 그리고 조만간 마족이 라하이트를 습격할 거잖아? 되도록 협상하고 싶지만."

"바렌이 맡았던가? 그 녀석과 아는 사이니까 네가 간다고 말해둘게."

"내 말 듣고 있나?"

"명령은 못 하지만, 바렌을 방해하지 않으면 마음대로 움직일 수 있게 해놓을게. 아니, 인간이라는 위치에서 지원한다고 하면 그 녀석도 나쁘게 생각하지 않을 거야. 상황에 따라서는 그 녀석을 희생해도 되려나?"

"재밌어 보이네."

싱글벙글해서 말하는 세르다트를 보며 제크에스가 말했다.

"마치 동료를 희생해달라는 것 같아."

"그래? 네가 어떤 결말을 맞이할지 신경 쓰이는 건 사실이고, 땅에 잠든 힘을 얻어서 어떻게 될지 보고 싶기는 해."

"너도 따라올 거냐?"

"아니, 미안한데 따로 할 일이 있어서."

세르다트가 즐겁게 말했다. 그 태도에 제크에스의 눈이 가늘어졌다.

"그 잘난 모략인가⋯⋯. 나라 사이를 갈라놓으려는 모양이지만 성과가 좋지 않나 보군."

"배신자가 나오는 바람에 인간 쪽이 모략을 눈치 채기 시작해서 지금 하는 건 사후처리 같은 거야."

귀찮게 들리는데 세르다트는 기뻐하며 이야기했다. 제크에스는 어깨를 으쓱했다.

"그 성과가 발크스 왕국 침략행위와 아라스틴 왕국 국왕 암살인가?"

"응, 맞아."

뭐, 뭐라고⋯⋯?

경악했다. 발크스 왕국만이 아니라 아라스틴 왕국에도 세르다트가 관여했다고⋯⋯?!

"아라스틴 왕국 일은 너무 잘 풀렸지. 암살을 의심하는 인간이 있겠지만, 대부분은 병으로 죽었다고 믿을 거야."

"그렇게 관여했는데 바렌이 일으키는 전투에는 관심 없나?"

"남이 일으키는 전투는 관심 없어."

세르다트가 어깨를 으쓱하며 말했다. 마왕을 따르는 적과 싸워왔지만 세르다트는 그중에서도 특이했다. 특히 사고방식이 이해가 안 됐다.

"라하이트를 제압하면 들를게."

"그래. 기대해."

제크에스의 어두운 미소에 세르다트는 천진난만한 미소로 답했다.

"그쪽은 발목 잡히지 마."

"물론이지. 다른 간부와는 다른 중대한 임무를 맡았으니까. 열심히 할 거야."

"중대한 임무? 발크스 왕국 습격 말인가?"

"맞아. 폐하가 내 힘을 높이 사서 중대한 임무를 맡겨주셨어."

그렇게 말하는 세르다트는 마왕에 도취한 신봉자와 같았다. 그냥 자기 멋대로 구는 것처럼 느껴지기도 했다. 진실은 무엇이지?

"나는 아직 못 만났지만, 아주 훌륭하겠지."

비아냥거리는 것처럼 들리는 제크에스의 말에 세르다트는 웃으며 그렇다고 대답했다.

"이번 전투에서 활약하면 만날 수 있어."

"알았어. 볼일은 이게 다야? 준비해야 하니까 따로 할 말 없으면 돌아가줬으면 하는데."

"그래, 알았어."

세르다트는 창문으로 가려다 갑자기 몸을 돌려 제크에스를 보았다.

"마지막으로 하나만 묻자."

"뭔데?"

"너는 우리와 손을 잡았지만…… 이유는 말하지 않았어. 이유를 말할 날이 오긴 할까?"

"글쎄."

얼버무렸다. 세르다트는 추궁할 줄 알았으나 「그래」라고 작게 말한 뒤 깔끔하게 물러났다.

창문은 활짝 열린 채.

"마왕은, 눈치 챘을지도 모르겠군."

제크에스가 허공을 바라보며 중얼거렸다.

"너도 내가 아는 진실의 일부를 알게 되면 힘을 가져야 한다고…… 결심할 거야."

그 말을 끝으로 시야가 빛으로 물들었다. 시간이 된 것 같았다.

이건 그냥 꿈인가, 정말 제크에스의 기억인가. 의문이 커지는 사이 시야가 하얗게 뒤덮이더니 의식이 날아갔다.

정신이 들었을 때 나는 손에 든 검을 밑으로 내리고 서 있었다. 몸에는 아즈아에게 배운 기법이 임전태세를 유지 중이었다.

『루온 공?』

가르크의 목소리가 들렸다. 움직이지 않아 불안했나 보다. 나는 괜찮다고 짧게 말하고 정면을 응시했다.

제크에스는 원래대로 돌아왔다. 어둠이 떨어져나가 원래 모습을 드러내고 칠흑의 검도 없어졌다. 검을 유지할 마력도 없었다.

마지막으로 전력을 다해 공격했으나 내가 더 강했고 정통으로 공격당한 결과, 손에 넣은 마력을 잃었다.

"웃어라…… 카난."

제크에스가 내 뒤에 있는 카난에게 말했다.

"무슨 수단을 써서라도 힘을 얻으려한 말로가…… 이거다."

"제크에스 형……."

"너는……."

아즈아의 기법을 해제하며 입을 열었다. 제크에스가 눈을 맞춰왔다.

"나를 이긴 상으로 질문에 대답 정도는 해주지."

"너는…… 마족 세르다트와 손을 잡았나?"

조금 전의 광경이 그의 기억인지 확인했다. 그러자 제크에스가 미간을 찌푸렸다.

"그 녀석을 만난 적 있나?"

"응."

"발크스 왕국을 지배하는 마족이니까. 소피아와 함께 있으니 아는 게 당연한가……. 나는 그 녀석과 협력관계를 맺었다."

역시 아까 본 것은 그의 기억이었다. 어떻게 보았는지 의문이 들었지만 대화를 진행했다.

"마족은 네가 왜 힘을 얻으려고 했는지 알아?"

"이유는 말하지 않았어. 싸우면서도 말했지만, 긴 이야기라서. 사라지고 있는 내가 할 수 있는 말은 거의 없다."

말은 그렇게 했으나 그는 미소 지었다.

"하나만 말하면…… 너는 내가 도달한 진실에 다다를지도 모르겠군."

"뭐? 그것과 땅에 잠든 힘을 얻는 게 관련이 있다는 거야?"

"그래."

명료한 대답과 함께 제크에스의 몸이 무너져갔다.

"아무래도, 여기까지인 것 같다……. 아쉽군……. 카난, 소피아, 리제. 너희가 마왕에게 덤비는 꼴을, 나락에서 지켜보마."

그 말을 끝으로 제크에스는 먼지가 되었다. 그가 지니고 있던 아티팩트가 바닥에 떨어졌다. 내 공격에 조금 금이 간 팔찌는 제크에스의 뒤를 따르듯 산산이 부서졌다.

이겼다. 그러나 말할 수 없는 적막감이 온몸을 덮쳤다.

제크에스는 막아야 했다. 만약 그의 계략을 눈치채고 힘을 얻기 전에 접촉했다면 이런 결말은 맞이하지 않았을까? 무슨 짓을 하든 그를 기다리는 것은 반역에 죗값인 처형대였을까?

정말 이거면 된 걸까. 복잡한 심경을 품으면서도 나는 동료들을 돌아봤다.

모두 나를 응시하며 침묵했다. 당황, 경악, 혼란과 같은 감정이 뒤섞인 시선.

페우스에게로 시선을 옮기니 그녀는 묵묵히 손을 휘둘러 마력장벽을 해제했다. 나도 레스베일을 보내 이중 장벽을 없앴다. 성을 뒤덮은 장벽도 사라졌다.

"하고 싶은 말이 산더미 같겠지."

나는 카난에게 말했다.

"하지만 아직 전투는 완전히 끝나지 않았어. 이야기는 전부 끝나고 해도 되겠지?"

"응."

카난은 고개를 끄덕였고 우리는 엉망진창이 된 알현실을 뒤로했다.

성 밖 정세를 사역마로 확인하니 전투는 끝을 보이고 있었다. 성벽 안쪽에 나타난 마물은 전멸했고 나머지는 바깥에 있었다. 그러나 지휘관을 잃은 코볼트는 오합지졸이었다. 기사와 병사는 마음껏 무기를 휘둘러 코볼트의 수를 줄여나갔다.

우리는 성문 부근에서 지휘 중인 보슬로와 합류했다.

"왕자님……! 무사하셨습니까!"

"응. 전황은?"

"드디어 끝날 것 같습니다. 루온 공, 정말 고맙다."

내가 「네」라고 대답하자 보슬로가 이어서 말했다.

"왕자님, 전투가 격렬했던 모양입니다만…… 제크에스는?"

"죽었어. 형이라고 부르던 사람은 없어졌어. 어쩔 수 없는 일이었지만, 조금 상실감이 드네."

"그랬군요……. 남은 전투는 저희에게 맡기고 잠시 쉬십시오."

장군의 말대로 카난을…… 아니, 동료들도 머리를 정리할 시간이 필요했다.

나와 장군은 의논 끝에 나 외에는 모두 쉬기로 했다. 제크에스와 직접 싸우지는 않았지만 아침부터 계속 싸웠으니 피로가 쌓였을 터였다.

동료들을 초소에 밀어넣고 나는 홀로 성문을 나가 마물과 싸웠다.

내가 제크에스와 싸우기 전보다 수가 줄었다. 내가 참가해서 격파 속도가 조금 빨라졌는지는 모르겠으나 병사 생존율이 오른 것은 분명했다.

그렇게 싸운 결과, 저녁노을이 지는 시간이 되어서야 남은 마물 섬멸이 끝났다. 병사와 기사가 승리의 함성을 내지르고 왕을 칭송하는 말이 가슴에 울렸다.

나는 그들을 바라보며 조용히 전장을 떠나 수도로 돌아갔다. 바깥 소리에 수도에 있던 사람들도 흥분해 모두 소리를 질렀다.

"이야, 엄청난 전투였어."

주머니로 돌아온 유노의 말에 나는 크게 고개를 끄덕였다.

"예상하지 못한 일이 너무 많았어. 특히 제크에스 관련해서."

"당초 목표는 달성했으니 잘 된 거 아니야?"

결과만 보면 전투가 이틀 동안 이어져 병사들의 피해가 컸다. 하지만 게임에서 동료가 되는 기사 아틸레와 셰르크가 무사한 데다 보슬로 장군도 생존했다.

만약 카난이 남부 침공 때 움직인다면 그들은 상당히 큰 힘이 될 것이다. 유노의 말대로 목표는 달성했다.

"그런 전투를 모두가 보는 앞에서 벌였으니 다 말해야겠지?"

"그러게."

유노의 지적에 나는 고개를 끄덕였다.

"하지만 소피아는 괜찮아. 이번 전투로 레핀이 걱정한 불안은 해소됐어."

"그래? 드디어 이야기하는구나."

왠지 들뜬 유노를 보고 나는 눈썹을 찌푸렸다.

"뭐야?"

"어떤 반응을 보일지 궁금해서."

"내심 놀라겠지만, 다른 사람들과 함께 있는 장소에서 이야기해서 대놓고 티내지는 않을걸."

대답하며 수도를 걸었다. 모두 안도하고 기뻐하는 모습이 인상적이었다. 그때, 우리가 묵는 초소 근처에서 실비와 쿠자를 발견했다.

"아, 너희들."

"루온, 전투는 끝났어?"

"응. 살아남은 마물을 추격하는 부대가 있는 모양인데 보슬로 장군이 난 돌아가도 괜찮다고 했어. 이제 야습이나 후속부대만 경계하면 끝나지 않을까?"

"좀 더 머물다 떠나야겠네."

실비가 말한 후 이상한 침묵이 찾아왔다.

실비와 쿠자는 많은 걸 물어보고 싶지만 언젠가 그때가 오리라 믿고 참는 것 같았다.

아니면…… 가까이에서 전력으로 싸우는 걸 보고 내가 무서워졌나? 너무 눈에 띄는 존재는 이상하다 인식되어 경계대상이 되기도 했다.

"그러고 보니…… 다른 사람들은?"

"초소에 있어."

실비가 등을 돌렸다.

"잠깐 돌아보고 올게."

"안 피곤해?"

"마지막 전투가 그랬으니까……. 쿠자는 어떡할래?"

"밖으로 나간 알레테 쪽이 돌아온 것 같으니 이야기 좀 해 보려고."

"그러면 여기서 헤어지자. 루온, 밤에는 돌아갈게."

실비가 떠나는 걸 지켜본 뒤 쿠자도 자리를 떠났다.

홀로 남은 나는 초소에 들어갔다. 우리가 묵는 방에 가려고 복도를 걷는데 창문으로 바깥을 바라보는 소피아가 보였다.

"소피아."

이름을 부르며 다가가자 소피아가 돌아봤다.

"루온 님, 끝난 모양이군요."

"응. 이제 아라스틴 왕국은 위기를 벗어났어."

옆에 서서 창밖을 보았다. 환호성을 지르며 기사를 칭송하는 사람들이 보였다.

"리제와 오르디아는?"

"방에 있습니다."

그 말을 끝으로 또 침묵이 찾아왔다. 이게 무슨 일인가 고민하고 있으니 이내 그녀가 말을 꺼냈다.

"제크에스 오빠는…… 구원받았다고 생각합니다."

"그럴까?"

"무슨 이유로 그랬는지 해명되지는 않았지만, 그래도 흉행을 저지른 것을…… 후회한 것 같습니다."

"그러면 왜 그렇게까지 힘을 손에 넣으려고 한 걸까……."

"루온 님이라면 진실에 다가갈 수 있다고 했죠."

땅에 잠든 힘. 게임에도 설정으로만 있던 것이라 나도 정보가 없었다.

애초에 제크에스는 왜 내가 진실에 다가갈 수 있다고 한 것일까. 의문스럽지만 세르다트와 관련된 일이니 알아볼 필요가 있었다.

그때 다시 찾아온 침묵에 나는 말 한마디가 떠올라 입에 담았다.

"지나친 힘은 때론 아군이어도 공포의 대상이 되고는 해."

소피아가 놀라서 나를 보았다.

"상황을 봐서 앞으로 나는……."

"아닙니다!"

큰 목소리가 복도에 울려 퍼져 나는 당황했다.

"아무도 무섭다고 하지 않았습니다. 모두가 말한 건…… 마왕과 싸우려면 더 힘을 키워야 한다는 감정이었어요."

"소피아……."

"저는 제크에스 오빠를 구해주고…… 이 나라를 구한 루온 님께 감사해요. 제가 강해지도록 여행하는 것도, 마족과 싸우는 것도, 전부……."

열변을 토하는 그녀의 얼굴이 살짝 달아올랐다. 혹시 그 전투를 보고 흥분했나.

"그러니까 저는……."

"아, 저기, 소피아."

"복도에서 떠들면 안 되지!"

그때 방문이 열리고 리제가 얼굴을 내밀었다. 소피아도 리제의 지적에 정신을 차리고 말을 멈췄다.

"시, 실례했습니다. 아, 아무튼 이번 일로 루온 님을 보는 눈이 달라졌더라도 절대 나쁜 방향은 아니라는 말을 하고 싶었습니다."

"그래."

리제가 소피아의 주장을 이어서 말했다.

"밖에 있는 실비와 쿠자가 이상하게 굴어서 그런 생각을 한 거야?"

"뭐…… 그렇지."

"둘 다 앞으로 어떻게 해야 할지, 루온이 무엇을 아는지 신경 쓰는 것 같기는 하지만…… 그렇게 불안해 할 거 없어."

"리제는…… 무섭지 않아?"

"만약에 루온이 타고난 악인이라면 걱정했을지도 모르지만, 아니잖아?"

"맞아요. 루온 님은 그런 분이 아닙니다."

소피아가 지지했다. 동료들이 나를 믿는 데는 소피아의 지원도 한몫 하겠지.

"그러니까 너무 걱정하지 마."

그 말을 끝으로 리제는 문을 닫았다. 나와 소피아는 잠시 침묵했다.

"혹시 루온이 나쁜 짓 하면 신뢰가 깨질까?"

유노가 하지 않아도 될 말을 했다.

"뭐가 어쨌든 루온은 신뢰받는구나."

"솔직히 소피아의 힘이 크다고 생각해."

"루온 님이 쌓아온 실적이에요."

"소피아는…… 왜 그렇게까지 나를 신뢰하는 거야?"

"반대로 묻겠는데, 루온 님은 왜 신뢰받지 못 한다고 생각하십니까?"

솔직히 나는 시나리오를 따라 움직일 뿐이었다. 모든 것은 마왕을 물리치기 위하여. 이것은 대륙인을 위한 일이 틀림없지만 특별한 감정은……. 적어도 전생하고 강해지기로 정했을 때는 깊게 생각하지 않았다.

그런 이야기를 하면 소피아는—.

"저와 아버님을 구해주시고 마족과 계속 싸우고 있습니다. 그리고 오늘 제크에스 오빠를 구해주셨어요. 이유가 더 필요합니까?"

"나는 마왕을 무찌르려고 그러는 게 맞아. 그런데 거기에는 소피아에게도 말하지 않은 사정이 있어."

"그것이 루온 님의 힘과 관련 있고 신뢰받지 못 한다고 생각하는 이유입니까?"

"맞아."

내가 긍정하자 소피아가 잠시 입을 다물었다.

"제가 말하지 말라고 부탁한 부분이기도 하군요. 그건……."

"말할게. 앞일을 생각하면…… 지금이 가장 좋은 타이밍이야."

"제가 그 이야기를 들을 자격을 갖췄습니까?"

"응. 카난과 다른 동료가 있는 자리에서 다 이야기할게. 소피아는 먼저 가르쳐주길 바라겠지만."

"애초에 제가 막지 않았습니까. 신경 쓰지 마세요. 그런데…… 하나만 여쭤도 될까요? 말하기로 한 이유로 타이밍 말고 다른 요인이 있습니까?"

"응……. 그것도 말할게."

"알겠습니다."

소피아가 대답하고 물러갔다. 소피아가 방에 들어가고 잠시 뒤…… 레핀이 우리 앞에 나타났다.

"작전회의?"

"응."

"레핀의 허락 없이 말하겠다고 했어."

"나도 지금 전부 털어놓는 게 좋다고 생각해. 루온, 기다려 줘서 정말 고마워."

"레핀 때문에 그런 것도 아닌데……."

그때, 누군가 복도를 지나는 소리가 들렸다. 쳐다보니 페우스가 있었다.

"페우스, 그쪽은 끝났어?"

페우스는 만약을 위해 제크에스 이외의 적이 있는지 조사했다.

"응, 끝났어. 위협은 사라졌어."

페우스가 갑자기 내게 머리를 숙였다.

"네가 없었으면 나도 죽었겠지……. 고마워."

"감사하는 거 외에 다른 보수는 없어?"

"야, 유노."

신이 난 유노를 나무라자 천사가 혀를 내밀었다.

"이런 기회가 아니면 언제 신령님께 이런 말을 해보겠어?"

"너 진짜……."

"이것만으로는 부족한 게 맞지."

페우스가 말하고 미소 지었다.

"아즈아와 나는 네게 큰 빚이 있어. 빚을 갚을 때까지 네 밑에서 일할게."

"그러면 가르크와 협력해서 앞으로의 일을 검토해줘."

『부탁한다.』

오른쪽 어깨에 가르크가 나타나 말했다. 페우스는 알았다고 대답하고 짧은 대화를 끝냈다.

"이제 루온 일을 말하는 것만 남았나?"

마지막으로 유노가 의문을 던졌다. 그러나 나는 고개를 가로저었다.

"아니, 아직 할 일이 있어. 이건 나와 동료들이 아니라 카난 일이지만."

"뭔데?"

유노의 물음에 나는 그녀와 눈을 맞췄다.

"카난이 대륙의 맹주가 되기 위해 필요한 일이야."

다음 날부터 아라스틴 왕국 수도 라하이트는 복구를 시작했다. 성벽 안쪽 피해는 그렇게 크지 않아서 고치는 데 시간이 오래 걸리지는 않을 것이다.

그러나 피난민 등 문제가 산더미 같아서 라하이트가 전투 전의 모습을 되찾을 때까지 시간이 필요했다. 아니, 그보다는 마왕과의 전쟁이 끝날 때까지 전시상황이 이어지려나.

이번 전투에서 무용을 보인 카난이 국민의 인정을 받고 드디어 대관식을 치렀다. 보검을 물려받는 의식도 마친 카난은 아라스틴 왕국의 왕으로 정식 즉위했다.

"어제부터 마을이 북적거리네."

옆에 있는 유노가 중얼거렸다. 우리는 아직 초소에서 카난의 대관식이 끝나기를 기다리는 중이었다. 공을 세웠다고는 하나, 외부인인 우리가 나설 자리가 아니었고 소피아와 리제도 있으니까. 식이 끝날 때까지 기다리기로 했다.

그리고 수도는 유노의 말대로 전투가 끝난 해방감과 카난의 즉위로 기쁨에 휩싸였다. 축제처럼 거리가 북적이고 모두가 환호성을 질렀다. 그리고 인파 속에 있는 병사와 기사의 노고를 치하했다.

"이곳은 앞으로 공격 안 당해?"

"남부 침공 때 전장이 되는 곳은 좀 더 남쪽이니까 피해를 입지는 않아. 마물이 완전히 사라진 건 아니니까 경계해야 하고 한동안 혼란스러울 거야."

"그렇구나. 그래도 카난은 싸우는 거네?"

"응."

게임에서는 이번 전투를 거친 아라스틴 왕국이 다른 나라와 적극적으로 연락을 주고받기 시작했다. 그 결과, 카난에게 호응해 대륙 각국이 집결해 남부 침공의 기반을 다졌다.

제크에스와 싸웠을 때 본 광경에 의하면 세르다트가 와해 공작을 펼치는 모양이지만 카난이 그것을 밀어내는 구도일지도 모르겠다.

그가 공식무대에 서며 인간 쪽도 맞서는 태세에 들어가기 시작한다. 하지만 조금 서둘러야 했다. 남은 5대 마족은 둘. 한쪽은 북부에서 움직이는 기척도 없지만 다른 쪽인 구디스는 언제 이벤트가 시작되어도 이상하지 않았다.

5대 마족 셋의 죽음으로 관련 이벤트가 정체 중인데 그것이 언제까지 이어지느냐가 열쇠였다. 한창 고민하고 있을 때 병사가 내게 말을 걸었다.

"장군께서 부르십니다."

"알겠습니다."

나는 대답하고 방으로 들어갔다. 그곳에는 동료인 소피아,

리제와 오르디아, 실비와 쿠자, 페우스가 있었다.

"성에서 연락이 왔어. 가자."

모두 나란히 움직였다. 병사를 따라 마차를 타고 노래하고 떠드는 인파 속을 지나갔다.

모두 말없이 마차 진동에 몸을 맡겼다. 소피아가 무섭지 않다고 부정했고 동료들에게 부정적인 감정이 있을 것 같지는 않지만…… 내가 전부 털어놓으면 어떻게 생각할까.

잠시 후 성에 도착했다. 성문 앞에서 기다리던 보슬로가 안내했다.

"그러고 보니 알현실은 어떻게 됐니까?"

물어보니 장군이 어깨를 으쓱했다.

"처참해서 현재는 봉쇄해 놓았다."

"언제쯤 수리될까요?"

"되도록 빨리 하고 싶지만, 전쟁 중이라 성벽 복구가 우선이거든. 폐하도 그렇게 생각하시고 전쟁이 끝날 때까지는 저대로 있을지도 모른다."

그때, 보슬로가 살짝 목소리 톤을 낮췄다.

"하지만 제크에스가 힘을 손에 넣은 장소는…… 엄중하게 관리하라는 지시를 받았다. 알현실을 보수하더라도 그것부터 어떻게 해야 한다."

"왕은 어떻게 하라고 하시던가요?"

"두 번 다시 이렇게 쓰이지 않게 엄중히 봉하라고 하셨다."

카난에게는 필요 없다는 뜻인가. 보검에 쓰이긴 했지만 거

느릴 수 없는 힘은 쓰면 안 된다는 걸까.

우리는 성 위쪽에 있는 방으로 갔다. 회의실처럼 느껴졌으나 방 중앙에 놓인 원탁이 외로워 보일 만큼 넓고 왠지 모르게 무도회장이 생각났다.

그리고 카난은 우리를 맞이하듯 문 앞에서 기다리고 있었다. 보슬로는 인사하고 떠났다.

"장군은 안 들어옵니까?"

소피아의 질문에 카난이 씁쓸하게 웃었다.

"제크에스 형은 결국 마력 폭주로 자멸했다고 했어. 페우스 님이 강림한 것도 말하지 않고 신령의 권속인 걸로 했고."

"사실을 밝히지 않았어, 페……?"

카난이 손으로 내 말을 막았다.

"카난이라고 해, 루온 씨."

"그럼…… 카난, 왜 말하지 않았어?"

"우선 저번 전투를 공공연히 알리지 않기로 판단하기도 했고, 페우스 님이 연관됐으니 말해도 되는지 여쭙고 싶었어."

후우, 카난이 크게 숨을 내쉬었다.

"장군은 이번 전투로 상당히 마음을 졸였어. 제크에스 형 일까지 상세하게 말하면 쓰러질지도 몰라."

말도 안 되는 전투였으니 보슬로가 머리를 쥐어뜯고 싶은 것도 이해가 갔다.

"그래서 이번에 어떻게 할지 정하고 싶어."

"알았어. 그럼 빨리 시작하자."

원탁으로 갔다. 자리가 지정된 게 아니라 모두 앉고 싶은 곳에 앉았다. 소피아는 내 옆, 카난은 바로 맞은편에 앉았다.

"먼저…… 하나 확인해두고 싶어. 여기서 이야기할 내용은 상당히 중요해서 정보가 세어나가면 마왕과의 전쟁에 큰 영향을 끼칠 거야. 그러니 절대로 다른 데 누설하면 안 돼."

모두 일제히 고개를 끄덕였다. 동료들은 걱정할 것 없고 카난도 괜찮았다.

"그럼…… 소피아, 정령들을 불러줘."

"네."

소피아와 계약한 정령들이 나타났다. 유노도 원탁에 모였다.

"그러고 보니 유노는 루온의 사정을 알아?"

리제가 갑자기 묻자 유노가 대답했다.

"응. 나는 사정이 있어서 다 들었어."

"그럼 유노가 캐물은 건 아니야?"

"루온이 구해줬을 때 어쩌다가."

"그래, 먼저 거기서부터…… 내 여행의 시작부터 설명해야겠어."

그러고 보니 레핀에게는 게임이라는 개념이 아니라 줄거리가 있었다는 내용으로 설명했다. 그것도 확실하게 말하자.

"솔직히 말하면 정령들에게도…… 말했는데, 이번에는 더 자세히 설명할게."

"알았어."

"안 보이는 데서 작전회의라도 했어?"

실비가 물었다. 그냥 궁금해서 물어본 것 같았다.

"그렇지, 뭐. 여행하며 몰래 다른 짓해서 미안해."

"비난하는 거 아니야. 반드시 비밀로 해달라며. 어지간해서는 말할 수 없었던 거잖아?"

"난 특히 동행하게 된 경위가 경위니만큼 말하지 않은 게 이해돼."

쿠자가 말했다. 가장 나중에 동료가 됐으니 그렇게 생각하는 게 당연한가.

"하지만 이번에는 다 털어놓고 인정받고 싶다고 해석하면 될까?"

"맞아. 자……."

서두가 끝나고…… 나는 심호흡을 했다.

유노와 정령에게 사정을 설명할 때와는 심경이 달랐다. 함께 나란히 서서 싸운 동료에게 말하는 데는 적잖은 긴장이 따랐다. 그리고―.

"먼저…… 내 출생부터 말할게."

이야기는 먼저 내가 이세계에서 전생한 것부터 시작했다. 그것만으로도 놀랄 일이지만 나는 이 세계에 관한 크고 많은 지식을 갖고 있었다. 동료들에게 충격적인 내용이 분명했다.

게임이라는 개념 설명은 최대한 말을 골라서 했다. 일단은 잘 전해졌는지 레핀도 새삼 이해한 모양이었다. 문제는 없었다.

그리고 그러한 정보로 내가 아는 이번 전투의 진실을 설명했다. 리엘의 자료도 꺼내서 그의 경험과 나의 지식을 이용해 설명했다. 도중에 가르크도 나타나 이번 전투가 어떻게 전개됐는지 남김없이 설명했다.

동료들은 묵묵히 들었다. 질문은 모든 이야기를 들은 다음에 해달라고 부탁하긴 했지만 내용이 내용이니만큼 머릿속으로 정리하느라 바빠 보였다.

여행하는 이유는 비극을 막기 위해서라고 말했다. 게임에 나오는 소피아의 전말과 이번 전투와 관련된 희생자는 말하지 않았다. 하지만 에이나가 게임 주역이라고 설명했으니 동료들도 추측했을 것이다.

그리고 나는 내 입으로 설명해 이번 전투를 재인식했다. 즉―.

"게임에서는 주인공을 마음대로 움직여서 싸우니까 마왕을 무찌를 조건을 충족하는 건 시나리오를 따라가면 되니까 간단했어. 하지만 현실이 된 지금은 난해하고 힘들다는 게 내 생각이야. 리엘의 자료가 그걸 뒷받침해."

그렇게 정리한 뒤……

"이걸로 내가 아는 모든 걸 말했어."

실내는 정적에 휩싸였다. 모두 내가 말한 내용을 곱씹으며 어떻게 할지 고민했다.

카난과 리제는 입가에 손을 대고 내용을 정리했다. 실비와 오르디아는 팔짱을 끼고 허공을 바라봤다. 이해되지 않는 부분이 있는가 보다.

쿠자는 머리를 긁적이며 어떻게 해석하면 좋을지 당혹스러운 표정이었다. 그리고 소피아는 침묵하고 두 주먹을 무릎에

올린 채 움직이지 않았다.

"루온 씨가 전생한 건…… 이해가 안 되는 점이 있지만, 일단 그건 제쳐놓자."

카난이 침묵을 끊었다.

"믿기 어려운 부분도 많지만, 나는 루온 씨의 말을 믿어. 따라 움직일게."

"고마워. 나는 시나리오 때문에 이번 전투에 끼어들었어. 불쾌할 수도 있고, 맹주가 되라고 강요하는 것 같아서 미안해."

"사과는 됐어."

내 의견에 카난이 고개를 가로저었다.

"루온 씨는 우리에게 이 이야기를 할 때까지 고민했을 거야. 확실히 어떻게 해석하느냐에 따라 비판적인 의견을 제시할 수도 있어."

"나는 시나리오를 따라 움직였어. 만약 사전에 모든 걸 말하고 카난과 손을 잡았다면 이번 전투 자체가 일어나지 않았을지도 몰라."

나는 그렇게 말했다. 미리 알고 있었으니 충분히 가능한 일이었다.

"하지만 누군가 희생될 줄 알면서도 나는 그러지 않았어. 어떻게 보면 이번 전투에 연관된 사람을 죽게 내버려둔 거야."

"하지만 그러면 전투 자체가 바뀔 수도 있잖아?"

잠시 침묵하고 카난이 말했다.

"결국 다른 마족이 나타나 싸웠을지도 모르고. 그건 루온 씨도 예측할 수 없는 거야. 이번보다 힘든 전투를 치렀을 수도 있어."

그의 지적에 나는 그것 또한 사실이라고 고개를 끄덕였다.

"그렇지."

"나는 불쾌하지 않고 비난할 생각도 없어. 루온 씨의 행동이 어쨌든 목적은 일관됐어. 모든 것은 마왕을 무찌르기 위해, 오직 그것 때문에 루온 씨는 대륙을 분주히 돌아다녔어."

카난이 나와 눈을 똑바로 맞추고 말했다.

"루온 씨는 가지고 있는 지식으로 최선의 방법을 모색하며 전진하고 있어. 더군다나 모든 신령과 손잡고 마왕과 싸울 준비를 하는 중이야. 난 그런 사람을 비난할 수 없고, 제크에스 형과 같은 예상하지 못한 존재가 나타나도 누구 하나 희생시키지 않고 구해줬어. 그래서 나는 루온 씨를 신뢰해."

"미안."

"아직 중요한 걸 확인하지 않았어."

리제가 말했다. 무엇을 물으려는지 단박에 알아차렸다.

"게임 세상에서는 이번 전투에 어떤 희생이 나왔어?"

"솔직히 말하면…… 장군과 동료가 되는 기사…… 아틸레 씨나 셰르크 씨가 전사했어."

"루온이 그걸 구했다는 거지?"

"타산적인 말을 하자면 남부 침공 때 큰 도움이 될 거라 생각하고 그런 거야."

"그래도 사실인걸. 나도 고마워."

카난이 말했다. 리제가 다시 물었다.

"그러면 네가 돕지 않았다면 소피아는 어떻게 됐어?"

아무 말도 할 수 없었다. 이 침묵에 답이 무엇인지 여실히 드러냈다.

"그래, 알았어."

리제가 가볍게 물러났다. 당사자인 소피아는 아무 말 없이 침묵을 지켰다.

"카난…… 계속 말할게. 우선 남부 침공까지 남은 이벤트부터. 그중 하나가 5대 마족 격파야. 아마 다음에는 구디스가 움직일 거야. 나는 필연적으로 그곳으로 가야 해."

"구디스를 무찌르면 무찌르면 남부에서 대군이 밀려온다는 말이군."

"맞아. 여기서 문제는 5대 마족을 무찌르고 시간이 얼마나 지나야 남부 침공이 시작되느냐야. 리엘의 자료에는 리엘이 5대 마족과의 전투에 거의 엮이지 않아서 공백 기간이 얼마나 되는지 몰라."

"시간 싸움이 되겠어……."

『우리도 급히 작업 중이다.』

가르크가 동료들의 얼굴을 둘러보고 말했다.

『우리가 해야 하는 일은 둘. 하나는 마왕이 쓸 마법의 대책. 이것은 우리 신령이 맡는다. 그리고 또 하나는 리엘 공이 시간을 되감으면서도 성공하지 못한 남부 침공의 공략.』

"그 전에 큰 방해물도 있어."

카난의 말에 리제가 대답했다.

"발크스 왕국."

"응. 루온 씨가 말한 마족 세르다트가 아직 존재한다는 게 문제야."

"카난."

이름을 불렀다. 세르다트에 관해서도 설명은 했지만―.

"루온 씨, 무슨 말 하려는지 알아."

카난이 나를 가로막듯이 대답했다.

"아버님 암살이 사실이라면 중대한 일이야. 나도 내버려둘 수 없고 토벌을 준비할 수도 있어. 하지만 지금 내가 해야 하는 일은 언젠가 닥칠 거대한 전투에 대비하는 거야."

그의 주장은 굳은 결의에 찼다.

"나는 내 역할을 다하겠어. 하지만 남부 침공 때까지 발크스 왕국을 어떻게든 하고 싶은 것 또한 사실이야."

"지리적으로 남쪽에서 밀려오는 적과 싸울 때, 측면을 공격 당하겠군."

팔짱을 낀 쿠자가 말했다.

"적의 병력이 어느 정도인진 모르지만…… 적도 발크스 왕국을 빼앗기면 위험한 걸 아니까 상당히 위험한 전투가 되겠어."

"정세가 인간 쪽으로 기운다고는 해도 남부 침공을 준비하면서 발크스 왕국 공략에 병사를 쓸 수 있어?"

실비가 의문을 제시했다. 그 말에 모두 입을 다물었다.

"루온, 게임에서는 상황이 어땠어?"

"그건…… 현실과 비교하면 큰 차이가 생기는 부분이야. 발크스 왕국을 공략하고 안 하고를 떠나서 남부 침공 전투 흐름은 바뀌지 않았어. 내버려두고 남부 침공에 승리해 마왕의 대륙 붕괴 마법을 막아내면 자동으로 해방돼. 이벤트를 줄이느라 그랬나 봐."

"지금 정세를 생각하면 비현실적이군."

"그렇지."

그러나 방법이 없지는 않았다.

"계획이 있긴 해. 내가 혼자 가서 세르다트를 쓰러뜨리는 방법도 쓸 수 있지 않을까? 아니면 나 혼자 발크스 왕국의 적부대와 싸우거나."

"그 힘을 이용해서?"

카난이 관자놀이에 손가락을 대며 중얼거렸다.

"그것도 한 선택지이긴 하지만, 나는 마지막 수단으로 두고 싶어."

"이유는?"

"먼저 루온 씨의 힘……. 이번 전투로 당신의 실력을 파악했는데 공공연시 되면 마왕이 경계할 거야. 예를 들어 대륙 붕괴 마법을 쓰기 위해 움직인 뒤라면 적도 계획을 실행한 뒤라 수정할 수 없으니 괜찮지만, 현 단계에서는…… 마왕 쪽이 경계해서 루온 씨가 말한 시나리오대로 진행되지 않을 위험성이 있어."

『가능하면 루온 공이 파악한 시나리오의 틀 안에서 움직이는 게 대응하기 편하다.』

카난에 이어서 가르크가 입을 뗐다.

『확실하게 마왕의 마법을 막기 위해 우리에게 유리한 상황이 많은 게 낫다. 가령 시나리오대로 진행되지 않아도 마왕의 행동을 예측할 수 있었으면 좋겠군.』

"가르크 님, 예측이라 하심은?"

『루온 공의 말에 의하면 마왕은 남부 침공과 함께 움직인다. 현실에서는 침공 때 패배한 뒤로 어떻게 되었는지 모르지만 게임에서는 전투에 인간이 승리해 마왕이 마법을 준비한다.』

나는 가르크의 설명에 이어서 말했다.

"주인공은 그곳에 가서 마지막 5대 마족을 처리해. 그리고 마왕과 직접 싸워서 대륙 붕괴 마법 『라스트 어비스』를 막아."

『루온 공, 남부 침공 후에 마왕이 마법을 쓰는 순서가 맞나?』

"동시에 진행하는 것에 가까워. 마왕이 퇴각한 후에도 남부에서는 전투가 이어졌다는 내용이 게임에 나왔어. 군세 규모를 생각하면 장기전이 될 거야. 정확하게 말하면 남부 침공의 대세가 정해졌을 때 마왕이 움직이나?"

『그런가. 하던 이야기로 돌아가서 마왕이 게임과 다르게 움직일 수도 있겠군. 예를 들어 남부의 군세와 함께 움직이는 상황이면 예측하기 쉽지.』

"가르크는 내가 섣불리 움직이면 바로 위험해질 것 같아?"

『루온 공이 알려져 경계하는 것과 우리의 계획이 노출될 가능성을 우려하고 있다. 소피아 왕녀가 발각되었을 때 마족이 경계는 해도 왕녀 주변까지 조사하지는 않을 거다. 그러나 루온 공은 다르다. 강력한 힘을 지녔으니 뒷배가 있다고 생각하지 않겠나.』

"나를 계기로 신령들의 암약이 알려질지도 모른다고?"

『그렇다. 따라서 루온 공을 드러내는 것은 마왕이 계획을 실행해서 물릴 수 없는 상황에 했으면 좋겠다.』

"나도 동의해."

카난이 가르크에 이어서 말했다.

"마왕의 마법은 반드시 막아야 해. 실패하지 않으려면 루온 씨는 되도록 숨겨야 해."

"그러면 카난과는 따로 병사를 모아야 되는데……. 소피아가 살아있다는 게 알려지면 발크스 왕국을 해방하기 위해 들고일어난 많은 기사와 병사가 모일 거야. 하지만 카난은 앞으로 각국과 연락하며 남부 침공에 대비할 거잖아? 그러면 당연히 국군 대부분은 그쪽에 써야 해. 몇 명이나 발크스 왕국 해방 쪽에 모일지……."

"나라에서 쫓겨나 흩어진 병사와 기사가 상당수 있을 겁니다."

지금까지 침묵을 관철하던 소피아가 말했다.

"그리고 아버님과 중신들이 준비하고 있을 테니 부족할 수도 있지만, 해방군 형태는 갖출 수 있을 겁니다."

"사정을 들었는데 조금이나마 협력해야지."

이번에는 실비가 말했다. 무슨 계획이 있는 모양인데.

"나는 일단 가나이제로 돌아가서 투사를 모을게."

"투사를?"

"얼마나 모일지는 모르겠지만, 제법 강해. 물론 믿을 수 있는 사람들로만 모을게. 맡겨줄래?"

"가나이제라면…… 일레이 씨에게 부탁해봐."

실비의 의견에 조언했다.

"일레이 마크루디, 알아? 내 스승님인데 내 이름을 대면 도와주실 거야."

"그 사람이? 그래, 그러면 사람을 모을 수 있을 거야."

"그러면 나도 모집을 도울게."

이어서 쿠자가 손을 들었다.

"알레테와 이야기해보니 나테리아 왕국에서도 마술사단을 데려올 수 있을 것 같아. 처음부터 나테리아 왕국으로 귀환하지 않고 각지를 전전할 예정이었다고 하니 그들의 조력은 떼어 놓은 당상이야."

"지원군…… 정규군과 겹치지 않을까?"

"알레테에게는 발크스 왕국 해방과 카난이 병사를 모은다는 이야기를 하고 어떻게 할지 협의할게."

"그러면 나도 한 몫 해야겠네."

리제도 한마디 했다.

"지일다인 왕국 소동을 언급하면 카난 쪽에 보낼 병사와 따로 이래저래 소집할 수 있을 거야."

"혹시나 해서 하는 말인데 자국 방어는 할 수 있어야 하니까 적당히 해줘."

"당연하지."

내 말에 리제가 웃으며 대답했다. 지일다인 왕국에는 라디도 있으니 그쪽으로 아군을 데려올 수 있을지 모르겠다.

"하지만 이래도 결코 많은 게 아니야. 재야의 사람을 끌어모으다가 자칫하면 마족과 내통하는 사람을 끌어들일 수도 있고."

"그건 우리가 도울게."

리제의 말에 레핀이 말했다.

"발크스 왕국 해방을 위해 우리 정령도 들고 일어나겠어. 해방군 내에서 배신자를 찾아내는 데 협력할게. 그리고 정령의 얼굴을 널리 활용해서 사람 외에 전열에 참여해줄 존재를 모을게."

든든하군. 그러면 나도 움직여야지.

"나도 고향에 편지를 보내면 반응이 있을 거야. 별명도 생겼으니 해볼 만할 거야."

바로 떠오르는 사람은 바르자드와 고향에 있는 사람들. 그의 비호 아래에 있는 리엘과 커티도 와줄 것이다.

타우레저 왕국의 리리샤도 참전하지 않을까? 남은 건······ 새벽의 자유기사단인가. 그들은 소피아가 있으니 반드시 전열에 참가할 것이다. 에이나도 있고.

"유일하게······ 나만 아무것도 못 해서 미안하다."

오르디아가 말했다. 그는 어쩔 수 없었다.

"아니, 오르디아의 능력도 든든해. 이번에도 그림자 용으로 희생자를 얼마나 줄였는데."

"그렇게 말해줘서 고마워. 그러면…… 다음 전투에 대비해 새 용을 만들지."

"그리고 보니 오르디아, 어젯밤에 용으로 저택에 갔잖아. 이 동수단으로도 쓸 수 있을까?"

"응, 가능해."

우리는 아라스틴 왕국에 운디네의 수맥을 이용해서 왔다. 하지만 그런 길이 없는 곳도 있으니 오르디아의 용은 큰 도움이 될 것 같았다.

"해방군은 어느 정도 모일 것 같네."

의견을 정리하듯 카난이 말했다.

"루온 씨, 하나만 더 물을게. 가까운 시일 중 벌어지는 큰 전투는 5대 마족 구디스라고 생각하면 될까?"

"아마 그럴 거야."

"그 전투가 일어나기까지 여유가 얼마나 있지?"

"5대 마족은 셋이 죽어서 소강상태에 들어갔어. 현재는 5대 마족과 관련된 이벤트가 멈췄지만 언제까지 이어질지는 몰라. 하지만 아직 구디스가 대놓고 움직이지 않으니 다소 시간이 있어."

"알았어. 구디스가 움직이기 전에 아라스틴 왕국에서 각국에 연락하게. 그쪽도 발크스 왕국 해방을 위해 사람을 모아줘. 그리고 해방군을 조직하는 건 좋지만, 가장 중요한 본대…… 발크스 왕국 정규군이 얼마나 모일지 확인해야 해."

"그러면 일단 아버님이 잠복하고 계신 곳에 들러 사정을 설명하죠."

소피아가 제안했다.

"오르디아 씨의 용으로 이동할 수 있다면 먼저 아버님을 직접 뵙고 확인해야 합니다. 준비되지 않았다면 어떻게 할지 다시 상의하죠."

소피아의 말에 모두 이의 없이 전원일치로 방침을 결정했다.

먼저 클로디우스 왕과 합류부터 해야겠군. 내가 싸우는 것은 아마 소문으로 알고 있을 것이었다. 소피아 일은…… 전부 말해야겠지.

"결론이 나왔군. 나는 남부 침공에 대비할 준비를 시작할게."

카난이 마지막으로 말하고 소피아를 보았다.

"소피아 누나, 남부 침공 준비는 내게 맡기고 왕국 해방에 전력을 다해줘."

"알겠습니다."

그렇게 긴 회의가 끝났다.

그 후 카난은 해산이란 말을 남기고 자리에서 일어났다. 동료들도 그의 뒤를 따라 방을 나갔다.

페우스와 가르크, 레핀 같은 정령들도 따로 의논 할 일이 있다며 방을 나갔다. 유노는 남을 줄 알았는데…… 결국 밖으로 날아갔다.

어느새 방에는 나와 옆에 앉은 소피아만 남았다. 어떻게 말을 걸어야 할지 몹시 망설여졌다.

"그 힘을 왜, 발크스 왕국이 공격당했을 때 쓰지 않으셨습니까?"

소피아의 말에 나는 그녀를 보았다.

"이렇게 말할 줄 알고…… 말하지 않으셨습니까?"

"레핀은 그랬나 봐. 소피아는 백성을 많이 걱정하니까. 그래서 걱정했는지도 모르지."

"레핀이 제 감정을 가장 잘 이해하니까요."

소피아가 자리에서 일어났다. 나도 따라서 일어나자 소피아는 창가로 다가갔다.

그 옆에서 나는 밖을 응시했다. 수도 풍경이 펼쳐졌다. 지금대로는 떠들썩할 것이다.

"저는…… 카난이 한 말이 전부라고 생각합니다."

이윽고 소피아가 입을 열었다.

"루온 님은 이야기가 줄거리대로 진행되도록 움직였습니다. 그것은 마왕을 무찌르기 위해 한 일입니다. 루온 님이 발크스 왕국의 수도 피린테레스에서 실력을 발휘했다면 이야기가 망가졌겠죠. 그래서 마왕을 쓰러뜨리지 못 하면 주객전도입니다."

"그 생각은…… 계속 해왔어."

결연하게 말했다. 소피아는 내가 말하길 기다렸다.

"결국 나는 마왕을 무찌르기 위해 게임대로 움직였어. 하지만 그게 면죄부가 되지는 않아."

"루온 님……."

고개를 가로저을 듯한 분위기. 나는 소피아를 바라보며 말했다.

"카난도, 동료들도 나를 옹호할 테고 그건 소피아도 마찬가지야. 하지만 나 자신이 받아들여지지 않아. 필요한 일이었더라도…… 강해진 나라면 방법이 있지 않았을까."

아무리 강해져도 희생을 아예 없애지는 못했다. 하지만 나라면 그것을 최소한에 그치게 할 수 있었을지도……. 지금도 그런 생각이 들고는 했다.

"소피아가 붙잡혔을 때, 나는 산 위에 있었어. 수도가 습격당하는 와중에 지금과 똑같은 말을 중얼거렸더니 유노가 다 독여줬어. 하지만 나는…… 다른 나라 사람들도……."

"루온 님."

소피아가 갑자기 내 손을 잡았다. 내 마음을 진정시키고 달래려는 의도였다.

"모든 것을 안다고 해서 모든 것을 짊어지려고 하지 마세요. 절대로 루온 님 혼자만의 책임이 아닙니다."

"소피아……."

"어떤 마음인지 압니다. 제가 루온 님이었다면 분명히 똑같은 생각을 했겠죠. 하지만 그렇다고 해서 모든 것이 루온 님 잘못이라고 생각하지 않고, 누군가가 루온 님을 탓하면 저는 그 사람이 틀렸다고 거세게 말하겠어요. 저는, 루온 님 편입니다."

어딘지 슬픈…… 그리고 다정한 눈으로 그녀가 말했다.

"루온 님의 마음을, 이해할 수 있습니다. 고민하신 것도 압니다. 그래도…… 루온 님은 완전히 받아들이지 못 하시겠죠."

손을 놓았다. 소피아는 자기 가슴에 손을 대고 말했다.

"그렇다면 제가 루온 님의 마음을 조금이라도 떠맡게 해주세요. 저는 마왕을 무찌를 자격을 얻었습니다. 아직 힘은 부족하지만…… 루온 님의 마음을 짊어질 자격이 있다고 생각하고 각오도 했습니다."

자기 마음을 전부 청산한 소피아는 내 감정을 깨닫고 함께 싸우려고 했다.

"차 모임에서 루온 님은 제게 혼자가 아니라고 하셨죠. 그건 루온 님도 마찬가지입니다. 절대 혼자가 아닙니다. 그것만은…… 절대로 잊지 마세요."

"고마워…… 소피아."

가슴이 뜨거워지는 것을 느끼며…… 나는 겨우 말했다.

"이렇게 모든 이야기를 털어놓은 뒤에 하려던 말이 있어. 소피아가 말한 대로 필요한 일이었다고 이해는 해도 완전히 받아들여지진 않아. 그래서 어떻게 하면 좋을지, 전쟁이 끝난 뒤의 일을 생각했어."

"전쟁이 끝난 뒤의 일이요?"

"응. 전쟁이 끝나고 발크스 왕국이 다시 일어서기까지 상당히 고난이 따를 거야. 소피아는 마왕과의 전쟁에 이어 무거운 짐을 짊어지게 돼. 그러니까……."

소피아에게 결연히 고했다.

"전쟁이 끝난 후, 그 일부분이라도…… 내게 맡겨줬으면 해. 발크스 왕국을 위해, 무엇이든지 할게."

소피아의 눈이 휘둥그레졌다. 이어서 그 얼굴에 미소가 떠올랐다.

"루온 님은, 정말 대단해요."

"응?"

"제가 나라를 걱정하는 데는 왕족이라는 이유가 큽니다. 하지만 루온 님은 그럴 필요가 없는데 보상까지 하려고 하시네요."

"이상한가……?"

"저는 훌륭하다고 생각합니다. 그런데 부담스럽지 않으십니까? 루온 님이 괴로우시다면……."

"아니, 그러기로 정했어. 무슨 일을 할지는 상상하지 않았지만."

"그러면 이제 아버님을 뵈러가니까 그때, 또 이야기하죠."

"알았어."

대답 후, 소피아가 다른 질문을 했다.

"전생하기 전에도…… 이런 성격이셨습니까?"

"어, 성격……? 아니, 지금의 나와는 전혀 달라. 그야말로 평범한 인간이었어."

이상한 느낌에 빠졌다. 처음에는 마왕과의 전쟁이 시작되고부터…… 무엇보다 죽을 미래가 기다리고 있었기에 유노의 지원을 받으며 강해졌다. 무언가를 짊어지겠다는 생각이나 정의감은 희박했다.

계기는…… 틀림없이 소피아와의 만남이었다. 소피아를 죽게 내버려두고 싶지 않았다. 나는 거기서부터 시작해 이 세계를 위해 온 힘을 쏟게 된 것 아닐까?

"루온의 성격도 있으니까. 지금의 나는 전생 전의 『유이치』와 루온이 합쳐진 형태야. 그렇게 생각하면 기분이 이상하지만, 지금은 그게 나니까…… 그렇게 받아들이기로 했어."

나는 소피아에게 한 가지 질문을 하려고 했다. 그것은—.

"제게 루온 님은 지금의 루온 님입니다."

무엇을 물을지 미리 안 것처럼 소피아가 말했다.

"두 개의 인격이 합쳐진 걸 어떻게 생각하느냐고 물어보려 하셨죠? 제가 루온 님과 처음 만난 것은 합쳐진 뒤니까 그 질문은 무의미합니다."

"아, 그것도 그러네……. 소피아, 나는 클로디우스 폐하께 이 이야기를 해야 할 것 같은데 어떻게 생각해?"

"좋다고 봐요. 아버님도 들으시면 기뻐하실 겁니다."

"그래?"

왕은 무슨 생각을 할까. 그리고—.

"소피아가 마왕을 무찌를 자격을 얻은 걸 알면 어떻게 생각하실까……."

"그건 제가 잘 설명하겠습니다. 루온 님의 손은 빌리지 않겠습니다."

"혹시 싸우지 못하게 하면 어떡할 거야?"

소피아는 아무 말 없이 강인한 눈으로 마주 보았다. 대답은 그것으로 충분했다.

"알았어. 그건 소피아에게 맡길게."

"네. 저도 지금보다 강해지겠습니다."

"내가 최대한 서포트할게."

"루온 님이 그렇게 말씀해주시니 무척 든든합니다."

소피아가 미소 지었다. 그 미소를 보니 생각나는 게 있었다.

"참, 소피아. 4대 정령의 힘을 합친 기술 있잖아. 생각해둔 이름이 있어."

"뭔가요?"

"게임 이름이 『엘더즈 소드』라고 했잖아. 이 게임에는 부제목이 있어."

"부제목이요?"

"응, 나는 그게 기술명으로 어울리지 않을까 싶어. 이름은……『스피릿 월드』. 정령의 세계라는 뜻이야."

이 이름이야말로 4대 정령의 힘을 합친 그녀의 기법에 어울린다고 생각했다.

"정령의…… 세계……."

소피아가 내 말을 따라서 읊조렸다.

"좋네요. 기술 이미지도 잡혔습니다."

"그렇게 말해주니 기뻐. 아, 내가 생각한 말은 아니지만."

함께 웃었다. 나는 원래 표정으로 돌아와 다음 전투로 생각을 옮겼다.

"소피아, 5대 마족과의 전투는 소강상태지만 언제까지 이어질지 몰라. 만약 구디스가 움직이기 시작하면 희생자가 나올 테니 빨리 처리해야 해. 그러니까 녀석이 움직이기 전에 여러 준비를 해놓자."

"그러네요. 그야말로 지금부터 움직여야……"

"응. 함께 여행을 시작해 정령과 계약하고 여러 나라를 돌고 5대 마족을 무찌르면서 드디어 여기까지 왔어."

소피아는 가만히 내 말에 귀를 기울였다. 몸에 힘이 들어간 게 보였다.

"카난도 제자리에 섰고, 반격할 때가 왔어. 반격의 첫 봉화를 올리는 건 우리야."

소피아와 눈을 맞추고 힘차게 말했다.

"가자, 발크스 왕국으로."

"네."

소피아가 고개를 마주 끄덕였다. 창문으로 들어온 햇빛이 우리의 무운을 빌어주는 것 같았다.

〈『현자의 검 6』에서 계속〉

현자의 검 5

초판 1쇄 발행 2020년 7월 10일

지은이_ Junki Hiyama
일러스트_ Yomi Sarachi
옮긴이_ 이은혜

발행인_ 신현호
편집부장_ 윤영천
편집진행_ 김기준 · 김승신 · 원현선 · 권세라 · 유재슬
편집디자인_ 양우연
국제업무_ 정아라 · 전은지
관리 · 영업_ 김민원 · 조은걸 · 조인희

펴낸곳_ (주)디앤씨미디어
등록_ 2002년 4월 25일 제20-260호
주소_ 서울시 구로구 디지털로 26길 111 JnK디지털타워 503호
전화_ 02-333-2513(대표)
팩시밀리_ 02-333-2514
이메일_ lnovelpiya@naver.com
L노벨 공식 카페_ http://cafe.naver.com/lnovel11

KENJA NO KEN 5
© Junki Hiyama 2017
All rights reserved.
Originally published in Japan by Shufunotomo Infos Co., Ltd.
Translation rights arranged with Shufunotomo Infos Co., Ltd.
Korean Translation rights © 2020 by D&C MEDIA Co., Ltd.

ISBN 979-11-278-5604-5 04830
ISBN 979-11-278-4074-7 (세트)

값 7,800원